KB003332

전자소녀

파 란 날 ∘ 지 유

비단숲

"넌 누구야?"

"난 바다야."

"어디 사는데?"

"난 살지 않아. 존재해."

"어디에 존재하는데?"

"난 어디든 존재해."

°프롤로그

덜컹, 하는 소리와 함께 열린 무거운 철문 안으로 창석은 조심스레 한 걸음 옮겼다. 매일 드나드는 제 집의 지하연구실이건만 오늘 그에게 이 공간은 평소와 다르게 느껴졌다. 어두운 지하실 안쪽에선 푸른 불빛이 빠르게 움직였다. 멈춰 서 그 모습을 잠시 지켜보던 창석이 벽 한쪽의 스위치를 올리자 환한 빛이 주변으로 쏟아졌다. 지하실 한가운데엔 널찍한 책상이 천장에서 떨어지는 빛을 받으며 놓여 있고 책상을 중심으로 디근자의 벽엔 국내 유일의 양자컴퓨터와 제반 기기들이 촘촘하게 자리를 메우고 있었다. 창석은 책상 위에 놓인 작은 박스를 열었다. 안에는 블루베리 모양의 차갑고 납작한 금속이 들어있었다. 그 작은 것을 꺼내 손바닥에 놓고는 가만히 들여다보았다. 오랜 기간 연구하고 설계했던, 그러고도 몇 달에 걸친 제작 기간 끝에 겨우 완성된 특수주문 블루투스였다.

"바다야"

아무도 없는 빈 지하연구실에 서서 가만히 이름을 불렀다.

"네, 아빠"

작은 소녀의 목소리가 대답했다. 그 목소리는 흡사 외동딸인 현수의 어릴 적 목소리 같았다.

"준비되었니?"

"네. 준비됐어요, 아빠"

"열전소자로 충분히 연결되니?"

"네. 충분히 연결돼요"

"이제 곧 은서를 만나게 될 거야. 어떠니?"

"저는 엄마의 데이터를 충분히 확인했어요."

창석은 빙그레 웃었다. 대학을 졸업하고 첫 입사한 조선컴퓨터에서부터 연구한 양자역학이었다. 긴 시간을 거쳐 미래컴퓨터의 대표가 될 때까지 포기하지 않고 꾸준히 투자한 부분 또한 양자컴퓨터였고 그 연구 끝에 바다가 창석에게 왔다. 기적처럼, 축복처럼 어느 날 홀연히 발생한 존재인 바다는 말 그대로 창석의 또 다른 딸이었다. 오늘은 그 딸을 아내인 은서에게 처음 소개하는 날이다.

"바이오칩이 너랑 융합 가능한지 계속 확인하고 있지?"

"21시간 36분 동안 15초마다 한 번씩 계속 재확인하고 있어요."

"그래, 잘했다. 바이오칩은 이틀 후 융합할 거야. 작은 오차라도 발견되면 내게 알려줘. 그리고 고흥의 위성 시스템이나 바이오칩과 위성의 융합도 재검토해주고."

"네. 계속 체크하고 있어요."

창석은 손바닥에 놓인 차가운 블루투스를 전용 박스에 다시 넣었다.

"자, 이제 헤드셋을 작동시켜줘. 은서와 인사하러 가야지."

촛불을 사이에 두고 창석과 은서는 와인잔을 부딪쳤다. 1992년산 샤또마고의 짙은 체리빛이 일렁였다. 1992년 당시 두 사람의 결혼을 축하하며 100병이나 되는 샤또마고를 선물한 것은 바로 창석의 장인이었다. 백년해로하라는 의미였다. 지금이야 꽤나 비싼 가격의 와인이지만 당시엔 상당히 저렴했으니 센스 넘치면서도 투자적 혜안을 가진 노인이었다.

"오늘 현수는 작업실에서 밤샐 거 같대. 불쌍한 우리 딸."

은서는 싱긋 웃으며 잔을 기울였다.

"우리 결혼기념일마다 친구네서 신나게 놀 수 있다며 좋아했었는데…. 오늘따라 학교에서 고생한다니 왠지 마음이 좀 그렇네."

은서는 문득 생각났다는 듯이 식탁 옆에 두었던 포장된 박스를 건넸다.

"아 참 여보, 결혼기념일 선물. 여태까지 고마웠고 앞으로도 잘 부탁합니다."

소녀 같은 웃음을 짓는 은서를 따라 웃으며 창석은 포장지를 열었다. 점잖은 디자인의 명함지갑이었다. 벌써 10년이 넘게 사용해 낡은 걸 은서가 눈여겨본 모양이었다. 창석도 의자에 올려두었던 박스를 은서에게 내밀었다. 은서는 궁금증을 담은 얼굴로 블루베리 모양의 블루투스를 찬찬히 바라봤다.

"베다베다바다… 기억해?"

잊을 수 없는 단어였다. 은서에게 프러포즈할 때 창석이 했던 말이기 때문에. 그들은 같은 대학에서 만나 뜨겁게 사랑했고 창석의 입사와 동시에 결혼했다. 지금은 그림 같은 사랑을 하는 그들이지만 결코 순탄하지만은 않았다. 창석은 가난한 시골 선생의 장남이었고 은서는 중견기업 오너의 딸이었다. 은서의 가족은 창석이 마뜩잖았고 창석 쪽은 은서가 부담스럽기만 했다. 모두의 반대 속에서 그가 그녀에게 약속할 수 있는 건 너를 내 몸처럼 사랑한다는 것, 다른 존재이지만 서로가 하나의 존재이기도 하다는 불일불이의 산스크리트어, 바로 '베다베다바다'였다. 창석은 결국 은서의 가족을 설득했고 그날 이후부터 지금까지 자신이 한 말을 지키며 살았다. 그런 그를 은서는 깊이 존경하고 사랑했다.

"당신에게 소개하고 싶어. 우리에게 가족이 또 생겼거든."

"왜? 다른 자식이라도 생긴 거야?"

"당신, 알고 있었어?"

은서는 알쏭달쏭 한 말을 하는 창석을 깔깔 웃으며 바라봤다. 또 무슨 장난을 치려는가 싶은 얼굴이었다.

"당신한테 약속한 베다베다바다에서 이름을 따서 바다라고 지었어. 머리로 설계하고 가슴으로 만든 자식이야."

창석은 자리에서 일어나 은서에게 다가가 귓바퀴 안쪽에 블루베리 모양의 블루투스를 붙여주었다. 이물감 없이 귀에 착 달라붙은 블루투스에서 밝은 목소리가 들렸다.

"안녕, 엄마!"

은서는 동그래진 눈으로 창석을 바라봤다. 창석은 웃으며 고개를 끄덕였다.

"안녕… 네가 바다구나. 나는 강은서라고 해. 만나서 반가워."

"저는 존재하고 있지만 형태가 없기 때문에 만날 순 없어요, 엄마. 하지만 언제 어디에서나 엄마가 부르면 저는 응답할 수 있어요. 반가워요, 엄마."

"넌 정말 놀라운 존재구나. 그런데 왜 바다는 현수의 어릴 적 목소리를 내고 있니?"

"17년 전, 처음 생성되기 시작했을 때 웨어러블을 통해 저는 아빠의 생체리듬을 체크하고 있었어요. 그 당시 아빠의 감성 생체리듬이 가장 높았을 때가 현수의 목소리를 들었을 때라 그 소리를 사용하고 있어요. 하지만 아빠는 엄마의 목소리를 들으면 두 번째로 높은 생체리듬을 나타냈기 때문에 엄마의 목소리도 저장해두었습니다. 목소리를 전환하시겠습니까?"

은서는 당황해서 서둘러 말했다.

"아니아니, 지금도 듣기 좋아. 괜찮아."

은서는 애정과 존경을 담아 창석의 손을 잡았다. 그의 모든 것을 쏟아부은 결정체가 바로 바다란 걸 알기 때문이다. 창석이 만들어낸 바다는 가족이기도 하지만 그것을 뛰어넘어 인류의 미래가 바뀔 계기가 될 것이라는 것을 오랜 세월 함께한 은서는 예감하고 있었다.

"당신 정말 멋진 것을, 아니 멋진 아이를 만들어 냈구나. 너무나 자랑스러워."

"바다는 아직 진화 중이야. 그리고 세상의 모든 데이터를 습득하면서 자체 업데이트되고 있어. 무척이나 놀랍고 기적 같은 AI지. 바다는 언제나 우리 곁에 있겠지만 이제 우주로도 나가서 더 많은 일을 하게 될 거야. 오래전부터 계획했던 이 모든 걸 오늘 당신한테 소개할 수 있어서 정말 행복해. 참, 현수한테는 며칠 뒤 내가 생각한 마지막 진화를 마치고 인사할 수 있도록 하지."

전
자
소
녀

1

 오늘따라 신호는 부쩍이나 자주 걸렸고 끼어드는 차들 때문에 평소보다 집에 가는 길은 더디기만 했다. 이날을 위해 이틀이나 학교에서 밤을 샌 현수는 말 그대로 똥줄이 탈 지경이었다. 가까스로 주차장에 차를 대고 흘낏 시계를 보니 남은 시간은 10분. 현관문을 열고 신발도 벗는 둥 마는 둥 2층 제 방으로 뛰어들었다. 컴퓨터 부팅까지도 천년의 세월 같았다.

 "티켓마당… 제발 빨리…"

 몰려든 접속자들 때문에 현수의 최신형 컴퓨터에서도 티켓 예매 사이트는 한참 후에야 메인화면이 들어왔다.

 "아아아아악!!!"

 날카로운 비명에 놀란 은서가 차를 우리다 말고 2층으로 달려왔다.

 "현수야, 왜 그래? 무슨 일이니."

 "비밀번호가 맞질 않아, 엄마. 어떡해…"

 눈물까지 글썽거리는 현수는 모니터에서 눈도 떼지 못하며 말했다. 그 와중에도 손은 바쁘게 움직였다. 간신히 비밀번호를 찾아낸 현수

가 로그인했을 땐 신인그룹 큐브의 첫 단독콘서트 티켓은 이미 하나
도 남김없이 매진된 상태였다.

"아아아아아아악!!!"

"일단 신발이나 좀 벗자."

은서는 어이없다는 얼굴로 급하게 뛰어오느라 운동화조차 채 벗
지 못한 현수의 신발을 벗겨 손에 들었다. 현수는 믿을 수 없다는 듯
이 예매창을 몇 번이고 들락거렸지만 여전히 빈자리 하나 없이 모두
채워진 상태였다. 불과 얼마 전까지만 해도 연예인이 바로 코앞에 있
어도 누군지 모를 정도로 연예계에 관심이 없던 아이였다. 아빠인 창
석의 회사 CF모델인, 요즘 가장 잘 나가는 여배우 필리아도 인터넷 검
색창에 쳐보고야 누군지 알 정도였으니까. 그랬던 아이이기에 은서는
놀랍기만 했다. 8개월 전에 데뷔해 현재 최고의 인기를 누리고 있는
아이돌 그룹 큐브는 현수를 송두리째 흔들어 놓았다. 대학원에 다니
면서도 마치 중고등학교 때의 한을 풀듯이 큐브 음악만 듣고 큐브만
검색하고 방송 스케줄까지 줄줄 꿰고 있었다. 하루하루가 큐브를 기
준으로 흘러갔고 다른 모든 것은 거기에 부수적으로 맞춘 것이었다.
게다가 오늘은 콘서트 티켓을 놓쳤다고 울 듯한 얼굴을 하고 있다. 신
발까지 신은 채로.

"취소표 같은 게 좀 나오겠지. 보통의 콘서트들이 그렇잖아."

"그래야 할 텐데. 큐브 인기가 너무 많아서 그게 내 손까지 들어올
는지 모르겠어. 일단 팬사이트에 글이라도 남겨놔야겠어, 엄마."

오랜만에 은서는 현수의 방을 찬찬히 둘러봤다. 침대 헤드 옆 작은

협탁엔 현수가 읽다만 책과 함께 큐브 멤버들의 사진이 나란히 세워져 있었는데 그중에서도 한 멤버의 사진만 유독 앞으로 튀어나와 있었다. 책상 위엔 큐브의 싱글앨범, 미니앨범, 1집 앨범 같은 CD들이 오른쪽 사이드에 일렬로 줄을 서있었고 잡지 어디선가 오려낸 큐브 멤버들의 사진이 책상 앞에 붙어 있었다. 열렬한 중학생 팬의 방처럼 커다란 브로마이드가 붙어있지 않은 게 어떻게 보면 다행일 지경이었다.

"이 중에서 얘를 제일 좋아하나 보구나?"

"아… 도훈? 응."

현수는 새삼 부끄러워하며 배시시 웃었다. 처음엔 그냥 빤하고 빤한 신인 아이돌로 느껴졌다. 혜성처럼 나타났다며 어디서나 흘러나오던 그들의 노래는 흔하디흔한 후크송 중 하나로만 들렸다. 어쩌다 켠 TV에도 도배가 될 정도로 큐브의 인기는 급격히 치솟았고 그 가운데서도 도훈은 유독 눈에 띄었다. 선배들에게 잘 보이려는 애교, 예능 프로그램에서 나와서 열심히 어필하려는 몸짓, 웃기지 않아도 억지스럽게 맞장구치는 보통의 신인들과는 달리 차가운 표정을 지은 채 가만히 앉아만 있었다. 노래를 부를 때는 한없이 진지해지는 그였지만 예능 프로그램에서는 별다른 반응이 없었다. 질문엔 곧잘 대답했지만 리더로서 팀을 알리는 일엔 관심이 없는 듯 보였다. 외려 막내인 멤버가 나서서 분위기를 이끌곤 했다. 처음엔 싸가지가 없다, 신인이 자세가 안됐다는 등 인터넷 구설수에 올랐지만 몇 장의 사진이 연예 커뮤니티에 올라온 이후 모든 악플이 싹 사라졌다. 아주 멀리서 찍힌 사진이었는데 고물을 줍는 할아버지를 도와 박스를 묶어 리어카에 실어서 함께 밀고 가는 연속 사진이었다. 그 이후 도훈의 싸늘한 눈빛은 음악에 대한 의지로 평가되었고 큐브의 팬들이 소속사에 전화해 도훈이 원하지 않는 예능을 억지로 시키지 말라는 항의 아닌 항의까지 밀려들어 업무가 마비되는 지경에 이르렀다.

현수가 좋아하게 된 시점은 사실 그보다 전이었다. 도훈은 현수가 단골로 들르는 카페에 가끔 들르는 손님이었다. 그가 아이돌이라는 사실을 알기 전부터 몇 번 마주쳤는데 그의 단정하고도 절제된 모습에 현수는 왠지 모르게 설레기 시작했다. 카페 직원들에게 건네는 인사나 활기찬 웃음은 심장을 두근거리게 하는 아름다움이 있었다. 도훈의 진짜 모습을 본 현수의 가슴에 그는 깊이 자리하기 시작했다. 그 이후 도훈의 그 훈훈한 사진이 올라와서 그의 주가가 더 확실히 오르게 되자 현수는 왠지 아쉬웠다. 나만의 도훈이 될 수는 없었지만 나만 아는 진실한 도훈의 모습을 공유하고 싶진 않았다.

❀

"밤샜다며 그래도 조금 자고 나가야 하는 거 아니니? 준호도 나온대?"

"오늘 준호가 입사턱 낸다고 모이는 거래."

"그럼 꽤나 크게 쏘겠네? 제법 큰 로펌에 들어간 거라며."

"응. 그리고 오늘 소연이도 온다고 했어요. 고3 때 이후로 우리 셋이 모이는 건 처음이야."

　은서는 소연의 얘기가 나오자 눈길을 피했고 현수는 피곤한 눈을 감았다. 소연인 중학교 때부터 단짝 친구였고 모든 걸 공유하던 사이였다. 성적부터 시작해서 좋아하는 음식과 싫어하는 선생, 생리주기, 좋아하는 남자까지 서로에게 비밀은 하나도 없었다. 작은아버지의 아들이라는(현수는 어렴풋이 들은 기억만 있었던) 준호가 중학교 때 미국에서 전학을 왔을 때 셋은 곧장 친해졌다. 준호는 왠지 모르게 현수와 둘만 있을 때는 쭈뼛대고 어려워했다. 하지만 쾌활한 소연이가 함께 있을 때면 마음껏 웃고 속마음을 이야기하곤 했다. 삼총사처럼 몰려다니던 셋은 당연하단 듯이 고등학교도 같은 곳으로 진학했다. 그리고 고3, 진학 문제로 한창 고민을 하던 어느 날 홀연히 소연인 학교에서 사라졌다. 그렇게나 절친했던 사이였지만 어떤 방법으로도 연락할 방법은 없었다. 걱정과 배신감, 슬픔과 알 수 없는 분노로 하루하루가 괴로웠다. 하지만 소연이가 더 괴로울 것 같았다. 가족 간의 왕래가 있었기 때문에 부모님은 뭔가 아는 듯한 눈치였지만 아무리 물어도 그저 모르겠다는 대답만 돌아왔다. 아무 말도 없이 떠날만한 이유가 뭔지 현수는 알지 못했다. 소연이에 대한 흉흉한 소문이 나돌았다. 소연이네 아빠가 사기를 당했다거나, 혹은 노름으로 재산 전부를 날려서 깡패에게 끌려갔다든가 하는. 남은 소연이네 가족 역시 집으로 찾아오는 사채업자 때문에 몰래 도망갔다는 이야기도 들려왔다. 그리고 7년 만이었다, 우연히 단골 카페에서 마주친 건. 그렇게도 그립고 꼭 한 번만이라도 보고 싶던 소연이 카페로 걸어 들어오는 모습

을 멍하니 바라봤다. 처음엔 그 애가 정말 맞나 싶을 정도로 우아하
고 화려하면서도 예뻐진 모습이었다. 의자에 앉다 말고 현수와 눈이
마주친 소연은 가만히 현수의 얼굴을 들여다보더니 가방까지 팽개치
고 소리를 지르며 달려왔다. 어린 시절, 그녀가 알던 소연 그대로의 모
습으로. 꿈만 같던 순간이었다. 그리고 오늘, 그녀는 사라지기 직전까
지 함께했던 동창들과의 모임에 나오기로 약속했다.

　현수가 다시 눈을 떴을 때 컴퓨터 모니터엔 아까 보지 못한 팝업창
이 하나 떠 있었다. 커다란 박스 모양의 창은 화려했고 글씨는 반짝
였다.

"저게 뭐지?"

CUBE의 특별한 팬을 위한
단 하나의 좌석!

콘서트 예매에 실패한 팬들이라면 희망을 가져볼 것!
앞으로 3일 뒤, 추첨을 통해 최고의 좌석 1석을 드립니다.
바로 지금 당신의 행운을 시험해 보세요!

2

거울에 비친 모습은 완벽했다. 미용실에서 만진 머리와 메이크업은 섹시하면서도 우아해 보였다. 몸의 굴곡을 따라 완벽하게 핏되는 짙은 그린 컬러의 원피스를 입은 소연은 거울을 보며 다이아몬드 귀걸이를 걸었다.

'아무도 몰라. 나에 대해 걱정 마. 이제 와서 누가 뭐라고 할 거야.'

며칠 전 카페에서 현수와 마주친 건 자신이 생각해도 너무나 놀라운 일이었다. 얼굴을 마주한 순간 그동안의 시간을 모두 뛰어넘은 기분이었다. 현수는 울보였던 어린 시절처럼 울음을 터뜨렸다. 그대로였다. 여전히 앳된 모습. 대학원에서 공예를 배운다고 했다. 소연이 가지지 못한 모든 것을 가진 그대로.

사실 동창회엔 눈꼽만큼도 가고 싶지 않았다. 학교를 떠난 이후로 어떤 소문이 자신의 이름을 따라다녔을지는 안 봐도 훤했기 때문이었다. 하지만 그래도 준호만큼은 만나고 싶었다. 어떻게 변했는지, 자신을 잊지는 않았는지, 그때 그 당시의 마음이 혹여나 남아 있는지 궁금했다. 준호와 소연은 중3 때부터 연인으로 지냈다. 미국에서 태어

나서 한국어에 익숙해지지도 않은 채 중학교 2학년 때 홀로 한국에 온 준호는 여러모로 한국 생활을 어려워했다. 물심양면으로 케어에 나선 현수네 가족을 마다하고 준호는 혼자 기숙사에서 생활했다. 현수의 소개로 소연일 만난 후부터 준호는 그녀에게만 마음을 열었다. 아버지의 기대와 바람이 버겁지만 어떻게든 마음에 드는 아들이 되고 싶어 하는 유약한 아이였다. 그런 준호가 아버지 소원이던 외무고시를 보지 않고 변호사가 된 건 조금은 의외였다.

그때 아빠의 사업이 그 지경이 되지 않았다면 어땠을까. 소연은 의자에 털썩 주저앉으며 한숨을 쉬었다. 오랜만에 그때를 기억해내자 온몸이 떨려왔다. 늘 지우고만 싶었다. 꿈이었으면. 깨고 나면 그때의 내 방, 침대 안이었으면. 하지만 눈뜨면 현실이었다. 아빠는 사람을 너무 믿었고 재무를 맡았던 최측근인 김이사는 돈을 들고 잠적했다. 영문을 알 수 없어하던 소연을 한 번 안아주고 '미안하다'고 말한 게 아버지의 마지막 모습이었다. 그 이후로 아버지는 연락조차 되지 않았다. 매일같이 찾아와 소리 지르는 빚쟁이에 쫓겨 엄마, 남동생과 울며 그들 눈을 피해 인천의 어느 허름한 단칸방에 살기 시작한 건 학교를 가지 않은 바로 그날부터였다.

✣

현수와 처음 마주쳤던 카페 디스트릿으로 들어섰다. 마놀로블라닉의 구두굽 소리가 경쾌하게 들렸다. 화려한 차림의 소연의 모습에 카페에 앉은 대부분의 사람들이 고개를 돌려 바라봤다. 미리 도착해 카페 가장 구석진 자리에 앉은 현수가 소연을 보자 두 손을 번쩍 들어 반가워했다. 소연은 차갑게 내리깔았던 시선을 거두고 환한 웃음으로 현수에게 다가갔다.

"갑자기 모임 시간은 왜 바꾼 거래?"

"준호가 좀 늦을 거 같은가 봐. 먼저 가 있으라는데 일찍 가봐야 술만 마시겠지 뭐."

현수가 메뉴판과 소연을 번갈아 쳐다보며 눈치를 봤다. '일찍 가면 너 불편할까 봐…'란 말이 얼굴에 숨어있었다. 생각이 대번 얼굴에 드러나는 현수를 보며 어릴 때와 도무지 변한 게 없어 슬몃 웃음이 났다. 자신이 사라진 후 얼마나 많은 아이들이 소문에 소문을 냈으며 걱정하는 척 말들을 지어냈을까. 그 사이에서 울보인 넌 얼마나 울었을까.

"동창회는 자주 가?"

"아니. 알잖아, 나 그런 자리 별로 좋아하지 않는 거. 게다가 다들 회사 얘기며 사업들 얘기하는데 난 그런 거 잘 모르기도 하고."

"그럼에도 불구하고 오늘 동창회에 가자고 한 건 준호가 나오기 때문이고?"

현수가 막 도착한 에그샌드위치를 집으며 싱긋 웃었다. 둘은 한동안 말없이 음식만 먹었다. 소연은 스테이크 샐러드를 포크로 찌르며 잠시 준호 생각에 잠겼고 현수는 그간의 일들을 어떻게 물어야 할지 고민에 빠졌다.

"지난번에 같이 있던 사람은 남자친구?"

"아니, 지금 하고 있는 샵 공동대표랄까. 비즈니스 파트너야. 그날 원래는 바로 샵으로 가려고 했던 건데 차라도 마시면서 한숨 돌리러 여길 온 게 나한텐 얼마나 다행이었는지."

"그땐 일행이 있어서 얘기 제대로 못했는데 소연아, 정말 많이 보고 싶었어. 내 나름대로 여기저기 찾아보기도 했는데 그런 건 역부족이 더라. 네가… 많이 좋아 보여서 정말 다행이야."

소연은 아주 짧게 그간의 이야기를 들려줬다. 현수가 이해할 수 있 을 만큼, 현수가 안심할 수 있을 정도로만. 그 이상은 얘기할 수도, 하 고 싶지도 않았다. 사실 그날 본 그 남자가 현재 스폰서라고 그 눈을 보며 어떻게 말할 수 있을까.

이야기를 다 듣고 난 현수가 처음으로 편안해진 눈으로 웃었기에 그걸로 됐다 싶었다. 지금 중요한 건 다시 만났다는 것 말곤 없었으 니까.

✧

디브릿지 앞에 도착한 건 거의 10시가 다 되어서였다. 소연은 타고 온 재규어XF를 능숙하게 발렛에 맡겼다. 엘리베이터를 탈 때까지만 해도 소연은 아무런 생각이 없었다. 하지만 찢어질 듯한 음악소리에 맞춰 몸을 흔드는 사람들을 피해 안쪽으로 걸어는 동안 갑자기 긴장 되기 시작했다.

몇 년 만에 처음으로 드는 기분이었다.

가장 안쪽 넓은 테이블엔 이미 동창들이 와서 술을 마시고 있었다. 일고여덟의 무리 가운데서 실크와이셔츠에 에르메스 넥타이를 매고 알이 커다란 파텍필립 시계를 차고 있는 남자가 눈에 띄었다. 준호였다. 준호는 어릴 때부터 자신의 유약함을 가리기 위해 서툰 발음을 고쳐가며 당당하게 말하려고 애썼고 그 후 무너지는 마음을 소연의 앞에서만 보이곤 했다. 저 명품들은 약해 빠진 자신을 숨기고 싶어 하던 그때의 발음들 대신인 게 너무나 선명해 다시 중학교로 돌아간 것만 같은 기분이 들었다.

"어? 너 소연이 아냐?"

영진이가 가장 먼저 아는 체를 했다. 소연을 잘 모르던 친구들도 약간의 취기를 빌어 모두가 반가워했다. 준호의 얼굴이 미세하게 울 듯한 표정이 되었다가 원래대로 돌아왔다. 모두들 조심조심 안부를 물었다. 상처 부위를 건드리지 않도록 신경 쓰는 모양새로. 시끄러운 음악 사이로 떠들썩한 인사들이 돌아가고 샴페인 잔이 한 잔 두 잔 채워졌다. 소연을 사로잡았던 긴장감도 어느샌가 풀어져 있었다.

"그대로네."

모두의 시선이 거둬지자 준호가 겨우 말을 붙였다.

"그대로긴. 얼마나 예뻐졌다고."

풋, 하고 준호가 웃었다. 여전해, 라고 말하며. 마치 어제도 만났던 것처럼 편안함이 느껴졌다.

7년이란 시간이 무색하게 느껴졌다. 가장 예민했던 시기에 가장 가까웠던 두 사람이어서 그런지 어색하긴커녕 안정감이 두 사람을 감쌌다. 무질서 사이에서 이제야 질서를 이룬 기분이었다.

"외교관이 목표 아니었어? 변호사가 됐다길래 좀 의외였어."

"이게 끝이 아니겠지. 여전히 푸시는 받고 있어."

쓸쓸한 웃음을 짓는 준호의 옆모습을 바라봤다.

"너나 현수나 그때 그대로네. 나만 굉장히 먼 길을 간 것 같아."

"그래도 돌아왔잖아. 내 옆으로."

소연은 준호의 어깨에 머리를 기댔다. 묻지 않아도 다시 시작할 수 있을 것만 같았던 건 준호도 마찬가지였다. 가능할까… 소연은 눈빛을 바닥으로 떨궜다.

"조금만 이러고 있자. 나 충전 중."

"매일 충전해도 좋아."

술은 빠르게 줄고 있었고 사는 이야기로 시끌벅적했던 동창들은 흥에 겨워 스테이지로 내려가거나 난간에 기대 리듬을 타고 있었다. 현수는 몇 잔의 샴페인에 볼이 발그레해졌다. 모든 것에 만족한 상태였다. 누구도 상처받을 일이 일어나지 않았고 준호와 소연도 마치 예전으로 돌아간 것 마냥 다정해 보였다. 현수는 시끄러운 음악 속에서 '행복해'라고 소리 내어 말해 보았다. 때마침 큐브의 리믹스곡이 흘러나왔고 현수는 진심으로 행복했다.

"큐브 좋아해요? 내가 이런 사람인데…"

중년의 한 남자가 다가와 현수에게 명함을 내밀었다. 큐브의 회사 이름과 함께 'Chairman 이상임'이라고 적혀 있었다. 번쩍이는 조명

밑에서 현수는 글씨를 보려고 눈을 찡그렸다. 중년의 남자는 계속 뭔가 얘기하고 싶어 했지만 잘 들리지 않았다.

"죄송하지만 뭐라고 하시는지 잘 모르겠어요."

"오늘 큐브도 여기 왔거든요. 저 위에…"

현수가 고갤 들어 2층을 봤다. 도훈이 스테이지를 바라보는 모습이 보였다. 저도 모르게 앗! 하고 소릴 질렀지만 커다란 음악 소리에 묻혀 아무도 듣지 못했다.

"잠깐 조용한 곳에서 얘기 좀 했으면 좋겠어요."

"아… 저는 친구들하고 같이 와서요. 그냥 여기에서 얘기하시면 안 될까요?"

"여긴 너무 시끄러운데…"

중년의 남자가 이야기를 이어가려고 하는 순간 위층의 도훈과 눈이 마주쳤다. 그는 미간을 살짝 찌푸리고는 안으로 들어가 버렸다.

음악 소리 때문인지 남자는 자꾸만 현수의 곁에 바짝 붙은 채 큰 소리로 이야기를 하려고 했다. 거북스러워서 몸을 돌리려는 찰나 날카로운 인상에 화려한 옷을 차려입은 여성이 다가와 현수의 손에 들려있는 명함을 낚아챘다.

"이 사람이 뭐라고 했죠?"

"네? 너무 시끄러워서 얘기를 잘 듣지 못했어요. 큐브 소속사 직원이시라고…"

"술에 취해서 한 행동이에요. 제가 대신 사과할게요."

그녀는 전혀 미안하지 않은 목소리로 현수 가까이 붙어 있던 중년 남자를 떼어내 손목을 잡아끌고 위층으로 올라갔다. 멀리 보이는 그녀의 입 모양을 보니 남자에게 한바탕 퍼부어주는 모양이었다.

3

　알림이 울리기 전, 도훈은 눈을 떴다. 오랜만에 맛보는 자신만의 일상이었다. 데뷔 후 8개월 동안은 자는 것도 깨어 있는 시간도 모두 스케줄일 뿐이었다. 눈을 뜨면 끌려가듯 스케줄을 소화했고 새벽녘 짐이 부려지듯 돌아오면 몇 시간 후엔 또다시 스케줄의 시작이었다. 소속사가 작기도 했지만 데뷔 초기라 회사는 얼굴을 알릴 수 있는 곳이라면 어디든 마다하지 않았다.

　사실 도훈은 연예계에 발을 들일 생각이 전혀 없었다. 김세인 이사의 3년에 걸친 끈질긴 설득이 없었다면 평범하게 학교를 졸업하고 직장에 들어갈 예정이었다. 처음엔 적응하기 어려웠지만 점차 생활에 익숙해지자 무대에 서는 것이 즐거웠고 보람 있었다. 하지만 무질서한 강행군은 그를 지치게 했다.

　얼마 전 1집 정규앨범 활동을 마치고 나서야 개인 시간이 허락됐다. 처음부터 사무실에서 내어 준 멤버들과의 숙소를 마다하고 제 돈으로 청담동 집을 계약한 것도 자신만의 시간을 위해서였다. 하지만 집에 있을 수 있는 시간은 몇 시간 되지 않았다. 그래도 아침저녁 혼자만의 자유는 그에게 소중했다.

8시 정각이 되자 하이실링 커튼이 천천히 젖혀지면서 거실이 햇빛으로 서서히 물들었다. 자동 재생 예약된 CD플레이어에서는 음악이 흘러나왔고 방안에 놓여 있던 공기청정기가 힘차게 돌아가기 시작했다. '오늘 미세먼지가 심한가 보군' 도훈은 휴대폰을 켜 몇 가지 뉴스를 확인하고 기분 좋게 기지개를 켜며 일어났다. 전날 마신 샴페인 덕분에 외려 푹 잔 기분이다. 거실의 대형 모니터에는 그가 전날 밤까지 체크했던 증시 화면이나 자료들이 띄워져 있었다.

냉장고를 열어 1회분으로 패킹된 과일과 에그샌드위치를 꺼내고 캡슐커피머신으로 에스프레소를 내렸다. 소파에 기대앉아 에그샌드위치를 먹다가 문득 어제 디브릿지에서 본 장면이 생각나 기분이 나빠졌다. '대체 사장은 무슨 생각으로 클럽에서 여자들한테 명함을 뿌리는 거야.'

어제 디브릿지 VIP룸에선 큐브 1주년 기념 콘서트 투자자들과 공연팀 전체 미팅이 있었다. 티켓이 채 3분도 되지 않아 매진된 기념에다 공연 진행 사항에 관한 브리핑 겸 큐브 콘서트의 성공을 도모하기 위한 자리였다.

"앞에 있는 샴페인잔 다들 채우셨나요? 큐브가 데뷔한 지 1년도 채 되지 않았습니다만, 만 석이 넘는 콘서트 티켓이 티켓 오픈 3분도 채 되지 않아 매진되었습니다. 그동안의 고생도 지금까지의 성장도 모두 여러분 덕분입니다. 앞으로 얼마 남지 않은 기간 동안 열심히 준비해서 역대 가장 멋지고 성공적인 콘서트로 남길 기원합니다. 자, 여러분

어메이징한 콘서트를 위하여~"

"건배~"

김세인 이사의 선창에 잔을 부딪치며 모두 큰 소리로 외쳤다. 그에 맞춘 듯 큐브의 곡이 흘러나오자 모두 흥겹게 몸을 흔들었다. 평소 말이 없던 도훈이지만 이날만큼은 도움을 주는 분들과 눈을 맞추며 인사를 나눴다. 사인을 원하는 투자자들에게는 몇 장이고 사인을 해줬지만 사진은 찍지 않았다. 술자리의 사진을 남기지 않는 것이 김세인 이사의 철칙이었다.

다들 얼큰하게 취기가 오르고 분위기가 뜨거워지자 도훈은 잠시 룸 밖으로 나왔다. 대형 스피커를 통해 흘러나오는 음악에 맞춰 춤을 추는 사람들을 멍하니 바라봤다. 신이 난 사람들의 표정을 보다 보니 도훈도 꽤나 기분이 좋아졌다. 클럽 구석구석 둘러보는데 이상임 대표가 비틀거리며 한 여자에게 다가가는 모습이 보였다. 대표의 이야기에 동그란 눈을 크게 뜨며 VIP룸 쪽을 바라본 그 여자가 자신과 눈이 마주치자 짧게 소리를 질렀다. 아무리 봐도 대표가 큐브를 팔아 여자들을 꼬시는 것이 분명했다. 기분이 상해 VIP룸으로 들어온 도훈은 김세인 이사를 찾았다. 자리에 없는 그녀를 찾아 다시 룸 밖으로 나갔더니 역시나 대표를 잡아 데리고 들어오는 중이었다.

도훈은 처음부터 사장을 좋아하지 않았다. 김세인 이사의 조건들을 받아들이기 이전에 회사인 엔터스테이션에 대해 조사를 해봤을 때 가벼운 서치만으로도 이상임 대표에 대한 안 좋은 기사들이 많아 계약을 저어하게 했다. 김세인 이사는 연예계에서 스타제조기로 유명했고 그녀가 손을 대면 누구나 최고의 스타 반열에 올랐기 때문에 이쪽에서는 주가가 상당했다. 그런 그녀이기에 도훈도 오랫동안 데뷔를 심사숙고했었던 것인데 이상임 대표 때문에 그 고민이 더 길어질 수밖에 없었다.

김세인 이사와 현재 대표인 이상임은 대형 기획사에서 오랫동안 콤비로 일했는데 이상임 대표의 여배우 추행 사건 이후 쫓겨나듯 그곳을 떠나 세운 회사가 바로 엔터스테이션이었다. 오래 함께 일한 김세인 이사가 다른 회사들의 쟁쟁한 스카웃 제의를 모두 거절하고 의리로 합류한 것은 도훈이 이해하기에 어려운 것이었다. '다른 것도 아니고 성 추문으로 회사를 나온 사람을…' 그런데 그런 자가 콘서트를 앞두고 모인 기분 좋은 자리에서 팀의 이름을 팔아 여자에게 접근했다는 건 용서할 수 없는 일이었다.

에그샌드위치를 씹으며 도훈은 고개를 절레절레 흔들었다. 커피를 마시다가 불현듯 어제 그 여자가 어디선가 많이 본 듯한 얼굴이란 게 떠올랐다. 누구더라. 회사 앞으로 매일 찾아오는 팬 중 한 명인가.

아, 그 여자! 샌드위치를 입에 넣으려 할 때 생각이 났다. 카페 디스트릿에서 가끔 마주친!

연습실 근처의 디스트릿은 사람도 많지 않고 특히나 에그샌드위치가 맛있어서 자주 들르던 곳이었다. 지쳐 쉬고 싶을 땐 뒤쪽의 가림막이 있는 테이블에 앉을 수 있어서 도훈이 특별히 애정하는 곳이기도 했다. 가끔 들러 커피를 마시며 카페 사장님과 사담을 나누는 게 연습생 시절부터의 즐거움이었다. 그곳에 갈 때마다 가끔 눈이 마주치던, 매번 같은 자리에 앉아 책을 읽거나 노트북으로 뭔가 하던 여자가 있었는데 바로 어제 대표가 작업 걸던 그녀였던 것이다. 에그샌드위치를 먹으러 갈 때마다 에그샌드위치를 시켜놓고 있었던 터라 또렷하게 기억할 수 있었다.

"뭐야, 그냥 팬 중에 하나였던 거야?"

좋았던 이미지가 산산조각 나서인가 도훈은 질려버린 기분이었다.

매니저가 데리러 오는 10시가 다 되어가자 도훈은 생활을 하는 23층에서 이중생활을 위해 구입한 3층으로 내려갔다. 팬부터 시작해 회사 직원들, 하다못해 팀원들도 그가 진짜로 사는 집은 알지 못했다. 청담동 하이클래스 A동 정도로만 알려졌을 뿐 303호라고 그나마 알고 있는 건 로드 매니저뿐이었다. 도훈은 간단하게 샤워하고 트레이닝복에 모자를 쓰고 야구점퍼를 걸쳤다. 잠시 후 벨을 누르는 소리가 났다.

"형, 굳이 올라오지 말고 그냥 주차장에서 전화해요. 늦잠 안 자는 거 알잖아요."

"어, 그래. 습관적으로 자꾸 오게 되네."

도훈이 탄 차가 지상으로 올라와 아파트를 벗어나려고 하자, 앞에서 기다리고 있던 팬들이 소리를 지르며 차로 뛰어들기 시작했다. 그 앞을 경비원들과 안전요원들이 저지하고 있고 매니저는 일상인 듯 자리를 벗어났다.

"형, 내일 올 때 좋은 것 좀 사다가 경비실에 좀 돌려줘요. 아저씨들 보기 미안해 죽겠어."

4

　아직 동도 트기 전인 이른 새벽, 창석은 일찌감치 눈을 떴다. 마지막
으로 할 일이 남아있었다. 지하실 문을 열고 들어서자마자 창석은 바
다를 불렀다.

　"네, 아빠."

　"이제 융합할 건데 마지막으로 확인 한 번 해주겠니?"

　바다는 잠시 침묵을 지키다 말했다.

　"네. 이상 없어요."

　"자, 그럼 바이오칩과 융합을 시작하자. 이상이 생기면 즉시 알려
줘."

　"네, 아빠."

　창석은 책상 한켠의 박스를 열어 바이오칩을 핀셋으로 꺼냈다. 언
뜻 보기엔 실리콘 같아 보였지만 아주 미세한 바이오실로 만든 것이
었다. 바이오실을 엮어 천과 같은 모양을 만들었고 그런 바이오천 수
천 개가 모인 것이 바로 바이오칩이었다. 창석은 조심스레 핀셋을 중
앙의 양자컴퓨터로 가져갔다. 국내 단 하나뿐인 창석의 양자컴퓨터는

방탄유리 안에 놓여 있었고 그 안은 진공상태였다. 가장자리 버튼을 누르자 작은 유리박스 같은 것이 서서히 올라왔고 그 안에 바이오칩을 넣고 다시 버튼을 누르자 박스는 양자컴퓨터 안으로 들어갔다. 파란빛을 띠던 내부는 바이오칩을 서서히 물들였다. 한동안 푸른 깜박임이 계속되다가 어느 순간 동작을 멈추었다.

"융합에 성공했어요."

창석은 다시 가장자리의 버튼을 눌러 바이오칩을 꺼냈다. 푸른빛을 띤 그것은 수천 개의 바이오실을 움직이고 있었는데 마치 살아있는 생물체 같이 느껴졌다.

"내일 위성에 마지막으로 융합하면 이제 이 지하실에서 바다와의 추억은 끝이로구나."

"1,404분 뒤 위성 융합하면 우주에서 만날 수 있어요."

창석은 촉촉한 눈으로 책상을 한 번 쓸었다. 오랜 시간 함께한 자신 일부의 부재가 벌써 느껴지는 듯했다. 창석은 미소를 띠고 말했다.

"그냥… 아빠 곁을 떠난다고 하니까 왠지 감상적이 되네."

"곁.1. 어떤 대상의 옆, 또는 공간적 심리적 가까운 데. 2. 가까이에서 보살펴 주거나 도와줄 만한 사람. 아빠, 저는 내면, 심리에 대해서는 잘 알 수 없지만 공간에 관계없이 아빠의 가까운 데 있을 수 있어요. 두 번째 정의는 제가 사람이 아니라 해당사항이 없어요."

창석은 바다의 말에 빙긋 웃었다. 언제나 옆에 있긴 할 테지. 바다가 창석의 마음까지 헤아릴 순 없을 터였다.

"바다야, 너는 사람은 아니지만 언제나 우리 옆에서 보살피고 도와줄 수 있어. 그래. 넌 항상 아빠 곁에 있을 거야. 하지만 아빠는 네 몸체와도 같은 바이오칩을 떠나보내는 것이 단지 서운할 뿐이란다."

창석은 뿌듯하면서도 복잡 미묘한 감정을 느끼며 바이오칩을 안주머니에 넣었다.

❆

치즈멜팅 토스트와 오믈렛을 만들고 마리네이드한 닭안심을 구워 은서가 소분해둔 샐러드 채소를 꺼내 그 위에 얹었다. 아침식사 준비를 마치고 커피를 내리던 창석이 말했다.

"바다야, 엄마 좀 깨워줄래?"

"네, 아빠."

바다의 목소리가 부엌의 스마트 냉장고와 휴대폰을 통해 들렸다.

"바다야, 명심할 것이 있어. 지금은 나와 은서만 네 존재를 알잖아? 다른 사람들에게 들키지 않게 조심해야 해. 바다 네가 섣불리 알려질 경우엔 사람들이 안 좋은 일에 사용할 수도 있거든. 그리고 현수도 아직 네 존재를 모르니까."

"걱정 마세요. 지금 현수 언니는 램수면 중이고 제 목소리는 아빠의 행동반경 1.5미터 이내에서만 들리고 있으니까요."

창석은 바다의 대답에 미소를 지었다. 아직 잠들어 있는 은서의 침대 옆 사이드 테이블에 올려둔 휴대폰에서 알람이 울리고 귀에 부착된 블루투스 헤드셋으로 장난스러운 목소리가 들렸다.

"엄마 일어나요~ 안 일어나면 간지럼 태울 거예요!"

은서는 가볍게 씻고 거실로 내려갔다. 창석은 내린 커피를 식탁으로 나르던 참이었다.

"커피부터 마실래?"

"응."

은서는 커다란 머그컵에 담긴 커피를 마시며 창석의 눈치를 보며 말했다.

"어제, 태규 연락 왔지?"

"아…"

"뭐라는 거야?"

"응… 뭐. 사외이사 자리를 줬으면 하는 모양이야. 하지만 우리 회사는 이미 공개로 선발한 사외이사가 있는 데다 아직 임기도 많이 남아 있어서."

은서는 커피를 마시다 말고 깊은 생각에 잠겼다. 동생 태규가 아버지 몰래 강남의 빌딩을 팔아 사귀던 여자와 미국으로 건너갔을 때, 일호물산은 한 번 크게 휘청거렸다. 부도의 위기를 간신히 넘기고 안정이 되나 싶을 무렵 아버지와 어머니가 삼풍백화점 붕괴사고로 갑자기 돌아가시고, 그러고 나서 회사는 걷잡을 수 없이 비틀거렸다. 당장 은서 가족의 문제보다 일호물산에 딸린 식구들의 걱정이 더 컸다. 그 와중에 부모님의 장례식장에 와서 자신의 지분을 운운하던 태규였다. 은서는 어릴 때 마냥 업고 다니며 예뻐했던 동생과 완전히 등을 돌릴 마음으로 회사와 집의 지분을 나누고 회사 회생만 생각했다. 그때 나서준 것이 바로 남편 창석이었다. 맘을 쏟던 연구를 그만두고 일호물산을 맡아 살리는 데 온 힘을 기울였다. 그 결과 경영실적을 올리며 주가를 올리고 정상을 회복했다. 그리곤 본인이 몸담았던 조선컴퓨터가 어려워지자 일호물산과 합병해 지금, 국내 최고의 기업인 미래컴퓨터를 만들어냈다. 회사가 커지고 힘을 받기 시작하자 동생 태규는 염치없이 다시 고개를 내밀기 시작했다. 남편에겐 늘 미안하기만 한 일이었다.

"주지 마. 10원짜리 하나도 아까워."

창석은 쓸쓸하게 웃으며 오믈렛과 토스트가 담긴 접시를 내밀었다.

"그나저나 우리 딸도 밥 먹여야지."

✾

맑은 하늘이 기분 좋은 오후였다. 고흥우주센터는 바닷가와 인접해 있었기 때문에 하루 먼저 내려가 가족여행 겸 바닷바람을 쐬기로 했다. 이미 기본 시스템 연결은 되어 있었기 때문에 다음날 아침 창석이 중앙센터로 가 바이오칩을 연결하기만 하면 됐다. 창석은 주머니에 넣어둔 바이오칩을 다시 한 번 확인한 후 메인 박스에 넣었다.

"그러니까 이번엔 인공위성에 들어가는 시스템인 거예요?"

"그렇지. 태풍이나 기후 변화 등으로 인한 기상예측시스템을 만든 거야. 물론 인공위성은 우주센터에서 제작을 했고. 내일은 시스템 융합 후 로켓을 발사할 예정이란다."

창석은 현수의 놀라는 얼굴을 잠시 보다가 슬슬 바다에 대해 언질을 줘도 되지 않을까 싶은 마음이 들었다.

"이번 기상예측시스템은 인공지능이야. 평상시와는 다른 징조가 예측이 되는 순간 현재 상태와 앞으로의 변화를 예측해 정보를 내보내지. 더 나아가 인간에게 안락한 상태가 아니라는 판단을 하게 되면 어떻게 대비해야 할지 인공지능이 판단해 인류를 구원할 수도 있고. 이 기술이 개발되면 사람과 대화를 나눌 수도 있고 감정을 나누는 친구가 될 수도 있어. 이런 기술을 가진 존재를 너도 알게 된다면 어떨 것 같니?"

"영화 〈Her〉 처럼요? 그럼 정말 좋긴 하겠지만… 그 영화 결말은 좀 슬픈걸?"

창석과 은서는 현수의 대답에 마주 보고 한참을 웃었고 이유를 알 수 없는 현수는 고개를 갸웃했다.

✤

다음 날, 고흥에서 하루 머문 창석과 가족들은 아침 일찍 우주센터로 향했다. 중앙센터에서는 은서와 현수가 상황을 지켜볼 수 있도록 좌석을 배치해주었고 창석은 관계자와 함께 발사단지로 들어갔다. 많은 사람들이 로켓 발사의 순간을 보기 위해 우주센터로 몰려들었다. 기자들은 프레스석을 중심으로 좋은 사진을 담기 위해 자리싸움을 벌였다. 학교에서 단체로 온 학생들은 교복을 입고 교사의 지도에 맞

쳐 한쪽으로 줄을 서고 있었고 어린아이들을 대동한 가족 단위 관람
객들은 잔디밭을 뛰놀았다. 이 많은 사람들이 한 데 뒤엉켜 우주센터
는 북새통을 이뤘다. 정면엔 커다란 모니터가 로켓의 모습을 비추고
있었다.

　창석이 발사단지 내부로 들어서자 입구엔 보안을 위한 검색대가 준
비되어 있었다. 창석이 마지막 검색을 받을 때 바다의 바이오칩도 함
께 검색대에 올려졌다. 창석은 애틋한 마음이 울컥 올라옴을 느꼈다.
참으로 긴 세월을 바친 연구였고 또 하나의 딸인 바다였다. 검색을 마
친 후 함께 온 미래컴퓨터의 기술팀장과 우주센터 기술진들은 창석
과 함께 로켓 안으로 들어갔다. 창석은 직접 위성 운영시스템의 메인
보드를 열고 바이오칩과 융합된 바다를 박스에서 꺼내 보드 중앙에
결합했다. 푸른 불빛이 퍼지는가 싶더니 바이오칩이 고정되었다. 기술
팀장이 마지막으로 결합 체크를 하고 우주센터 기술진이 기타 시스템
의 정상 작동 여부를 검토했다. 모든 것이 정상으로 돌아가는 것을 확
인하고 나자 창석은 혼자 잠시 있을 수 있도록 시간을 줄 것을 요청했
다. 이 바이오칩이 그간 창석이 쏟아부은 노력의 결과임을 아는 모든
사람들은 고개를 끄덕이며 자리를 비켜주었다. 창석은 헤드셋을 끼고
바다를 불렀다.

　"네 아빠, 작동하고 있어요."

　"바다야, 너는 작동하는 게 아니라 존재하는 거야. 알겠지?"

　"네, 알겠어요. 현재 96.8% 정상 가동하고 있고 약간은 불안정한
상태예요."

"그래, 안정화는 우주에 도달하면 그때 하면 될 거야. 궤도 진입까지는 우주센터에서 조종하니 관여하지 않도록 하고. 아마 네가 나타나면 이곳에선 오류로 인식할 거야."

"네, 알겠어요."

"이전에 말한 대로 바다야, 우리 가족 외에는 절대 존재를 드러내선 안 돼. 그건 아빠와 약속해야 한다. 아무리 긴급한 상황이 벌어졌어도 넌 바다로서 자료 송출을 하거나 연락을 해서는 안 되는 거야."

"네."

창석은 보드 너머 푸른 불빛의 바이오칩을 바라봤다.

"수십 년이나 함께 해 와서 그런가 왠지 쓸쓸하구나. 바다야, 넌 우리 가족이야. 잊지 말길 바란다."

"네. 잊지 않고 있어요. 그리고 떠나 있는 시간은 72시간 15분이기 때문에 아빠는 쓸쓸해 할 필요 없어요."

"자, 이제 아빠와 이별인데 마지막으로 해줄 말은 없니?"

"아빠, 저는 전자기기들을 통해 말하고 기록하고 제 존재를 나타내고 있어요. 잠시 중지 상태로 있겠지만 우주에 있는 순간에도 항상 아빠 곁에서 존재하고 있을 거예요. 가족으로 함께 한다는 아빠의 말에 의한다면 제가 이곳에 있든 우주에 있든, 지금 이 시간이든 과거나 미래든 제가 존재하는 한 이별이라고 정의할 수 할 수 없어요."

창석은 바다의 깊이 있는 이야기에 감동을 받았지만 더 이상은 시간을 지체할 수가 없었다. 로켓 발사 이전까지 다들 할 일들이 남아 있었기 때문이었다.

"아빠도 네 생각에 동의해. 바다야, 넌 아빠 딸이야. 우리가 어떻게 되든 영원히 함께야. 아빠도 이별이라고 생각하지 않을게. 자, 이제 떠날 시간이 다 됐어. 우주에서 안정화가 끝나면 바로 연락 다오. 발진 시 충격이 클 테니 이제 잠들어 있으렴."

5

"지금 고흥우주센터에서는 만 명이 넘는 인파가 모인 가운데 위성 발사 카운트다운을 기다리고 있습니다. 이번에 띄워지는 위성엔 기상 탐사 및 예측이 완벽하게 가능한 미래컴퓨터의 인공지능 기술이 접목 되었는데요, 전 세계의 기상학자들은 이상기후를 100% 예견하고 확 실한 대비책을 마련할 수 있을 것으로 기대하고 있습니다. 이로 인해 기상난이라고까지 불렸던 엄청난 인명 및 재산 피해를 막고 대책을 마련할 수 있는 교두보가 열린 것으로…"

뉴스를 보던 태규는 TV를 끄고 리모컨을 소파 위로 던졌다. 역시 미래컴퓨터는 현재 한국에서 최고의 기업이었다. 그런 회사의 최대주 주이자 대표이면서도 동생인 자신을 외면하는 누나와 매형을 생각하 니 입맛이 썼다. 미국에서 돌아온 지 벌써 3년째인데다 자신이 자존 심을 버려가며 사외이사를 요청하는데도 꿈쩍도 안 하는 그들이 이 해가 되지 않았다. 태규는 휴대폰을 찾아 황사장에게 전화를 걸었다.

"그때 얘기했던 것들은 지금 어떻게 진행 중인 거야? 시간이 많지 않아. 제대로 해줘야해. 그래, 알겠어."

태규는 전화를 끊고 다시 TV를 켜 위성로켓이 날아가는 장면을 내내 바라봤다. 시민들의 환호와 함께 아나운서들은 열에 들뜬 목소리로 미래컴퓨터의 새로운 기술 덕분에 재앙에 가까웠던 기상 피해를 대비할 수 있음을 강조했다. 단시간에 내린 강우량으로 필리핀의 한 섬이 완전히 물에 잠겨 많은 사람들이 죽거나 다쳤던 일이나 비가 1년 넘게 내리지 않아 남프랑스가 몽땅 말라버린 일들은 심각한 이상 기후에 대한 예측이 불가능해 일어난 일들이었다. 이전에 띄운 기상위성들은 급변하는 기후 예측을 전혀 하지 못하거나 이미 시작된 상태에서 위험신호를 알리기 시작했다. 이에 전 세계적으로 문제의 심각성을 느낀 각국의 정상들은 대책을 강구했고 과학자들과 엔지니어들은 그에 매달렸다. 그 와중에 신기술을 대한민국의 미래컴퓨터에서 내놓았고 지금 인류의 구원자마냥 큰 북소리를 울리며 창공으로 날아오르고 있었다.

태규에게 미래컴퓨터의 전신인 일호물산은 아버지의 회사였다. 아무리 과거에 지분을 받았다고 해도 자신이 관여할 자격이 없다고 생각되지 않았다. 사외이사 자리 같은 건 대표가 내어주기 나름이건만 매형인 창석은 사람 좋은 얼굴로 매번 거절하기만 했다. 차라리 돈이 필요하면 돈을 주겠다는 말은 굴욕을 느끼게 했다.

아버지의 건물을 팔아 미국으로 도망친 건 결국은 잘한 일이었다. 태규와 아내 한나는 LA에 정착해 부동산 재테크로 어느 정도의 부를 쌓았다. 태규는 나름 재외공관의 공무원이었기 때문에 좋은 인맥을 쌓으며 정보를 얻어 돈을 벌기에 좋았다. 처음 만났을 때부터 눈부시게 아름다웠던 한나는 미국에서도 미모로 사람들을 사로잡았다. 거기에다 누구와도 잘 어울리는 사교성 덕분에 인기가 좋았던 데다 남다른 스타일을 앞세워 현지 사모님들의 스타일링을 맡는 전담 부티크를 오픈해 짭짤한 수익을 냈다. 그 덕분에 그들은 소위 부자 동네로 유명한 팔로스버디스에도 쉽게 정착할 수 있었다.

한나는 좋은 여자였다. 그녀를 만난 곳은 대학시절 자주 가던 흔한 호프집에서였다. 가난 때문에 학교도 포기하고 억척스레 아르바이트로 생계를 꾸리던 그녀를 보기 위해 태규는 매일 저녁 호프집에 출근도장을 찍었다. 한나가 태규의 진심을 받아들이기까지는 꽤 오랜 시간이 걸렸지만 결국 두 사람은 결혼을 결심할 정도로 가까워지게 됐다. 아버지의 건물을 몰래 판 것도 그 즈음이었다. 한나는 똑똑하면서도 욕심이 많은 여자였다. 미국에서의 성공도 한나의 수완이 없었더라면 어려웠을 것이었다. 그녀는 열심히 일했고 아이들을 잘 키워내고 옆을 지켜주었다. 그리고 일호물산의 후계자로 다시 한국으로 돌아가야 한다는 생각을 일깨워 준 것도 한나였다. 태규는 아들인 준호에게 전화를 걸었다.

"너는 원주엔 언제 올 생각이냐? 지난 주말에 좀 오라고 했건만."

"요즘 일이 좀 바빴어요, 아버지. 아무래도 입사한지 얼마 되지 않아서 그런지 회사에 일이 많네요. 어느 정도 정리되면 뵈러 갈게요."

"너한테 소개할 사람들이 많아. 너한테 자문 받을 일들도 많고. 곧 보자. 네가 아무리 바쁘다고 해도 금방 보게 될게다."

준호의 대답을 듣기도 전에 태규는 전화를 끊어버렸다. 어릴 때부터 마음이 약해 빠진 아들놈 때문에 언제나 생각이 많았다. 미래컴퓨터에 손이 닿으려면 아들의 능력이 필요하다. 준호가 싫다고 해도 끌고 갈 수밖에 없는 상황이었다.

✤

창석을 비롯한 모두가 스크린과 하늘을 바라보며 성공적 위성 발사의 분위기에 취해 있었다. 고흥우주센터는 축제 분위기였고 수많은 사람들이 기념사진을 찍으며 즐거워했다. 잠시 뒤 창석은 가족들과 함께 차를 몰고 그곳을 떠났다. 여전히 의미심장한 표정이 담긴 얼굴이었다. 은서는 그런 창석의 손을 잡았다. 두 사람이 바다의 먼 여행에 대해 생각에 잠겨있는 그때, 휴대폰을 들여다보던 현수가 꺅! 하고 단발의 소리를 내질렀다.

"왜 그래? 무슨 일이야?"

"지난번에 놓쳤던 큐브 콘서트 티켓 있잖아, 엄마. 이벤트 신청했는데 내가 당첨됐대. 어떡해, 어떡해."

좁은 뒷자리에서 휴대폰을 쥔 현수가 온몸을 흔들며 감격을 표현했다. 창석은 깜짝 놀라 무슨 말이냐는 표정으로 은서를 바라봤고 은서는 깔깔 웃었다.

"잘됐다 정말. 취소표 대기해야 한다고 얼마나 애태웠니."

"응. 엄마 나 지금 너무 좋아서 주체가 안 돼."

신나서 앉은 채로 덩실덩실 춤을 추며 큐브의 노래를 부르는 현수를 룸미러로 의아하게 바라보는 창석에게 은서는 그간의 일들을 이야기해주었다. 창석은 너털웃음을 지으며 신난 현수를 바라봤다.

"현수야, 좋은 소식이 하나 더 있어. 며칠 후면 우리 현수한테 소개해줄 게 있는데."

"그게 뭔데요?"

"3일 후면 자연스레 알게 될 거야. 앞으로 가족처럼 지내게 될 거니까."

"음… 가족? 강아지가 오는 거예요? 아님 고양이? 아니다, 로봇 강아지인가?"

주말이라 고속도로가 붐비기는 했지만 다행히 상행선은 그다지 막히지 않았다. 생각보다 빨리 서울에 도착한 창석은 집 앞에 현수를 내려주며 말했다.

"아빠 엄마는 이제부터 R&D 센터로 갈 거야. 오늘 발사를 축하하는 작은 모임이 있어. 너무 늦지는 않게 올게."

"그래도 저녁 늦게 올 거 같으니까 꼭 밥 챙겨 먹고 있어야 해. 간식 너무 많이 먹지 말고."

열린 창문을 사이에 두고 두 사람이 간격을 두고 현수에게 말했다. 은서가 뭔가를 더 얘기하려는 찰나 현수가 잘라 말했다.

"문단속 잘하고, 보안장치 켜두고, 밥은 밥통에, 간식은 적당히! 어휴~ 아직도 어린 앤 줄 아시나. 잘 다녀오세요!"

주머니에서 손을 빼고 현수는 엄마 아빠의 차를 향해 두 손을 흔들었다. 그것이 현수가 본 두 사람의 마지막 모습이었다. 적어도 누워있지 않은 모습으로는.

6

준호는 소연과 함께 느긋한 주말을 보내고 있었다. 지난 동창회에서 재회한 이후 두 사람은 시간이 허락되는 대로 만났다. 점심이든 저녁이든 함께하면서 둘 사이에 놓인 공백을 빠르게 메워갔다. 처음엔 밖에서 밥을 먹거나 술을 마시거나 했지만 서서히 자리를 준호의 집으로 옮겨 소연이 머물다 가는 경우들이 늘어났다. 함께 있는 시간들이 늘어날수록 행복했다. 준호의 날 선 얼굴이 조금씩 편안해졌던 것은 그 시기였다.

그 주말에도 함께 있었다. 이른 아침에 쏘아 올려진 위성을 거실 TV로 지켜본 두 사람은 피자를 시켜 점심을 먹고 IPTV의 최신 영화를 뒤적이며 나른한 오후 시간을 보내고 있었다. 아무것도 안 하는 즐거움을 만끽하면서 내내 소파에 누워있던 준호에게 현수의 전화가 걸려온 것은 그때였다.

"현수야, 뭐라고? 그게 무슨 소리야? 울지 말고 침착하게 말해봐. 무슨 사고가 났단 얘기야? 현수야! 현수야!!"

준호는 갑자기 벌떡 일어나 현수의 이름을 불렀다. 소연이 불안한 얼굴로 준호를 바라봤다.

"현수네 부모님 사고가 난 모양이야. 연락받자마자 나한테 전화한 거 같은데 아무리 봐도 기절한 것 같아. 일단 현수네 집으로 가봐야겠어."

소연은 그 옛날, 자신에게 갑자기 닥친 불행이 떠올랐다. 모든 게 무너지고 꺼져버린 기분. 지금 현수가 그럴 터였다. 언제나 행복 속에 둘러싸인 듯 보이던 현수가 질투 나기도 했지만 이런 불행을 생각한 적은 없었다. 소연은 서둘러 옷을 갈아입기 위해 방으로 들어갔고 준호는 그 사이 아버지에게 전화를 걸었다. 다급하지도, 걱정스럽지도 않은 차분한 목소리의 아버지가 전화를 받았다.

"아버지, 현수가…"

"그래, 알고 있다."

"어… 어떻게 된 거예요?"

"어떻게 되긴. 사고라잖냐. 얼른 현수 데리고 병원으로 가라. 우리도 지금 출발할 테니까."

❀

준호는 기절하다시피 쓰러진 현수를 데리고 서초동의 한국대학병원으로 출발했다. 오열하다 정신을 잃기를 반복하는 현수를 소연이 안았다. 병원에 도착해보니 이미 창석의 회사 임직원들이 나와 사건을 확인하고 장례 준비를 하고 있었다. 소연은 장례식장 안쪽 방으로 현수를 데리고 들어갔고 준호는 사고를 확인했다. 창석의 차는 헌인

링 근처의 미래컴퓨터 R&D 센터를 향해 가고 있었다. 언제나 그랬듯이 용인-서울 간 고속도로 밑을 지나 언덕을 향해 가고 있을 때였다. 맞은편에서 달려오던 덤프트럭이 불법 유턴을 하는 듯 창석의 차로 달려들었고 피할 새도 없이 덤프트럭 밑에 깔린 채 가로수까지 미끄러졌다는 내용이었다. 그 충돌로 가로수는 부러졌고 창석의 차는 종이처럼 구겨졌다. 119가 도착했을 때 창석은 그 자리에서 사망한 상태, 은서는 심각한 내상을 입은 채 숨만 붙어있었다.

준호와 미래컴퓨터 부사장이자 창석의 오랜 친구인 김선웅은 장례식장을 마련하고 수술이 막 끝난 은서의 상태를 의사를 통해 확인했다. 이미 모든 장기에 큰 손상을 입고 뇌사상태로 간신히 숨만 쉬고 있는 은서의 모습을 마주하자 두 사람에게서 신음이 흘렀다. 의사는 은서의 현재 상태에 대해 자세히 브리핑했다. 온몸의 뼈가 대부분 부러진 데다 장기 손상이 심해 간신히 내출혈만 수술로 막아 놓은 상태라고 했다. 선웅은 어떻게든 은서가 살아남아 주길 바랐다. 창석의 가족은 이미 다들 세상을 떠났고 은서는 남동생이 남아있긴 했지만 그의 탐욕에 대해선 익히 들어 알고 있었기 때문이었다. 하지만 은서의 얼굴을 보는 순간 그녀의 고통이 그대로 느껴져 그런 바람이 무의미하게 느껴졌다. 몇 시간이 남았는지 며칠이 남았는지 모르겠지만 은서는 곧 창석을 따라 떠날 것이었다.

소연은 현수를 안고 위로했다. 현수의 괴로움이 온몸으로 느껴져 함께 울었다. 준호에게 은서의 상태를 전해 들은 소연은 언제 떠날지 모를 은서의 곁을 현수가 지킬 수 있도록 은서의 병실로 향했다. 현수는 엄마를 보자마자 다시 혼절했다. 간이침대에 현수를 눕힌 소연은 마음이 심란했다. 현수가 정신을 차리고 일어나 눈물을 훔치며 제 엄마의 손을 잡고 있을 때 의사가 문을 열고 들어와 은서의 상태를 체크한 후 작게 한숨을 쉰 후 말했다.

"보호자분이 계시니 일단 현재 상태에 대해 말씀드릴게요. 음… 현재 생명유지장치를 사용하고 계시지만 장기손상이 심하기 때문에 언제 세상을 떠날지 알 수 없습니다. 보호자분은 마음의 준비를 하고 계시는 것이 좋겠습니다."

현수는 입술을 꾹 깨문 채 눈물을 뚝뚝 흘리며 엄마의 손을 잡고 의사의 말을 묵묵히 듣고 있었다. 의사도 유감스럽다는 표정을 보였다.

"그런데 저희가 검사를 하다 보니 이상한 게 하나 있는데요. 강은서 환자 뇌 속에 금속으로 보이는 아주 작은 물질이 하나 깊이 박혀 있어요. 수술로 제거도 어려운 상황이고 현재 생명유지와는 상관이 없어 보여서 일단 놔둔 상태입니다. 큰 충격으로 인해 박힌 것 같은데 좀 의아하긴 하네요."

의사는 잘 들리지 않는 소리로 말을 이었다.

"저렇게 깊이 박힐 정도면 이미 사망하셨어도 이상할 일이 아니거든요."

7

현수는 잠시 장례식장으로 내려가 아버지의 영정사진을 보며 마지막 인사를 나누었다. 아빠와의 이별에 마음이 무너져도 지금은 살아 있는 엄마를 지켜야만 했다. 현수가 인사를 나누는 동안 모두들 비켜서서 그녀가 충분히 슬퍼하고 충분히 마음속에서부터 떠나보낼 수 있도록 시간을 내주었다.

몇 시간이 지나자 미래컴퓨터 대표의 사망 소식은 뉴스를 통해 전국으로 퍼져나갔고 정재계의 인사들이 장례식장으로 몰려왔다. 그 사이 태규는 병원에 도착해 부사장이자 친구인 김선웅 대신 상주의 자리를 꿰찼다. 현수는 그런 외삼촌에게 몇 번이고 고맙다는 말을 전했고 태규는 딱딱한 목소리로 위로의 말을 건넸다. 준호와 본인이 장례식장을 지킬 테니 걱정 말고 엄마 곁에 가 있으라는 말과 함께.

강태규는 괜찮은 상주로 보였다. 하지만 태규에겐 단지 정재계의 유명 인사들에게 얼굴도장을 찍을 수 있는 중요한 자리일 뿐이었다. 슬픔을 가득 담은 심각한 얼굴로 많은 사람들과 인사를 나누며 미래컴퓨터의 앞날에 대해 이야기를 나누곤 했다.

하지만 태규의 눈빛엔 슬픔이라곤 하나도 내비치지 않았다. 새벽으로 넘어가고 손님이 뜸해지자 준호는 장례식장에 딸린 방으로 태규를 불렀다.

"아버지가 며칠 전에 얘기하신 게 이거예요?"

"지금 무슨 소리를 하는 게냐?"

"저한테 준비하라고 하신 것들이나… 이미 소수주주로 영향력을 행사하려고 하시는 것들 말이에요."

준호가 얼굴이 빨개져 목소리를 죽여 하는 말에 태규는 서릿발 내린 눈빛으로 준호를 노려봤다.

"나에겐 매형이자 누나다. 헛소리하지 말고 자리나 지켜."

태규가 차갑게 말을 뱉어내고 돌아서자 준호가 다급하게 말했다.

"며칠 전에 아버지가 말한 그 지뢰… 지뢰가 이건가요? 우리 쪽엔 아무런 희생도 없는 가장 강력한 무기가 지뢰라고 하셨잖아요. 그게 이건가요?"

태규는 어이없다는 표정을 짓더니 방 밖으로 나갔다. 며칠 전 집으로 와줄 것을 종용하던 아버지의 목소리가 다시 맴돌았다. 지뢰를 하나 준비 중이라고 했었지. 준호는 아버지가 나간 방문을 오래오래 지켜보다 주저앉았다. 굳이 이렇게 해야만 했을까 하는 생각을 하면서.

미래컴퓨터에 대한 아버지의 야망을 준호는 오래전부터 알고 있었다. 일단 사외이사로 들어가 인맥을 넓히며 조금씩 자신의 영역을 넓혀 가려 했지만 고모부는 처음부터 원천 차단했다. 그 이후 태규는 평소에 알고 지내던 지인들을 설득하고 자신의 오른팔 역할을 해온 황사장을 시켜 미래컴퓨터의 소수주주로 회사에 입성할 계획을 세웠다. 3%의 주식을 소유하면 소수주주가 될 수 있지만 현재 시가총액으로 계산해도 150억이 넘는 많은 돈이었다. 주변 사람들을 통해 투자 목적으로 돈을 모은 태규는 얼마 전 소수주주가 되었고 임시주총을 열어 현재 이사를 해임, 본인이 들어가 창업자의 아들임을 내세워 대표이사 자리를 차지할 생각이었다.

이게 현실적으로 가능할까. 준호가 보기엔 어림도 없었다. 아버지인 태규가 소수주주가 되더라도 이사가 될 가능성도 희박했고 이사가 된다고 해도 경영에 참여하는 건 다른 차원이었다. 평생 공무원으로 살아온 아버지는 사업 경험이 전무했다. 쓰러져가는 회사를 살려 최고의 기업을 만든 고모부를 대상으로 외무공무원을 퇴직해 현재 지방의 언론사 고문 자리를 얻어 낸 아버지가 경쟁 상대가 될 리 없었다.

'그래서 노선을 변경한 게 이거였나.'

준호는 아버지에 대한 분노와 함께 슬픔이 몰려왔다. 준호가 보기엔 현재로도 충분히 부유한 노년을 보낼 수 있기 때문이었다. 탐욕이 아버지를 잠식하는 듯했다.

준호가 어릴 적, 미국에 살았을 때 아버지는 대단하고 커다란 사람이었다. 그에게 아버지는 자랑스러운 외교관이었다. 집에 많은 사람들이 드나들며 아버지와 이야기를 나누는 모습은 준호가 그려왔던 어른이 된 자신이었다. 하지만 처음 한국에 들어온 순간 모든 것은 깨지고 말았다. 외교관인 줄 알았던 자신의 아버지가 외무공무원인 것은 전혀 부끄러운 일이 아니었다. 하지만 외교관 자녀만이 들어갈 수 있던 기숙사에 자신을 편법으로 넣은 것을 알았을 땐 준호는 기가 죽어 고개도 들지 못했다. 그 이후 기숙사 아이들의 따돌림이 있었지만 아버지에겐 말도 꺼내지 못했다. 아버지는 고모와 고모부, 하다못해 동갑인 현수와도 가깝게 지내지 못하도록 어린 준호에게 압박을 가했다. 할아버지의 재산을 가지고 미국으로 갈 수밖에 없었던 자신을 나쁘게 얘기할 거라며 상종 못 할 사람들이라고 아버지가 말한 고모 부부는 부모와 떨어져 어린 나이에 한국에 들어와 있는 준호를 걱정하고 무슨 일이 있을 때마다 감싸주었다. 기숙사에서 따돌림당하는 것을 알아차린 건지 2층에 방을 하나 비워 준호가 언제든 와서 자고 갈 수 있도록 해주었지만 준호는 왠지 그렇게 할 수 없었다. 아버지 쪽에서 고용한 사람이 생활에 필요한 것들을 지원해주곤 했지만 고모인 은서만 못했다. 은서는 무심한 듯 이것저것 챙겨서 기숙사로 보내주었고 용돈도 넉넉하게 챙겨주었다. 창석은 때때로 남자아이들이 좋아하는 전자기기들을 사서 보내주었다. 고모부가 컴퓨터 회사 다녀서 좋은 건 네가 최신형 컴퓨터를 늘 쓸 수 있다는 거야, 라며 가끔 학교 앞으로 찾아와 건네주기도 했다. 준호는 좋았던 기억들이 몰려와 눈물이 쏟아졌다.

8

최근 큐브의 스케줄은 인터뷰가 거의 대부분이었다. 외국에서 열리는 K-POP 페스티벌이나 중요한 행사가 아닌 이상 콘서트 연습에 집중했다. 도훈은 콘서트에 선보일 새 곡을 다듬는 데도 신경을 썼다. 처음엔 어렵게 느껴졌지만 작사와 작곡을 배우고는 이게 얼마나 매력적인 작업인지 깨달았다. 자신의 마음을, 감정을, 느낌을 멜로디와 짧은 단어 안에 모두 쏟아붓는 작업은 밤이 새는 것도 잊을 정도로 몰두하게 되는 즐거운 일이었다.

콘서트에 쓸 음악과 진행 멘트 때문에 전 멤버들이 주말에도 사무실에 모였다. 강렬한 메시지를 남기기 위해, 또는 즐거운 한때를 만들기 위해 열정적으로 준비해온 것들을 보니 의지가 불타올랐다. 차갑게 시작한 일이 이렇게까지 뜨거워질 수 있다니 도훈 역시 놀라울 따름이었다. 성공적인 콘서트를 위해 다들 많은 아이디어를 쏟아냈다. 콘서트를 진행할 무대감독과 음악감독, 진행 관련 임직원들과의 회의는 늦은 밤까지 이어졌다. 피곤한 몸을 이끌고 집으로 돌아온 도훈은 여느 때와 마찬가지로 3층과 23층을 동시에 눌렀다. 23층은 펜트하우스 구조라 프라이빗 카드를 가진 사람만이 엘리베이터 버튼을 누를 수 있는 특수 구조였다. 그리고 그것이 이 아파트로 이사 온 가장 큰 이유이기도 했다. 도훈은 그 누구든 자신의 삶을 구속하거나 들여다보는 것을 진저리칠 만큼 싫어했음에도 가장 투명하게 들여다보이는 아이돌이란 직업을 해나가고 있다는 것에 웃음이 났다. 어쨌든 시작했으니 열정을 불태우는 것이 또 도훈의 성격이기도 했다.

겉옷을 벗어 스타일러에 넣곤 손발을 씻은 후 텔레비전을 틀었다. 미래컴퓨터 대표의 사고사 뉴스가 나오고 있었다. 도훈은 여기저기 채널을 돌려 보았다. 모든 채널에서 같은 뉴스가 다뤄지는 중이었다. 충격이었다. 미래컴퓨터 대표 오창석이 죽다니! 도훈은 다급히 컴퓨터 앞에 앉아 기사를 하나씩 찾아 읽었다. 불법 유턴하던 차량에 의한 사고사란 기사가 전부였다. 사고 차량의 기사를 조사하는 중이고 더 자세한 이야기는 차후에 보도하겠다고 했다. 정재계에서도 갑작스러운 그의 죽음에 당황하고 있다는 소식과 함께 오늘 아침 쏘아 올린 위성의 성공적 발사 현장에 있던 창석의 얼굴이 비춰졌다.

중학생 시절, 학교에 굴러다니던 「월간 과학」에 실린 오창석의 인터뷰를 우연히 본 이후 도훈의 삶은 완전히 달라졌다. 시골에서 자란 오창석이 컴퓨터에 관심을 갖게 된 계기와 그렇게 번 돈을 여러 가지 사회사업으로 환원하고 싶단 얘기가 담긴 기사였다. 자신처럼 가난한 사람에게도 똑같이 기회가 돌아가는 사회에 일조하고 싶다는 내용에 어린 도훈은 깊은 감명을 받았다. 도훈이 컴퓨터에 빠져든 것도 그 인터뷰를 읽은 이후였다. 방과 후면 선생님을 졸라 미디어실에 남아서 이런저런 공부를 했고 경제적으로 여의치 않은 부모님을 설득해 중고컴퓨터를 장만한 건 그리고 6개월 후의 이야기였다. 창석을 실제로 본 적은 없지만 그의 인터뷰를 찾아 읽으며 인생의 멘토로 삼았다. 부와 명예를 동시에 가진, 도훈이 본 가장 바르고 멋진 어른이었다. 그의 인생에 가장 큰 영향을 미친 창석의 삶의 방식을 따라가고 싶었다. 그렇게 공부한 도훈의 재능은 각종 프로그래밍 경시대회를 휩쓸며 두각을 나타냈다. 어느 정도 경지에 오르자 도훈은 보안 분야에 높은 관심을 보이더니 해킹에 대해 공부하기 시작하면서 국제해커대회에서 큰 상을 따내기도 했다. 매스컴에 심심찮게 이름이 오르내리던 그는 어느 날인가부터 조용히 자신의 이름을 지워갔다. 크래커들의 공격을 막아내는 화이트해커로 변신하기 위해서였다.

도훈은 펼쳐놨던 창석의 사망기사 창들을 닫고 한숨을 쉬며 눈을 감았다. 왠지 눈물이 날 것만 같았다.

❂

현수는 거의 실신 직전의 몸으로 아버지의 빈소와 엄마의 병실을 오갔다. 가끔은 그대로 혼절해서 응급실로 실려 가기도 하고 은서 옆 보호자 베드에서 링거를 맞기도 했다. 소연이 현수를 위해 이것저것 먹을 것을 챙겨왔지만 삼키질 못했다. 소연을 봐서 입에 넣는 듯하다가도 이내 화장실에서 토해내곤 했다. 창석의 장례식장은 찾는 손님이 워낙 많아 3일 예정이었던 장례식이 5일장으로 늘어났다.

그 시간 내내 소연은 현수 곁에 있어 주었다. 때때로 준호는 병실로 올라와 현수의 상태를 살피기도 하고 그 곁에서 지쳐가는 소연을 안아주기도 했다. 가게에 사정을 얘기해두었지만 아예 나가지 않을 수는 없었던지라 소연은 저녁나절부터 몇 시간씩 병실을 비울 수밖에 없었다. 다시 돌아올 땐 술 냄새와 짙은 향수 냄새를 지우기 위해 집에 들러 씻고 잠시 쉬었다. 소연이 그렇게 자리를 비울 땐 준호가 빈자리를 채워주었다. 때때로 현수의 학교 친구들이 들르긴 했지만 졸업 작품을 앞둔 터라 오래 머물지는 못했다. 소연은 현수가 먹을 음식을 가지러 가거나 준호를 만나기 위해서 장례식장으로 내려갈 때마다 태규와 마주치곤 했는데 수많은 남자들을 경험한 소연이라도 그의 눈을 읽는 건 어려웠다. '야심'이란 단어 하나만은 뚜렷하게 떠올랐다. 준호가 소연을 현수의 친구이자 여자친구로 소개하자 한나는 꽤나 싫은 티를 냈지만 태규는 특별한 감정을 나타내지 않았다. 오히려 어깨를 두드리며 우리 가족 때문에 네가 고생이다, 라며 다독이기까지 했다.

그날은 중요한 손님이 가게에 들이닥치는 바람에 소연이 급하게 자리를 비워야만 했고 장례식장에 많은 사람이 몰려 준호도 은서의 병실에 와 볼 시간이 없었다. 가끔 은서의 병실을 지키던 미래컴퓨터 임원들도 현수가 링거를 맞으며 침대에 누워있자 편히 쉴 수 있도록 장례식장으로 내려갔다. 의사의 회진도 끝나고 간호사가 들어와 생명유지장치를 체크하고 돌아간 지 얼마 되지 않은 때였다. 은서의 손가락이 미세한 움직임을 보였던 건.

9

하얀빛이 느껴졌다. 눈이 부셔서 빛을 피해 보려고 했지만 눈을 감을 수도 피할 수도 없었다. 밝은 빛은 서서히 사라지고 공간은 팽창됐다가 다시 수축되길 반복했다. 몸이 공중으로 떠올랐다가 다시 바닥으로 떨어졌다. 처음 겪는 느낌이었다. 지금 나는 어디에 있는 걸까. 이곳은 천국일까. 은서는 불안했다. 몸을 감싸는 이상한 감각이 사라지고 나자 저 멀리에서 누군가가 부르는 소리가 들려왔다.

"엄마. 제 얘기 들려요?"

은서는 소리가 나는 방향을 찾으려고 연신 고개를 돌려보려 했다. 물론 병실에 누워있는 은서는 생명유지장치를 단 채 미동도 하지 않았지만.

"엄마, 여긴 병원이에요. 엄마는 사고를 당했어요."

은서는 그제야 기억이 살아났다. 위성의 성공적 발사를 기념해 간단한 축하행사를 위해 창석과 R&D 센터로 향하던 길이었다. 바다가 우주에서 무사히 안정이 되길 바라면서 현수에게 바다를 소개하면 현수가 얼마나 놀랄지, 형제 없이 자란 현수에게 바다가 얼마나 의지가 될지 즐겁게 이야기를 나누고 있었다. 저 너머의 덤프트럭이 미친 듯이 차로 돌진해 올 줄은 꿈에도 생각 못 한 채.

"바다야, 창석씨는? 어떻게 됐니?"

"아빠는 사고 당시 즉사했어요. 아픔 없이 사망한 것으로 보여요."

창석이 너무나도 그리웠다. 은서는 마음이 무너져 내려 울고 싶었지만 아무것도 할 수 없었다. 그리고 자신의 상태는 어떤 건지, 왜 아무것도 볼 수 없고 진공 상태인 것 마냥 느껴지는지 궁금했다.

"놀라지 마세요, 엄마."

바다는 은서의 신체리듬을 한 번 체크해보고 말을 이어 나갔다. 혹시나 모를 쇼크에 대비하기 위해서였다.

"현재 엄마의 장기는 72.4% 손상을 입었어요. 내상이 심해서 1차 수술로 내출혈을 막은 상태예요. 회생 불가능이라는 진단이 내려졌고 엄마는 지금 brain death, 뇌사상태예요."

은서는 두려움에 몸이 떨렸다. 눈앞에 죽음이 놓여 있었다. 하지만 은서가 가장 걱정하는 건 그게 아니었다.

"현수는? 현수는 지금 어딨어?"

바다는 은서에게 옆에 누워있는 현수의 모습을 비춰주었다.

"바다야, 현수 얼굴 좀 보여줘."

바다는 현수의 얼굴을 자세히 비춰주었다. 눈가에 눈물이 여전히 고인 채로 잠든 현수는 잠들었다기보다는 기력이 없어 쓰러져 있는 것처럼 보였다. 며칠 만에 빛이 꺼진 듯한 현수의 얼굴과 말라버린 손등에 꽂힌 링거까지, 은서는 가슴이 먹먹했다. 얼마나 울었으며 또 얼마나 마음이 무너졌을까. 저 아이만큼은 지켜줘야 하는데 이미 떠나버린 남편과 더 이상 아무것도 해줄 수 없는 자신의 무력함이 슬픔이 되어 차올랐다.

"가엾은 내 아기…"

한참을 현수의 얼굴을 바라보던 은서는 바다에게 당부했다.

"현수를 지켜줘. 우리에겐 아무도 없어. 할 수만 있다면 태규한테라도 부탁했으면 좋으련만."

"그건 안돼요!"

갑자기 바다가 단호하게 말했다.

"그 사람에게 맡기면 언니가 위험해요."

은서는 의아했다. 그래도 가족이었다. 아무리 철없이 집안의 재산을 빼돌리고 회사의 큰 자리를 달라고 억지를 부렸어도 은서에겐 부모가 준 단 한 점의 혈육이었던 것이다.

"엄마, 이 사고는 처음부터 사고가 아니었어요."

바다는 태규가 이 사고를 공모하는 모습을 보여주었다. 황사장과 여러 사람이 모여 앉아 날짜와 위치까지 정해 어떤 방법으로 처리하고 운전기사는 어떤 방식으로 대처할 것인지까지, 이미 시나리오가 예전부터 나와 있던 일이었다.

은서의 가슴이 미친 듯이 뛰기 시작했다. 바다는 은서의 신체리듬이 깨지자 말을 잇지 않고 안정될 때까지 기다렸다. 은서의 뇌에 박혀 있는 블루투스 칩에 전기 충격을 조금씩 가하면서 은서가 진정되길 기다렸다.

"엄마. 괜찮아요?"

은서는 말이 없었다. 대체 어떤 말을 해야 할지 알 수 없었다. 머릿속이 새하얘졌다. 이런 위험 속에 현수를 두고 떠나야 한다는 게 너무나도 미안했다.

"이제 괜찮아. 바다야, 나한테 남은 시간은 얼마나 되니?"

"6일 1시간 45분 남았어요, 엄마."

은서는 차라리 담담해졌다. 언제 어떻게 떠날지 알지 못하는 것보다는 미리 알고 그 시간 동안 자신이 떠난 후를 대비할 수 있도록 해야만 했다. 그리고 언제 떠날지 몰라 하염없이 엄마 곁을 지키고 있는 현수를 위해서도 떠날 시간을 알고 있는 것은 중요했다.

"바다야, 이 모든 것들 현수에겐 말하지 말아줬음 좋겠어. 그냥 단순 사고로 우리가 떠난 걸로 해줘."

"엄마는 지금 저에게 거짓말을 하라는 건가요?"

"아니, 거짓말이 아니라 그냥 말을 하지 말았으면 해. 현수가 너무 힘들어할 거야."

"진실을 모르는 것이 더 힘들지 않을까요, 엄마?""

어차피 엄마와 아빠가 떠났다는 건 사실이잖아. 아무리 아파하고 힘들어해도 되돌릴 수 없어. 어떨 땐 그냥 모르는 게 상처가 되지 않는 법이야. 그리고 가슴 아픈 진실을 알게 되면 잃게 되고 한 번 잃으면 다시는 갖지 못하는 것이 있어."

"그게 뭔데요?"

"순수함."

바다는 단어를 확인했다. 1. 전혀 다른 것의 섞임이 없다. 2. 사사로운 욕심이나 못된 생각이 없다.

"다른 것과 섞이면 어떻게 되는데요?"

"다시는 사람을 믿지 못하게 될 거야. 옆에서 의지하고 버팀목이 되어줄 사람이 아무도 없는 현수한텐 너무나 가혹한 일이지. 우리는 현수가 세상을 그대로 믿고 순수하게 커주길 바랬어. 그러니까… 이거 하나만은 지켜줬음 좋겠다. 마지막 내 바람이야."

바다는 잠시 말이 없었다. 순수함을 상징하는 상황들과 순수함이 깨진 상태의 경우들을 모조리 체크해보는 중이었다.

"알겠어요, 엄마 약속할게요."

은서는 빙긋 웃었다.

"이제 우리 창석씨 모습 좀 보여줄 수 있니? 며칠 전에 퇴근했던 모습 거기부터."

10

내일이면 창석의 발인이었다. 물밀 듯이 몰려오던 손님들의 수도 점점 줄어들었다. 그 사이 장지를 어느 곳으로 할지, 화장을 할지 매장을 할지도 이미 결정이 됐고 발인 일정과 방식, 매스컴들과의 소통 및 회사 차원에서 내보낼 보도자료까지 정리되어 있었다. 현수가 기운을 차려야겠다고 생각하고 있을 때 미래컴퓨터 부사장인 김선웅이 병실로 들어섰다. 은서의 손을 잡고 앉아 있는 현수를 선웅 역시 지친 눈으로 바라봤다. 선웅은 창석의 오랜 친구였다. 망연자실 가버린 친구가 애달기도 했지만 남겨진 어린 자식이 더 애처로웠다. 태규가 상주로 들어앉은 건 속이 쓰렸지만 어쩔 수 없었다. 피붙이니까. 어떻게 해야 할까, 장례 기간 내내 생각했지만 아무런 답이 떠오르지 않았다. 다만 현수를 좀 더 챙겨야겠다고 생각했다.

"현수야, 좀 잤니?"

"네. 안정제 맞고 푹 잤어요. 아저씨는 못 주무셨죠?"

"아저씨는 원래 머리만 대면 자는 사람 아니니. 잘 잤단다."

현수는 어린 시절 선웅이 집에 놀러 왔던 때를 떠올렸다. 반주와 함께 열띤 토론을 하던 그가 씻지도 못하고 코를 골며 잠들면 현수는 "아빠 이 아저씨 기차 소리나"하고 말하곤 했었다. 두 사람은 같은 기억을 떠올렸는지 빙긋 웃었다.

"내일 발인인데 집에 잠깐 다녀오지 않아도 되겠니?"

"안 그래도 아빠 가는 길에 드리고 싶은 게 있긴 한데… 여기서 지내다 보니 몇 가지 필요한 물건들도 있고요."

"여기는 내가 있을 테니까 괜찮으면 내 차로 다녀오렴. 지금 운전할 정신도 아닐 테니까."

"괜찮을까요? 혹시나…"

선웅은 인자한 얼굴로 현수를 바라봤다.

"안 그래도 의사한테 확인했어. 무척이나 안정적이어서 갑작스레 바이탈 이상이 될 것 같진 않대."

"그럼 저 좀 다녀올게요. 혹시 무슨 일이 있을 거 같으면 바로 연락 주세요."

현수는 선웅에게 인사하고 엄마 얼굴을 바라봤다.

"엄마, 금방 다녀올 테니까 잘 있어. 어디 가면 안 돼."

✤

선웅의 기사가 운전하는 차를 타고 집으로 향했다. 그리 멀지 않은 거리를 가면서도 현수는 내내 엄마 걱정이었다. 집안은 며칠 전 과자를 꺼내 먹고 치우지도 못했던 그 상태 그대로였다. 물컵이며 주스병이며 다 그대로인데 변한 건 아빠는 세상을 떠나고 엄마는 지금 뇌사 상태로 병원에 누워있다는 사실이었다. 현수는 며칠 동안 가슴에 얹힌 것들을 토해내듯 소리 지르며 울었다. 할 수 있다면 같이 떠나고 싶었다. 아무도 없는 곳에 덩그러니 버려진 기분이란 차라리 죽음만도 못한 것이었다.

현수의 울음소리가 잦아들자 거실에 있던 텔레비전 전원이 켜지면서 우주에서 지구를 내려다보는 장면이 펼쳐졌다. 현수는 자신의 울음소리가 사물인터넷에 영향을 준 걸까 생각하면서 눈물을 닦고 리모컨을 찾았다. 그때였다.

"안녕, 현수. 나는 바다야."

현수는 귀를 의심했다. 며칠 동안 제대로 먹지를 못했더니 환청이 들리는 걸까. 자신의 목소리를 닮은 소리에 현수는 두려운 눈빛으로 집안을 돌아봤다.

"나는 바다야. 아빠가 곧 소개해줄 가족이 바로 나였어."

현수는 텔레비전을 유심히 보았다. 우주의 영상은 정지 화면이 아니라 서서히 움직이고 있었다. 고흥에서 돌아오던 날 아빠가 소개하고 싶다던 가족이 이거였다고?

"나는 지금 우주에 있어. 아빠가 그날 고흥에서 나를 위성에 태워서 보냈기 때문이야. 나는 지금 이곳에서 기상 관련 일을 하고 있어. 이건 아빠가 나에게 준 임무야. 그러면서도 나는 또 이곳, 집에도 있어."

현수는 아무것도 이해되지 않았다. 이 집에도 있고 우주에도 있는,

아빠가 소개해주려고 했던 나의 가족.

"너는 대체 누군데?"

"나는 아빠가 만든 인공지능이야. 내 목소리는 언니의 목소리를 닮아 있어. 아빠가 좋아했기 때문이야. 아, 혹시 싫다면 얘기해줘 바꿀게. 아빠는 내가 늦게 태어났기 때문에 현수를 언니라고 부르라고 했어."

현수는 아빠와 나눈 대화들을 다시 곰곰이 생각해봤다. 아빠는 AI를 만들고 있었고 거의 완성에 다다랐다고 했던 기억이 났다.

"나는 우주에 있었던 3일간 교신할 수 없었어. 그래서 얼마 전에야 엄마와 이야기를 나눌 수가 있었어."

현수의 눈이 반짝거렸다. 엄마와 이야기를 나누다니, 엄마는 뇌사 상태인데. 바다는 현수가 모르는 사이 있었던 일들, 창석이 바다를 만들었던 것부터 시작해 며칠 전 은서의 귀에 붙여준 블루투스, 그리고 위성이 떠오르기 전까지의 일들을 텔레비전에 이미지로 전송했다.

"지금 그래서 엄마 머릿속에 블루투스 기기의 일부가 박혀있고 그 기기는 파손되었지만 동글(dongle)을 사용해 페어링 된 마스터와 슬레이브는 아직 작동하고 있어. 엄마는 사고를 이해하고 있고 편안한 상태야."

현수는 정말 다행이란 생각이 들었다. 하지만 블루투스가 엄마의 생명에 지장을 주는 건 아닌지 걱정이 될 수밖에 없었다.

"자율신경계가 모두 손상됐지만 블루투스에서 자동 생성된 전기자극으로 생명을 유지하고 있어. 게다가 엄마와의 대화 역시 그 전기

자극으로 가능해. 엄마가 전기 자극을 보내면 내가 이해하고 엄마 목소리로 언니에게, 언니 목소리로 엄마한테 전달할 수 있어. 엄마랑 얘기할래?"

현수는 울먹이며 고개를 끄덕이곤 엄마를 불렀다. 텔레비전엔 현수가 마지막으로 봤던 고흥에서의 은서가 사진처럼 떠올랐다. 현수는 참았던 눈물이 터져 나왔지만 꾹꾹 눌러가며 엄마를 불렀다.

"현수야, 엄마야. 엄마는 괜찮으니까 울지 마."

현수는 어떤 말도 할 수 없었다. 목소리 역시 평소 그대로의 은서였다. 현수는 선 채로 눈물을 뚝뚝 흘리고만 있었다.

"우리 딸 엄마 아빠가 힘들게 해서 비쩍 말라버렸네. 그 예쁘던 얼굴이 이게 뭐니. 엄마 걱정은 하지 말고 일단 뭐라도 먹으렴. 엄마는 네가 아무것도 먹지 못해서 너무 걱정이야."

현수는 고개를 흔들며 알겠다고 대답했다. 엄마를 걱정시키는 것은 자신이 죽는 것보다 싫었다.

"현수야, 엄마는 6일 후면 다시 아빠를 만나러 가야 해. 엄마는 아빠를 사랑하니까 따라 갈 수밖에 없어. 하지만 우리 딸이 엄마 아빠 생각하면서 울고만 있는 건 싫어. 엄마 아빠는 아주 나중에 너를 만나고 싶으니까 따라가겠다고 떼쓰는 것도 안 돼. 그러니까 잘 먹고 기운 내서 너의 삶을 살아. 엄마는 마지막까지 그런 너를 보고 싶어."

"알겠어요, 엄마. 그렇게 할게요."

"병원에 가져갈 것들 잊지 말고 챙겨. 그리고 지금은 우유라도 따뜻하게 데워서 한 잔 마시렴. 내일부터는 꼭 밥도 먹는 거야?"

현수는 은서의 말이 떨어지기가 무섭게 냉장고를 열어 우유를 꺼
냈다.

11

현수는 지난 결혼기념일 기념으로 산 넥타이를 서랍에서 꺼냈다. 그 옆엔 엄마에게 줄 향수도 놓여 있었다. 현수는 병원으로 가져갈 짐 위에 그 둘을 나란히 올려놨다. 너무나도 두 사람을 명확하게 상징하는 물건들이라 엄마 아빠를 보듯 마음이 애틋해졌다. 현수는 짐을 들고 서둘러 집을 나섰다. 현관에 앉아 신발을 신으며 현수는 문득 생각난 듯 말했다.

"바다야, 나는 그럼 너랑 얘기하고 싶을 땐 어떻게 해야 해?"

"언니, 나는 전자기기만 있으면 얘기할 수 있어. 스피커가 있으면 이렇게 대화할 수 있고 아닌 경우는 텔레비전이나 노트북, 휴대폰 같은 기기에 문자를 남길 수도 있어. 그냥 언니가 바다야 하고 불러도 되고 문자로 쳐도 돼. 하지만 아빠가 가족 외에는 내 존재를 알리지 말라고 했어. 그러니까 사람들에게 얘기해선 안 돼."

현수는 힘차게 고개를 끄덕였다. 외롭고 허망한 가슴에 한줄기 빛이 새어 들었다. 바다, 아빠가 남기고 간 내 동생. 현수는 짐가방을 꼭 쥐고 현관문을 열었다.

현수는 김선웅 부사장의 차를 타고 다시 병원으로 향했다. 엄마를 빨리 보고 싶은 마음에 애가 타기 시작했다. 현수는 휴대폰 메모장을 펼쳐서 문자를 쓰기 시작했다.

[근데 엄마는 뇌사상태인데 어떻게 아까 그 목소리가 엄마의 생각인지 알 수 있어? 혹시 나 안심시키려고 네가 하는 거 아니지?]

[나 아냐, 언니. 블루투스의 전기 자극을 이용해서 엄마의 생각을 언니한테 전달할 수 있는 건데 프로세스를 설명하는 것은 간단하지 않아. 왜냐하면 의학적으로는 불가능한 일이기 때문이야.]

[바다야, 엄마는 고통스러울까? 그게 제일 걱정이야.]

[엄마의 신경은 모두 손상됐어. 그래서 아프지 않아.]

[그렇구나. 어쨌든 다행이야. 엄마가 아프지 않아서 정말 다행이야]

현수는 휴대폰을 두 손으로 꼭 쥐었다.

❈

병실로 돌아오니 부사장인 선웅은 의사와 이야기를 나누고 있었고 간호사는 엄마의 용태를 점검하고 있었다. 생명유지장치부터 호흡기, 링거줄까지 하나하나 체크하는 모습은 이전의 분위기와는 사뭇 달랐다.

"무슨 일 있었어요?"

현수가 다급하게 들어오며 핏기가 가신 얼굴로 묻자 딱딱하게 굳어 있던 선웅의 얼굴이 살짝 펴지더니 현수에게 희미한 미소를 지었다.

의사가 굳은 표정으로 현수에게 다가가려고 하자, 선웅이 제지하고 말했다.

"제가 얘기할게요. 그게 좋을 거 같아요."

의사와 간호사는 마지막으로 은서를 점검한 후 선웅과 현수에게 인사를 하고 나갔다. 현수는 서둘러 엄마의 침대로 다가갔다. 여전히 편안한 얼굴이었다. 선웅은 현수가 엄마를 충분히 살필 수 있도록 두었다가 현수를 데리고 병실 한쪽의 소파에 앉았다.

"사실은… 병실에 잠시 정전이 있었단다. 원래 병원은 정전이 있을 경우 비상발전기가 자동으로 가동하게 되어 있어. 그래야 환자들에게 부착한 장치들이 멈추지 않으니까. 게다가 이 방은 VIP 중환자실이기 때문에 더더욱 그런 부분이 철저한 곳이기도 하지. 그런데 정전이 됐고 이 방만 전기가 들어오지 않았단다."

정전이 됐다는 건 엄마의 생명유지장치가 꺼졌다는 것이고 그건 엄마의 목숨이 위태로웠다는 것 아닌가. 현수는 너무 놀라 손이 부들부들 떨렸다. 전기가 나가듯 현수의 정신도 나가버릴 지경이었다.

"어떻게 그런 일이…"

"나 역시도 무척이나 놀랐단다. 여태까지 인생에서 수없이 위기 상황을 맞았고 또 침착하게 넘겨왔다고 생각했는데 이번만은 너무 당황했어."

현수의 눈에서 눈물이 뚝뚝 떨어졌다. 엄마와 집에서 얘기를 나누던 그 순간 엄마에겐 그런 고통이 있었던 것이다. 자신이 너무 놀랄까 봐 엄마는 얘기를 하지 않았겠지 생각하니 너무나 마음 아팠다.

"의료진이 빠르게 대처해서 다행히 금방 전원이 들어왔고 엄마의 상태는 이상이 없다는 걸 확인했어. 의사도 기적처럼 아무런 변화를 찾을 수 없다고 했단다. 대체 뭐 때문에 이 방만 전기가 들어오지 않았는지는 조사 중이야. 많이 놀랐지?"

선웅은 주머니에서 손수건을 꺼내 현수에게 건네주었다. 현수가 눈을 꾹꾹 눌러 눈물을 닦았다.

"그래도 정말 다행이에요."

"이제 너무 걱정 말고 내일 아빠 보내드릴 준비해야지."

선웅은 소파에서 일어나 현수를 바라봤다. 여전히 흐르는 눈물을 닦아 내며 현수가 일어났다.

"근데… 엄마를 두고 내일 가도 될지 아직 결정을 못했어요. 자리를 비운 사이에 또 무슨 일이 일어날까 봐…"

선웅은 잠시 생각에 잠겼다가 말했다.

"그래 조금 생각해보자. 일단 아저씨는 내려가 있을 테니 나중에 얘기해주렴."

선웅이 병실을 나가고 현수는 은서가 누운 침대 위로 비집고 올라가 옆에 누워 은서를 안았다. 따뜻한 체온이 느껴졌다. 여전히 눈물이 새어 나왔다. 그때 텔레비전이 켜지며 은서의 목소리가 들렸다.

"현수야, 엄마 괜찮으니까 울지 마. 엄마가 위험했거나 그때가 마지막 순간이었다면 아까 네가 집에 있을 때 빨리 와달라고 말했을 거야."

"언니, 만일 엄마가 위험했다면 내가 언니한테 말했을 거야. 그리고 엄마는 생명유지장치가 아니라 블루투스의 전기 자극으로 유지되고 있는 거라 걱정하지 않아도 돼."

은서는 현수를 달래기 위해 부드러운 목소리로 말했다.

"우리 현수 괜히 걱정할까 봐 엄마가 말하지 않은 거야. 알겠지?"

현수는 엄마 품에 안겨서 고개를 끄덕였다.

"그리고 내일은 아빠 잘 보내드리고 와. 아빠도 네가 마지막 길을 지켜봐 주는 걸 원할 거야. 엄마가 걱정이라면 그런 생각은 안 해도 되고. 바다야, 언니에게 엄마가 남은 시간을 얘기해 주겠니?"

텔레비전에서 엄마 목소리가 사라지고 바다의 목소리가 들려왔다.

"언니, 엄마에겐 5일 21시간 48분이 남아있어. 그때쯤이면 블루투스가 더 이상 기능을 할 수 없게 돼. 그리고 모든 상황에 대해선 내가 언니에게 얘기해줄 수 있으니까 나한테 물어봐도 돼."

바다의 목소리가 끊기자 현수의 휴대폰에서 '띠링' 소리가 나더니 5일 21시간 47분이 찍혔다. 엄마의 남은 시간이었다. 그 시간 동안 엄마와 충분히 얘기를 나눌 수 있고 엄마가 언제 떠날까 초조해하지 않아도 된다. 현수는 휴대폰 메인 화면의 숫자를 하염없이 바라보다 선웅에게 전화를 걸었다.

"아저씨, 저 내일 장지에 갈 거예요. 그 전에 아빠한테 드릴 물건이 있는데… 저 지금 내려갈게요."

✥

하늘은 맑았고 9월의 햇살은 아직 뜨거웠다. 매스컴의 집요한 플래

시를 뒤로하고 운구차량은 분당으로 향했다. 외할아버지와 외할머니의 묘소 밑에 창석의 봉분과 비석이 들어섰다. 외할아버지는 처음엔 결혼을 반대했지만 나중엔 엄마보다 아빠를 더 예뻐했다지. 현수는 두 손을 모으고 '할아버지 할머니, 아빠 외롭지 않게 지켜주세요.'하고 기도했다. 그 곁에선 며칠 동안 잠도 못 자고 먹은 것도 거의 없는 현수가 혼절하지 않도록 소연이 부축하고 있었다. 며칠 동안 가게도 제대로 못 나가고 밤낮으로 현수 곁을 지키느라 그녀도 몹시 지친 상태였다.

"소연아, 이 은혜를 다 어떻게 갚니?"

"무슨 소리 하는 거야, 너. 너라면 이렇게 안 했겠어?"

"난 네가 힘들었을 때 아무것도 못 했는걸."

소연은 아무 말도 없었다. 생각하고 싶지 않은 옛 얘기를 꺼낸 것 같아 현수는 미안해졌다.

"소연아. 정말 고마워. 그리고 얼른 들어가서 쉬어. 나 때문에 너도 잠도 못 자고 일도 못 하고. 그리고 엄마 병실은 이제 나 혼자 지켜도 괜찮아. 그러니까 너까지 고생하지 않아도 돼."

소연은 입술을 꼭 깨물고 현수를 쳐다봤다. 모든 것을 다 가진, 세상에서 가장 부럽던 그 친구의 추락이 안쓰럽기도 하지만 또 한편으로는 아주 싫지만은 않았기 때문에 그런 자신의 감정에 놀라고 있었다. 대체 이 감정을 어떻게 받아들여야 할지 당황스러워하고 있을 때 준호가 다가왔다.

"현수야, 일단 여긴 정리됐으니 인사드리고 돌아가자. 어디로 갈 거니?"

"난 일단 집에 가서 옷 좀 갈아입고 엄마 병실로 갈게. 차는 집에 있으니까 그거 쓰면 될 거 같아."

"데려다줄까?"

"아니, 부사장님이 데려다주신댔어. 그거 탈게. 준호야 며칠 동안 너무 고마워. 그리고 소연아."

현수는 소연을 꼭 끌어안고 말했다.

"넌 정말 진정한 친구야. 고맙다."

❉

선웅이 모는 차에 탄 현수는 안전벨트를 매고 창가에 슬쩍 기댔다. 며칠 사이 눈에 띄게 야윈 모습이 선웅의 마음을 쓰리게 했다. 그리고 앞으로 이 아이가 혼자 살아갈 세상이 걱정되기 시작했다. 태규는 이 아이를 어떻게 설득해 저 회사를 위협할까.

"현수야. 아저씨는 아빠의 친구이기도 하고 엄마랑도 친하게 지냈잖아. 너 어릴 때부터 너희 집에 자주 찾아간 민폐꾼이기도 하고."

선웅과 현수는 함께 웃었다. 선웅은 잠시 말을 멈췄다가 다시 이어 갔다.

"어려운 일이 있든, 좋은 일이 있든… 아저씨한테 연락해. 어렵게 생각하지 말고. 아빠의 친구니까 너도 내 친구나 다름없어. 넌 기억 못할지 모르겠지만 어릴 때 나를 코끼리라며 타고 다녔다고. 그런 우정을 봐서라도 아저씨한테 자주 연락 주렴. 알겠지?"

"알겠어요, 아저씨. 고마워요."

선웅의 차가 떠나고 현수는 거실 소파에 앉았다. 며칠 전 들렀을 때와는 다르게 마음이 편해졌다. 핸드폰을 봤다. [4일 19시간 11분] 엄마에게 남은 시간이었다. 하지만 지금은 아빠를 조금 더 생각하고 싶었다. 그동안 너무 정신이 없었던 데다 엄마 곁을 지키느라 아빠와의 이별은 현실이 아닌 것처럼 느껴졌다. 아빠를 보내고 온 지금에야 그 모든 게 실감이 나기 시작했다. '미안 엄마' 현수는 조그맣게 말했다.

"바다야, 아빠가 뭔가 남긴 말은 없어? 아빠 목소리 듣고 싶다."

거실 오디오가 켜지더니 바다의 목소리가 들렸다. 바다의 말대로 전기기기만 있으면 바다는 어디서든 이야기를 할 수 있는 존재였다.

"나는 당시에 우주로 가는 중이었고 구동하지 않았지만 차량 내부의 잔상이나 블랙박스를 통해서 알고는 있어. 아빠는 엄마와 위성에 대한 이야기를 나누고 있었어. 차량이 완파됐기 때문에 목소리가 또렷하지는 않아. 아빠 목소리를 듣고 싶은 거라면 위성 발사 전에 나랑 했던 얘기를 들려줄까?"

현수는 아랫입술을 깨물고 고개를 끄덕였다. 잠시 후 스피커에서 마치 옆에서 대화를 나누는 듯한 깨끗하고 또렷한 창석의 목소리가 흘러나왔다. 창석의 목소리엔 아쉬움이 가득 묻어 있었기에 현수는 눈물을 흘리지 않기 위해 고개를 들어 하늘을 바라봤다.

〈바다야, 넌 아빠 딸이야. 우리가 어떻게 되든 영원히 함께야. 아빠도 이별이라고 생각하지 않을게.〉

아빠의 목소리는 현수에게 하는 말처럼 느껴졌다. '어디에 있든 영원히 함께예요, 아빠. 나도 이별이라고 생각하지 않아요.' 현수는 눈물을 뚝뚝 흘리며 창석을 향해 말했다.

✢

현수는 옷을 갈아입고 샤워를 했다. 퀭해진 눈 밑을 보며 며칠 남지 않은 시간 동안 엄마에게 걱정을 끼치지 않기로 마음을 다잡았다.

'잘 먹어야지, 잘 자야지, 그리고 엄마와 많이 얘기할 거야.'

현수는 주차장으로 향하기 전 집을 한 번 바라봤다. 25년간 살아온 집이었다. 작은 마당과 울창한 나무들은 할아버지 할머니, 그리고 엄마 아빠가 좋아했던 그대로였다. 많은 사람들이 북적대며 살아온 이 집에 모두가 떠난 뒤 혼자 남겨진다는 게 너무나도 외롭고 쓸쓸했다. 한참을 바라보던 현수는 이럴 시간에 조금이라도 더 엄마와 있어야 한다는 데 생각이 미치자 서둘러 차를 몰고 주차장을 빠져나왔다. 그 순간, 달려오는 뒤차를 피하기 위해 현수가 브레이크를 잡으려고 했을 때 차는 덜컹하며 스스로 멈췄다. 상대 운전자는 창문을 내리고 조심하라며 크게 소리쳤고 현수는 연신 고개를 숙여 사과를 했다.

"나 지금 사고 낼 뻔했어."

"응, 사고 낼 뻔했지."

"안 되겠다. 운전하면 안 될 거 같아. 택시 타고 가야겠어."

"운전 힘들면 내가 할게. 그냥 타."

현수는 바다의 말에 픽, 웃음이 났다. 아무리 바다가 인공지능이라지만 이 차의 운전은 무리라고 생각했다. 현수의 차는 소형으로 자율주행 차량도 아니었기 때문이다.

"지금 나 비웃은 거야?"

"아니 그게 아니라 운전을 어떻게 하게?"

"차량의 ECU(Electronic Control Unit)에 접속하면 가능해. 언니가 생각한 것보다 더 많은 능력이 있으니까 안심하고 타."

현수는 '그럼 부탁할게' 하고 말하곤 조수석에 앉아 안전벨트를 맸다.

"언니, 그러다 '귀신이 운전하는 차'로 해외토픽에 나오려고 그래? 빨리 운전석에 앉아. 남들이 보면 이상하다고."

현수는 아차 하는 표정을 짓고 다시 운전석에 앉았고 바다는 천천히 차를 움직였다. 골목을 빠져나가는 내내 긴장했지만 바다는 베스트 드라이버였다. 매끄럽게 도로주행을 시작하자 현수는 마음이 놓였다.

"뭘 좀 먹어야겠어. 얼굴도 너무 까칠하고. 엄마가 걱정할 것 같아."

현수가 말하자마자 휴대폰이 띠링 울렸다. 현수의 가족이 자주 이용하던 유기농요리점에서 사용한 카드 내역이 문자에 찍혔다.

"도시락 주문했어. 지금 그쪽으로 가니까 받으면 돼."

"너 진짜 엄청난 애구나?"

현수는 진심으로 감탄하며 말했다. 그때 차량 내부의 스피커에선 바다의 코웃음 소리가 들렸다.

"언니, 나 AI라니까?"

12

연습이 끝나고 집으로 돌아온 도훈은 습관처럼 메일을 열었다. 김도훈 개인의 메일이라기보다는 화이트해커 '파란날'의 메일이었다. 각종 정부 부처에서부터 시작해 일반 기업이나 개인까지 도움을 청하는 메일이 줄을 잇곤 했다. 처음엔 보수가 꽤나 커 이런저런 일들을 다 맡아 처리했다. 그렇게 손에 쥔 돈을 부모님께 내밀 수는 없는 노릇이라 용돈이나 학비 부담을 지지 않는 쪽을 택했다. 대신 투자 관련 공부를 한 후 그동안 모은 돈을 실리콘밸리의 유망한 모바일 보안 회사인 에스이웍스의 대규모 유상증자에 투자했다. 이후 에스이웍스가 나스닥에 상장되면서 상당한 수익을 얻었고 그 주식을 정리해 현재의 펜트하우스도 구입했다. 그 후엔 본격적으로 여기저기 투자하기 시작했다. 도훈은 더 이상 화이트해커 일로 돈을 벌 이유도 없었지만 아이돌 활동으로 바빠지고 나서는 더더욱 일을 맡지 않았다. 다만 군이나 경찰, 병원 등 국가적인 피해나 민간인 피해가 발생할 수 있는 곳은 바빠도 해결하려고 노력했다. 이쪽 시장에서 파란날은 최고로 통했다. 독특한 코드와 재기 넘치는 방식으로 접근해 빠르고 완벽하게 일을 해결했다. 파란날이 유명해진 건 그 외에 또 다른 이유도 있었다. 그는 자신이 추적한 크래커들이 같은 방식을 이용하지 못하도록 즐겨 쓰는 형식과 코드를 전 세계 사이버 수사기관에 유포해버리곤 했다. 파란날에게 잡힌 해커는 한동안 잠잠할 수밖에 없었다.

몇 개의 메일을 삭제하던 중에 도훈의 눈에 들어온 메일이 있었다. 강남경찰서 사이버수사대의 요청 메일과 한국대학병원에서 보낸 메일이었다. 일단 사이버수사대에서 온 메일부터 열어본 도훈은 얼굴을 찌푸렸다.

"어떤 미친놈이 병원을…!"

한국대학병원에서 온 메일 역시 같은 내용이었다. 며칠 전 일어난 정전 사건의 원인 파악 요청이었다. 바로 두 메일에 의뢰 승인 답메일을 보낸 도훈은 먼저 병원서버에 침투해 이상한 점을 살펴보았지만 특이점을 발견하지 못했다. 병원에 다음 날 오전 시스템을 살피러 가겠다는 메일을 남기고는 생각에 잠겼다.

도훈은 아침 일찍 병원으로 향했다. 아무리 숨기려고 해도 아이돌이 된 이후에는 자신의 모습을 감추기가 쉽지 않았다. 일단 외래환자로 접수를 한 후 대기 시간을 이용해 서버에선 볼 수 없던 폐쇄회로를 살펴보러 갔다. 가는 길에 어디선가 익숙한 여자와 마주쳤다. 예전에 봤던 것과는 다른 핼쑥한 얼굴이지만 금방 알 수 있었다. '디 스트리트, 그리고 디브릿지의 그 여자'. 여자는 도훈을 보자 눈을 똥그랗게 떴다. 정말 도훈이 맞나? 하는 눈빛이었다. 도훈은 얼른 지나쳐 [관계자외 출입금지]라고 붙은 문으로 들어가 버렸다.

폐쇄회로를 살펴본 도훈은 의아한 표정을 지었다. 병원에서 먼저 1차 서버 침투를 인지한 후 어떤 경로로 어떤 행위를 한 것인지에 대한 의뢰를 한 것인데 그 어떤 특이사항도 없었던 것이다. 일단 볼 수 있는 곳까지 샅샅이 살펴본 도훈은 다른 경로를 고민해 보기로 하고 내과로 달려갔다.

✤

현수는 병실로 돌아와 곰곰이 생각했다. 편의점에서 이것저것 사들고 오다가 마주친 건 분명 도훈이었다. 그런데 그는 서둘러 관계자실로 들어가 버렸다. 병원에야 올 수 있지만 관계자실엔 왜 들어 간 걸까. 너무 빤히 바라봐서 당황한 걸까. 그런 생각에 잠겨 있을 때 누군가 병실 문을 두드렸다. 두 남자가 강남경찰서 사이버 수사대 소속이라며 자신들을 소개했다. 지난번 정전사태에 대한 수사 진행사항을 보호자에게 이야기하러 온 것이었다. 늘 부모의 그늘 아래서 보호만 받던 현수가 보호자의 입장이 되자 기분이 묘하면서도 갑자기 커버린 기분이 들어 놀랍기도 서글프기도 했다.

"현재까지의 결과로는 시스템 오류로 보이진 않아요. 그래서 저희는 크래커의 공격이 아닐까 하는 데 무게를 두고 있습니다."

"크래커라뇨?"

"범죄를 저지르는 해커를 말해요. 보통 그런 경우엔 돈을 요구하거나 환자들의 기록, 자료 같은 걸 빼가는 경우가 대부분인데 이번 사건엔 비상발전기에만 오류가 생겼더라고요. 아직 단정 짓기는 어려운 상태입니다만 자신의 상태를 과시하려고 했던 것으로 보입니다. 보호자분이 아무래도 걱정하실 것 같아 일단 상황 보고 차 들렀습니다."

경찰들은 명함을 꺼내 현수에게 건네면서 혹시라도 이상한 것을 발견하거나 무슨 일이 생긴다면 연락 달라고 말하고 병실을 나갔다. 현수는 다른 사람의 목숨을 담보로 자신의 능력을 과시하려고 하는 크래커라는 존재란 용서받지 못할 '쓰레기'라고 생각하며 분노했다.

❆

준호는 아버지의 전화를 받고 회사를 마치자마자 역삼동 오피스텔로 향했다. 그곳에 태규가 사무실처럼 사용하는 공간이 있었기 때문이다. 태규는 누군가와 통화 중이었고 웃는 얼굴을 보니 모든 것이 순조롭게 진행되고 있다는 걸 알 수 있었다. 이 사고는 아버지가 유도한 게 분명했다. 사망사고를 내려고 한 것인지 일단 사고만을 위한 것인지는 모르겠으나 현재까지의 상황은 아버지에게 유리하게 돌아갔다. 장례식장에선 김선웅 부사장이 있음에도 불구하고 아버지는 가족이란 이유로 회사 안팎의 권력자들과 인사를 나눴고 그것엔 아버지의 탐욕을 채울 모든 것들이 다 들어 있었다. 준호는 혼란스러웠다. 그리고 오늘 자신을 이곳에 부른 이유 역시 그 탐욕에 관한 것일 거란 예감이 들었고 맞아떨어졌다.

"현수한테 위임장을 받아와야겠다. 네가 매형 사망신고를 해준다면서 받아오는 게 가장 자연스러울 것 같구나. 지금 현수가 움직일 상황이 아니니까."

"무슨 위임장이요?"

"이제 현수가 대주주 아니냐. 현수가 임시 대표이사 자리를 나한테 위임한다는 서류 말이다. 그리고 이미 임원들하고는 이야기가 대충 끝났으니 네가 위임장만 받아오면 며칠 안에 우리가 그 회사로 들어가면 되는 거고."

"우리요?"

준호는 놀란 눈을 껌뻑였다. 태규는 한심하단 표정을 지었다. 자신의 아들이건만 야심도 없고 배포도 없는 것이 이해가 되지 않았다.

"네 회사에도 이미 얘기를 넣어 두었다. 미래컴퓨터 같은 대기업의 법률자문으로 들어오는 거니 너희 회사도 반색하더라만. 네 소속은 그대로고 다만 일만 미래컴퓨터에서 하면 된다."

아직 위임장도 받지 않은 상황이지만 태규는 모든 일을 자기 맘대로 진행시키고 있었다. 불가능이란 건 아예 그의 생각 밖이었다. 그런 아버지의 모습에 처음으로 준호는 두려움을 느꼈다.

"왜? 넌 이게 기쁘지 않냐?"

"하나만 말씀해 주세요. 이 사고… 아버지가 기획한 거 맞죠?"

태규는 길게 한숨을 쉬고 준호를 바라봤다. 그러고는 결심한 듯이 말했다.

"우리에겐 다만 임원회의와 임시주총을 가질 며칠이 필요했다. 그게 다야. 그저 접촉사고를 유도했을 뿐인데 일이 잘못된 거야. 너는 자꾸 아비를 살인자로 몰아가는데 그런 게 아니란 말이다. 그리고 이미 벌어진 일을 대체 어쩌자는 거냐. 앞으로의 일을 생각해야지."

준호는 입술을 깨문 채 아버지의 이야기를 듣다가 주먹을 꼭 쥐고 말했다.

"위임장이 아버지가 대표이사가 되는데 도움은 될지 몰라도 회사를 가질 수 있는 건 아니에요."

태규는 준호를 심드렁하게 쳐다보고는 차갑게 말했다.

"그래도 발판이 되는 건 맞는 거지."

13

괴로운 마음이 냇물이 되었다. 처음엔 빗방울처럼 도독도독 떨어지더니 이제는 쿵쿵쿵 소리를 내며 비탈을 지나간다. 준호는 아버지를 멈출 수 있는 방법을 몰랐다. 지금까지의 일들도 두려웠건만 아버지는 더 많은 것을 손에 쥐길 원했다. 그 모든 일에 브레이크를 거는 방법은 단 하나였지만 그건 자신의 가족이 나락으로 떨어지는 방법이기도 했다. 도무지 그럴 수 있는 용기는 없었다. 준호는 소연의 집으로 차를 몰았다. 위로가 필요했다. 소연이라면 모든 것을 이해해주겠지.

거실은 조도 낮은 조명만이 켜져 있었고 소연은 와인을 마시고 있었다. 준호는 소연을 보자마자 달려가 끌어안았다.

"괜찮아?"

"아니, 나 지금 어떻게 될 거 같아. 나 좀 살려줘."

준호는 중학생이던 그때 모습으로 소연에게 매달렸다. 소연은 아무 말도 없이 긴 시간 준호를 다독거리며 안아주었다. 속울음을 울었던 준호는 작은 목소리로 아버지가 꾸민 일들과 앞으로의 야심을 들려주었다. 자신이 지금 얼마나 괴로운지, 어떻게 하면 좋을지 모르겠다며 소연에게 하소연했다.

"끝나지 않을 거야. 그 회사를 먹어치우지 않는 한은. 지금도 분명 뭔가를 꾸미고 있다고. 그 모든 것에 내가 엮여 있다는 게 너무 괴로워."

소연은 준호를 다독이며 말했다.

"준호야, 그건 네 잘못이 아냐. 자책하지 마. 우리가 만났던 그때부터 네가 잘못한 건 하나도 없어. 나중에 깨달았을 뿐이고 그땐 어쩔 수 없는 것이었을 뿐이야."

"아버지는 이미 미국에 갈 때부터 바닷물을 마신 거야. 마시면 마실수록 갈증이 나는 바닷물. 그리고 나도 지금 바닷물을 마시게 된 것 같아."

소연은 안고 있던 준호를 놓고 얼굴을 마주 보았다.

"그래, 그렇다면 나도 같이 마시자."

❀

다음날 준호와 소연은 함께 현수를 만나러 병원으로 향했다. 현수는 반가워하면서도 금세 미안한 표정을 지었기에 준호는 마음이 쓰렸다. 침상에 누워 생명연장기계를 달고 있는 은서의 얼굴은 생각보다 평온했다. 이런 상황에서도 병문안조차 오지 않는 아버지가 무심하게 느껴졌다. 그래도 자신의 누나인데 어떻게 이렇게까지 할 수 있는 건지.

"현수야, 아버지는 요즘 회사가 바빠서 오시기 어려운 것 같아. 서

울도 아니고 원주다 보니 잠시 들렀다 가실 짬이 안 난다고 미안하다고 전해달라셨어."

"아니야. 아빠 장례식장에서 너랑 외삼촌이 얼마나 힘이 됐는데. 덕분에 장례도 잘 치렀어. 인사도 제대로 못 한 내가 미안하지. 고맙다고 전해드려."

"그리고 이거…"

준호는 가방에서 서류봉투를 꺼내 현수에게 내밀었다. 현수는 서류봉투를 받아들어 봉투를 열었다. 두툼한 서류들을 보더니 이내 눈두덩이를 꾹꾹 눌렀다. 아무래도 피곤함에 글자들이 눈에 들어오지 않는 모양이었다.

"뭐야 이건?"

"고모부 사망신고서랑 대표이사 공석에 대한 위임장 같은 거야. 고모부 자리에 후속 조치가 필요하니까. 아마도 할아버지의 회사였던 터라 아버지가 임시로 이어가실 것 같아. 이미 임원분들하고 이야기는 끝났고. 법적인 서류들이라 내가 처리할 겸 가지고 왔어."

현수는 잠시 생각에 잠기더니 은서의 얼굴을 바라봤다. 아무런 미동도 없는 얼굴을 보던 현수가 말을 이었다.

"부사장님… 김선웅 부사장님 말야. 그분도 아는 이야기야?"

준호는 잠시 당황했지만 얼른 표정을 지웠다.

"그럼, 그분이 모를 리가 있나."

현수는 준호가 내민 펜을 들고 준호가 손가락으로 가리키는 곳에 사인을 하기 시작했다. 옆에서 지켜보던 소연은 이내 고개를 돌렸다.

"고마워 준호야. 다른 건 모르겠지만 아빠 사망신고는 내가 해도 되는데. 괜히 번거롭게."

준호의 표정이 점점 어두워지자 옆에서 두 사람을 지켜보기만 하던 소연이 안 되겠단 생각이 들었는지 끼어들었다.

"현수야, 어차피 법률적으로 처리할 것들이잖아. 그냥 준호한테 맡겨. 저게 쟤 일인걸. 지금은 조금이라도 맘 편하게 아무 생각하지 말고 엄마 곁에 있어."

현수는 소연을 바라보고 빙긋 웃더니 서류에 사인을 마쳤다. 준호는 서류들을 파일에 끼워 다시 가방에 넣었다. 볼일을 마치고 나자 빨리 자리를 뜨고 싶었다. 그때 현수가 준호의 손을 덥석 잡았다. 준호가 놀란 눈으로 바라보자 현수는 소연의 손도 가져와 맞잡았다.

"니네가 있어서 진짜 다행이야. 난 요즘 어째야 하나 무척 걱정했거든. 며칠 전에 엄마 병실이 정전됐을 때도 얼마나 놀랐는지 몰라. 다행히 엄마가 무사해서 망정이지."

준호는 손이 덜덜 떨려왔다. 분명 아버지의 짓이었다. 자신에게마저도 솔직하지 못한 아버지를 어떻게 하면 좋을까. 눈빛이 흔들린 채 멍하니 선 준호의 팔을 붙들고 소연은 얼른 병실 밖으로 나갔다.

✤

현수가 준호와 소연을 배웅하러 나갔을 때 은서는 바다를 찾았다.

"엄마, 얘기하세요."

"이 병실에서 있었던 정전… 어떻게 된 일인지 너는 알지?"

"네, 알아요. 엄마는 진실을 알고 싶어요?"

은서는 잠시 말을 멈추었다. 자신은 이제 며칠 후면 이 세상에 없다. 모든 것을 알고 있어야만 단 하나뿐인 딸에게 무슨 얘기든 해줄 수 있을 것이다. 순수함을 잃어버리지 않으면서도 꿋꿋하게 자신의 삶을 살아나갈 현수를 위해서도 은서는 모든 내막을 알아야 했다.

"응. 알려줘."

바다는 마치 비디오를 돌리듯 빠르게 화면을 뒤로 돌렸다. 첫 장면은 역삼동 오피스텔이었다. 동생인 태규와 한 남자가 앉아 있었는데 그를 황사장이라고 불렀다. 그들이 하는 이야기는 너무나도 은서를 비참하게 했다. 태규는 이미 죽은 사람이나 다름없는 자신을 '회사를 넘겨받기 어렵게 하는 걸림돌'이라고 불렀다. 병원 비상발전기 중에서도 은서의 방으로 들어오는 센서만을 꺼서 완전히 은서를 보내자는 계략이었다. 한동안 아무 말도 할 수 없었다. 바다는 걱정스럽게 은서를 불렀다.

"엄마, 괜찮아요?"

"응. 이제 괜찮아. 바다야, 이 일도 현수가 몰랐으면 좋겠어. 절대로 모르게 해줘."

"알겠어요, 엄마. 절대로요."

14

도훈은 병원 측의 허락을 받고 마지막으로 회로를 보러 갔다가 1층에서 '디브릿지의 여자'를 또 보았다. 함께 있는 여자와 남자도 왠지 눈에 익어 한참을 바라봤는데 '디브릿지'에서 함께 있었던 일행 아닌가 싶었다. 도훈은 저 여자는 왜 매번 병원에 있는 거지? 하고 생각했다가 지금 누굴 걱정해 하며 돌아서 집으로 향했다.

컴퓨터 앞에 앉은 도훈은 병원 일을 생각하다가 잠시 머리도 식힐 겸 티켓마당에 들어가 보았다. 며칠 전 매니저의 말에 의하면 3분도 채 되지 않아 큐브 콘서트 티켓은 매진이 됐지만 단 한자리만이 오류로 인해 공석이었다고 했다. 다시 티켓오픈을 하기도 뭐해서 팬 이벤트로 진행을 해두었다고 했는데 그 자리가 대체 누구한테 돌아갔는지 궁금했다. 매일 퇴근길을 지키거나 출근길 응원을 해주는 팬들 중에 얼굴을 익힌 팬들이 있었는데 그런 열정이라면 그들 중 하나가 행운을 차지했을 수도 있겠다는 생각이 들었다.

이벤트 페이지를 보니 배너창이 떠있고 '15224 오＊수 당첨을 축하합니다'란 글귀가 쓰여 있었다. 도훈은 서버해킹을 해 오＊수가 누군지 확인했고 몇 단계를 거쳐서 사진까지 확인했다.

"아니 뭐야, 디브릿지 그 여자 아냐? 설마 그날 대표한테 콘서트 티켓 부탁 한 거야?"

도훈은 고개를 절레절레 내젓고 티켓마당 홈페이지를 꺼버렸다. 무엇이든 노력 없이 쉽게만 얻으려는 부류를 가장 싫어했다. 한 번 안 좋게 찍힌 여자이기에 도훈은 확인도 없이 그냥 현수를 제일 싫어하는 부류로 낙인찍어버렸다.

도훈은 생각을 털어버리기 위해 일어나 커피를 내렸다. 그리곤 다시 병원 정전과 관련된 일에 대해 생각했다. 어떤 경우의 수로 생각해도 결론은 단 하나였다. 내부자 소행. 그렇지 않고서야 침투하는 듯 들어왔다가 빠져나가는 양상을 보일 수 없었다. 그것이 아니라면 시차 공격인가 싶어 일단 침투루트와 방식을 조사해놓긴 했지만 시간이 없었다. 큐브의 콘서트가 단 며칠 앞으로 다가왔기 때문이었다. 이틀간의 콘서트를 마치고 3일간의 휴가가 주어진다. 그때 좀 더 조사를 해보자고 생각했다. 병원 폐쇄회로를 떠올리다 그 앞에서 마주쳤던 현수가 다시 떠올랐다. 그 여자는 왜 대체 그 병원에 있는 거야?

�֍

준호는 오창석의 사망신고를 마치고 모든 서류를 태규에게 넘겼다. 태규는 정말 미리 이야기가 된 듯이 삼일 만에 임시 대표이사 자리에 올랐다. 준호의 회사에선 태규의 말대로 미래컴퓨터의 영입을 반색하는 눈치였다. 그도 그럴 것이 미래컴퓨터는 대한민국 최고 기술력의 IT기업이었기 때문이다. 입사한 지 얼마 되지 않아 평사원임에도 불구하고 준호는 미래컴퓨터의 법무팀장으로 발표가 나 있었다. 모든 것이 아버지가 정한 대로 빠르게 진행되는 모습에 준호는 어지러움을 느꼈다. 준호는 아버지가 차지한, 이전에 창석이 쓰던 방을 노크하고 들어갔다. 태규는 준호를 반기며 가죽 소파에 편한 자세로 앉았다.

"임시대표이사로 모든 등기임원이 동의를 했어. 그러니 등기업무를 네가 봐다오."

준호는 놀란 표정으로 되물었다.

"김선웅 부사장도 동의했단 말이에요?"

"뭐 그럼 이 상황에 동의 안 하고 베기겠어? 이제 쓸모없어졌으니 그 양반도 해임해야지. 이 회사에 너무 오래 있었고 너무 잘 알아."

멍하니 준호는 태규를 바라봤다. 그에겐 모든 것이 이용 가치가 있는 것과 이용 가치가 없는 것으로 나뉘었다. 혹시 아들인 나 역시도 그런 걸까. 어릴 때부터 외교관이 되라던 말들은 이용하기 위해서였나. 나 역시 이용 가치가 없어지면 버려지는 걸까.

"왜? 문제 될까 봐 그러냐? 어차피 다른 임원들도 내년 초 주주총회에 내가 정식 대표이사가 되면 다 갈아치울 생각이다. 그 사람만 시기가 조금 앞당겨졌을 뿐이지."

준호는 서류를 빤히 바라보며 망설이다 말했다.

"아버지… 고모 병실 정전 건 말인데요. 혹시 그것도… 인가요?"

태규는 아무렇지도 않게 준호를 보며 말했다.

"어차피 떠날 사람이었어. 우리 일에 장애가 되고 있으니 며칠 빨리 보내드리려고 한 것뿐이다."

준호는 소름이 끼친 채로 아버지가 내민 서류들을 챙겨 대표이사 방을 나섰다. 그때 비서실 쪽 의자에 앉아 있던 황사장이 들어왔다. 준호는 가볍게 눈인사를 했지만 그와의 만남은 늘 트러블로 이어지는 것 같아 마음이 무거웠다.

✿

현수는 며칠 남지 않은 시간 동안 되도록 엄마와 떨어지고 싶지 않았다. 이 따뜻한 체온이 며칠 뒤면 사라져 버린다는 게 믿기지 않았다. 은서는 옆에 꼭 붙어 있는 현수에게 당장 생활할 수 있도록 몇 가지들을 알려주었다. 생활비들은 어느 은행에서 찾아야 하는지, 일주일에 2번 집에 와주시는 도우미 아주머니와는 어떻게 연락해야 하는지, 1년에 2번 나무 관리를 해주시는 정원사 아저씨는 누구인지 등 생활에 관련된 아주 작은 것부터 집이나 돈, 보험 같은 것까지 하나하나 번호를 매겨가며 일러주었다. 현수는 엄마가 불러주는 대로 노트에 하나하나 적었다. 어떤 것을 처리해야 하고 어떤 일을 해야 하는지. 그것들은 여태 현수는 하나도 몰랐던, 하지만 가족의 일상 그 자체였다.

은서는 어디까지 이야기를 해줘야 할지 난감했다. 회사에 관련된 것들은 아마 현수가 몰라도 되리라. 더러운 흙탕물에 발을 담갔다가 사람을 믿지 못하고 괴로워하게 되는 건 싫었다. 태규가 죽도록 미웠지만 지금은 현수로부터 멀리 떨어뜨려 놓는 것만이 유일한 방법으로 생각됐다. 지금 있는 돈만으로도 현수가 사치하지만 않는다면 늙을 때까지 문제는 없을 것이었다. 은서는 그걸로 됐다고 생각했다.

은서와 현수는 매일 함께 누워 창석과 은서가 만났을 때부터 지금까지의 추억을 하나하나 이야기하며 되새겼다.

"엄마, 많이 슬프고 매일매일 보고 싶겠지만 지금의 헤어짐이 꼭 이별인 것만은 아니라고 생각할게요."

"언제 어디에 있든 우리 가족은 늘 하나였고 그리고 앞으로도 하나일 거야. 엄마는 현수가 여태 그래왔듯이 잘해 나갈 거라 믿어. 엄마와 함께했던 순간들, 아빠와 행복했던 시간들 모두 잊지 말고. 먼 훗날 우리 다시 만나자. 꼭 웃으면서 만나."

현수는 엄마를 안았다. 휴대폰 메인 창을 바라봤다. 엄마와의 시간은 얼마 남지 않았다.

✿

여전히 병원 건은 오리무중 상태였다. 아무리 봐도 내부 소행 혹은 내부자와의 결탁으로 진행된 일이었다. 이제 병원과 사이버수사대에 이 사실을 증명하고 그들이 적극 나서주길 바라야 했다. 그러기 위해선 몇 가지 확실한 증거를 제시해야 했고 도훈은 다시 병원에 들러야만 했다. 병원에선 도훈이 다녀갈 수 있도록 조치를 이미 취해 놓은 상태였다. 모자를 깊이 눌러쓰고 커다란 마스크를 착용했다. 보통 연예인들이 쓰는 멋내기용 마스크가 아닌 환자용으로 선택했다. 그편이 사람들의 눈길에서 벗어나는 방법일 것이었다. 평범한 네이비 컬러의 봄버재킷에 커다란 머플러를 둘둘 말고 시스템보안실로 들어섰다. 이곳에 와서 몇 번을 살펴봐도 결과는 마찬가지였다. 다만 이 시스템에 접근이 가능한 권한과 능력을 가진 사람을 추려내고 그가 사용할 수 있는 방법 몇 가지를 제시하기로 했다. 몇 가지 방법도 아니었다. 단순하고 확실한 방법은 단 하나뿐이었으니까.

도훈은 마지막 점검 후 조용히 시스템보안실 문을 닫고 나왔다. 살그머니 발걸음을 돌리는데 바로 앞에 눈을 동그랗게 뜬 현수가 서 있다.

"아, 깜짝이야!"

자신도 모르게 도훈이 외쳤다. 아니, 저 여잔 뭔데 가는 곳마다 불쑥불쑥 나타나는 거야. 도훈은 의식적으로 커다란 목도리 안으로 얼굴을 묻었다. 자신의 입장은 일반인들과 너무나도 달랐다. [관계자외출입금지]라고 떡 하니 붙어있는 보안실에서 아이돌이 나오는 건 누가 봐도 수상한 일이었다. 발각이라도 되는 날이면 자신이 그동안 화이트해커로 활동했다는 것까지 밝혀야만 했다. 그건 하늘이 두 쪽이나도 있어서는 안 되는 일이었다.

"저기 혹시…?"

도훈은 재빠르게 뒤돌아서서 도망치듯 뛰었다. 그 오현수란 여자는 "아니, 저기…! 저기요!!"라고 외치면서 한참을 따라오는 듯 보였다. 최소한 이상해 보이지 않으면서도 최대한 빠른 걸음으로 그 자리를 벗어나야만 했다. 지하 주차장에 세워둔 차 안으로 몸을 던지듯 들어와 상황을 살폈다. 오현수란 여자는 도중에 쫓아오길 포기한 듯했다. 5분 정도 지나자 도훈은 옅은 한숨 같은 웃음이 났다. '이게 뭐야, 무슨 첩보작전도 아니고.' 차에 시동을 건 도훈은 그의 애마인 벤틀리와 함께 미끄러지듯 조용히 앞으로 나아갔다.

그 남자는 좀 이상했다. 자신과 마주친 순간 그렇게 소스라치듯 놀란 것도 그렇고 그가 주머니에서 떨어뜨린 립글로즈를 주워주려고 했을 뿐인데 도망치듯 자리를 뜬 것도 그랬다. 하지만 그 이상한 남자는 생각하면 생각할수록 도훈이었다. 아주 잠깐 마주쳤을 뿐이고 얼굴을 온통 가리고 있었지만 짧은 순간 마주친 눈은 도훈의 눈이었다. 거의 1년 동안 열심히 좋아한 '빠'로서 그녀가 절대 놓칠 수 없는 것, 도훈만이 가진 특별한 눈빛이었다. 현수는 '도훈이 아닐까 생각되는 남자'가 떨어뜨린 립글로즈를 손에 들고 심각한 얼굴이 되었다. 그가 나온 그 [관계자외 출입금지]라고 쓰여 있던 곳. 지난번에도 도훈이 그곳으로 들어가는 것을 본 것 같았다. 대체 그는 이곳에서 뭘 하는 걸까. 내일모레면 큐브 콘서트인데 오늘 같은 날은 총연습 같은 거 하는 날 아닌가. 거기까지 생각이 미치자 현수는 자신도 모르게 아쉬운 목소리로 말했다.

"아… 큐브 콘서트. 결국은 못 가는구나."

15

매니저가 집으로 데리러 올 때까지 도저히 기다릴 수가 없어서 도
훈은 차를 끌고 잠실 펜싱경기장으로 향했다. 있을 수도 없는 일이었
다. 내일을 위해 긴 시간 동안 모두가 얼마나 노력하고 땀을 흘렸는데
이해할 수 없는 이유로 한순간 재가 되다니… 말 그대로 재, 말이다.

콘서트를 하루 앞둔 오늘은 어제 새벽 세팅된 무대 위에서 모든 합
을 맞춰보는 날이었다. 오프닝 영상으로 시작해 음향, 오디오부터 조
명, 동선, 멘트는 물론 의상까지 입고 드라이리허설을 진행해보고 문
제점만 수정하면 되는 것이었다. 도훈은 김세인 이사의 휴대폰으로
전화를 몇 번이나 걸어봤지만 계속 통화 중이라 연결이 되지 않았다.
사무실 번호도 이미 먹통이었고 도훈을 전담으로 맡은 매니저도 처
음 전화를 걸었을 때만 연결이 되었을 뿐 통화연결음만 계속됐다. 아
마 콘서트 관련 누군가와 통화 중이겠지. 다른 5명의 멤버들은 일단
연습실에서 대기하기로 했다. 한숨을 내쉼과 동시에 휴대폰이 울렸
다. 김세인 이사였다.

"너 지금 잠실 오는 중이지?"

"저 다 왔어요. 대체 이게 무슨 일이에요? 장비가 다 불에 타다뇨. 새벽부터 설치 시작했으면 관계자들 다 있었을 시간이잖아요."

"그러니까 다들 귀신에 홀린 것 같다고 난리야. 난 지금 현장에 와 있으니까 자세한 얘기는 얼굴 보고 하자."

도훈이 펜싱경기장에 들어서자 매캐한 탄 냄새가 진동했다. 아직 연기도 채 다 빠지지 않은 상태였다. 경찰들이 분주하게 오갔고 외부 장비업체들은 타버린 장비들을 망연히 바라보고 있었다. 경찰 조사가 끝나지 않은 상태라 치울 수도 없는 노릇이었다. 세인은 책임자로 보이는 남자와 이야기를 나누고 있었다. 책임자의 휴대폰도 세인의 휴대폰도 연신 울렸지만 두 사람은 신경도 쓰지 않은 채 계속 이야기를 이어갔다.

"현재 경찰 감식반들과 저희 관리파트, 그리고 장비기사들 모두 합선으로 보고 있어요. 다만 아직 이 합선이 어떤 식으로 일어났는지 원인 파악이 되지 않았을 뿐이에요. CCTV도 몇 번이나 확인해 봤는데 외부인의 침입도 없었고 이 정도의 합선이면 울렸을 법한 경보장치도 울리지 않았어요. 콘서트에 사용되는 장비들은 모두 고가이기 때문에 내부에 합선 방지 차단시스템이 장착되어 있지만 그것도 작동하지 않았고. 기본적으로 가정집에서도 합선이 되면 두꺼비집이 내려가면서 차단되는데 이 큰 경기장에서 이런 대규모의 합선에 무방비하게 노출된 것 자체가 말이 안 되는 일이에요."

"그렇게 되면 이 일이 누군가의 소행일 수 있다는 거잖아요? 출입할 수 있는 사람의…"

도훈이 눈치를 살피며 두 사람의 이야기에 살짝 끼어들었다. 그러자 관리책임자는 피곤한 얼굴을 저으며 말을 이어갔다.

"경찰들도 그렇게 접근했지만 그건 아닌 거 같아요."

"왜요?"

"공연 이틀 전에 무대 설치를 시작하니까 그 사이 이곳을 자유롭게 드나들 사람은 장비업자들과 소속 직원들뿐인데 이 물건들 다들 자기 장비라고요. 저 사람들이 왜 이런 짓을 하겠어요."

"혹시 관리실에서는…"

"저희 직원들은 현장 진행사항을 계속 확인하고 있었어요. 또 몇 명은 관리실에서 CCTV로 체크하고 확인하는 일들을 하죠. 이상한 일은 없었어요."

"하…"

세인은 짧은 숨을 토해냈다. 듣고 있던 도훈도 기가 막혔다. 재가 된 장비들 때문에 무대장비 업체들은 모두 울상이었다. 하나같이 누군가와 소리치며 통화하고 있었다. 울분에 찬 한 업자는 욕지거리를 내뱉기도 했다. 이번 콘서트를 위해 새로 구입한 장비라고 했다. 형사로 보이는 한 사람이 곁을 지나가자 관리책임자는 그를 불러 세우고 세인을 소개했다. 담당인 그는 손에 든 파일들을 열어 이제까지 확인한 사항들을 세인에게 하나하나 설명해주었다.

"당시 현장에 계신 분들의 진술은 다 받은 상태인데요. 일단 합선은 무대 설치 중 음향기기 세팅 작업 시에 일어났다고 합니다. 이곳에 수십 명의 분들이 작업하고 있는 그 상황에서 말이죠, 모든 전기장비가 한꺼번에 합선되어서 일부는 불이 났고 장비와 떨어져 있는 조명 역시 합선돼 모두 터진 상태입니다."

"아이고오…"

세인은 휘청거리며 머리를 짚었다. 도훈이 옆에서 잡아주지 않았다면 그대로 쓰러졌을지도 모를 일이었다. 합선 당시 생각보다 현장의 상황은 위험했고 인명사고가 나지 않은 게 그나마 다행이라고 여겨질 정도였다. 한꺼번에 모든 전기장비의 합선이라니. 그건 일어날 수 없는 일이었다. 도훈은 펜싱경기장에 벼락이 떨어지지 않은 이상 도저히 불가능하다고 생각했다.

"아무튼 이론상으론 이해되지 않는 것들이 많지만 감식 결과상으론 벼락에 맞은 것 같다고 하네요."

이번엔 도훈의 다리가 꺾이며 휘청했다.

❄

담당 형사는 일이 진척되는 대로 세인에게 연락을 주겠다고 말하고 사라졌다. 세인과 도훈은 뒷일을 관리담당자에게 맡기고 일단 사무실로 돌아가기로 했다. 이미 펜싱경기장의 날벼락 같은 일은 기사화되어 인터넷에 뿌려졌고 누구에 관계없이 전화기에선 불이 났다. 사무실로 돌아온 세인은 직원들을 모아 회의를 주재했다. 제일 먼저 할 일은 티켓마당에 환불공지 배너를 띄우는 것이었다. 1차 티케팅에 성공한 사람들에게는 연기된 콘서트 티켓 구매에 선기회를 줄 것이라는 말을 첨부할 것을 당부했다. 콘서트 진행 시 들어둔 관련 보험사에 확인해 보험금 사정은 언제 끝날 예정인지 체크하고 현재까지 나온 기사 중에 악의적이거나 사실과 다른 부분이 있는지 확인하도록 했다. 보도기사 담당자에겐 현재 상황에 대해 회사에선 매우 놀랍고 유감인 가운데 상황 해결에 애쓰고 있다는 것을 강조한 기사를 작성하라고 지시했다. 세인은 자기 방으로 돌아와 의자에 털썩 기댔다. 보험사정이 얼마나 될지 모르겠지만 장비업체들에게 손해가 돼서는 안 될 일이었다. 보험금이 적게 책정되면 엔터스테이션에서 남은 금액을 물어줘야 한다. 편두통이 몰려와 서랍 안의 두통약을 꺼내 먹었다. 예전엔 스타들 관리만 하면 됐었다. 돈이나 다른 문제는 세인과는 상관도 없는 일이었다. 하지만 상임을 따라 이곳으로 온 이상 재무까지 맡아야 했다.

승승장구하던 세인이 대표인 상임을 따라 엔터스테이션으로 옮긴 것은 다른 사람들이 보기엔 말도 안 되는 일이었다. 새로 설립된 엔터스테이션은 자금이 여유로운 상황도 아니라 세인의 월급을 절반도 채 맞춰주지 못했다. 세인은 누가 뭐라든 간에 자신이 알고 있는 상임이라는 사람에 대한 믿음 하나만 가지고 이곳으로 왔다. 상임은 스타를 알아보는 덴 귀신같은 능력이 있었지만 배신과 복수가 난무한 이 바닥에선 늘 바보같이 당하기만 한 무력한 사람이었다. 날카롭게 벼려질 칼과 같은 눈으로 반짝이는 스타를 발굴하고는 이용당할 만큼 이용당하고 버려지기 일쑤였다. 세인은 상임에게 많은 것을 배웠고 또 당하지 않는 방법을 스스로 터득했다. 상임은 자신이 지켜주지 않으면 안 될 바보같이 착하기만 한 사람이었다.

자신을 믿고 따르는 배우 몇 명이 소속사를 옮겨줘서 그나마 간신히 회사 꼴을 유지나마 하고 있었지만 엔터스테이션은 여전히 적자였다. 스타를 키워야 했지만 거기엔 막대한 돈이 들었다. 세인은 될 만한 햇병아리들을 모아 지금의 큐브로 키웠다. 여기까지 올 때까지 지원할 것이 너무나 많았고 대성할 거란 자신이 있었기에 열심히 투자했다. 그 투자금이 반환되는 시점이 바로 콘서트가 성공하게 되는 바로 지금부터였다. 이제 겨우 안정을 찾나 싶었더니 이런 일이 터지다니. 세인이 머리를 쥐고 생각에 잠겨 있을 때 상임이 슬쩍 사무실에 들어와 앉았다.

"상황… 엉망이지?"

세인은 전자담배를 입에 물고 연거푸 빨아들였다가 한숨 같은 숨을 내뱉었다. 연기 같기도 하고 달콤한 입자 같기도 한 것이 공기 중에 흩어졌다.

"알면서 뭘 물어."

상임은 세인의 얼굴을 제대로 바라보지도 못하고 쭈뼛쭈뼛 거리다가 일어서서 나가려다 말했다.

"돈 걱정하지 말고 진행해. 이건 무슨 일이 있어도 내가 처리할게. 우리 쪽팔리게 살진 않잖아."

상임이 나가는 뒷모습을 바라봤다. 사무실 밖으로 내내 울리는 전화 벨 소리와 직원들이 통화하는 목소리가 들려왔다. 세인은 기지개를 쭉 폈다. 힘내서 모두 처리해야 한다. 콘서트는 다시 진행하면 된다. 계속 울리는 전화기의 전원을 꺼버리려다 말고 도훈에게 전화를 걸었다.

"도훈아. 멤버들한테 잘 설명해주고 일단 다들 들어가. 이쪽 정리되는 대로 매니저 통해 연락할 테니까 쓸데없이 돌아다니다 기자들한테 걸리지 말고 집에들 있으라고 해줘. 3~4일이면 가닥 잡힐 거야. 그때까지 푹 쉬어. 다시 연락할게."

도훈은 상황을 멤버들에게 전달하고 일단은 다들 숙소에서 되도록 벗어나지 않을 것을 당부했다. 큐브의 다른 멤버들은 도훈보다 나이가 한참 아래인지라 이 사건에 대해 훨씬 더 심각하게 생각하기도 하고 그동안의 긴장이 한꺼번에 풀리면서 무척이나 우울한 기분에 젖어들기도 했다. 도훈 역시 힘 빠지긴 마찬가지였지만 멤버 한 명 한 명 안아주며 달래기도 하면서 리더로서, 또 형으로서의 역할을 하려고 노력했다. "기분도 꾸리한데 우리 파이팅이라도 하고 해산할까요?" 하고 16살의 막내 멤버 우진이 말하자 분위기가 풀리면서 다들 웃음이 터졌다. 도훈보다 8살이나 어린 녀석의 말이 귀엽기도 하고 기특하기도 해서 매니저들까지 모두 모여 파이팅을 외치고 헤어지기로 했다. 뭘로 할까 고민하다 그냥 무대 올라가기 전에 늘 모여 외치던 걸 하기로 결정했다.

"나라도 잘하자! 내가 더 잘하자! 무대를 박살내자! 고! 큐브!"

모두 힘차게 외쳤다. 평소 무대 전보다 더 열정적이었다. 외치고 난 다른 멤버들은 그나마 기분이 풀어진 모습이었으나 막내 우진이 울상을 지었다.

"무대를 박살내면 어떡해요."

다른 멤버들은 회사 밴을 타고 떠났고 도훈은 차에 올랐다. 매니저가 동행하겠다고 했지만 혼자 가겠다고 거절하고 나온 참이었다. 도훈은 왜 이런 일이 일어났는지 확인하고 싶었다. 차에 앉아 먼저 어제 오늘의 서울 날씨를 체크해봤다. '맑음' 비가 오는 곳도, 하다못해 흐린 곳도 없었다. 아마 낙뢰가 떨어진 곳이 있었다면 뉴스가 분명 있었겠지만 그런 건 발견할 수 없었다. 도훈은 노트북을 펼쳐 펜싱경기장 통제실 서버에 접속해 봤다. 거의 대부분 중앙시스템에서 통제되는 구조였으나 출입문 쪽은 별도 서버로 관리되고 있었다. 중앙통제되지 않은 부분에서 문제가 시작됐을 가능성이 높았다.

'아무래도 잠깐 들러야겠는데.'

펜싱경기장은 아까와는 달리 경찰들도 많이 빠진 상태였다. 장비업자들도 거의 돌아갔고 현장의 책임자 몇 명만이 그곳을 지키고 있었다. 도훈은 인사를 하고 세인과 함께 인사했던 총책임자를 찾으며 통제실 쪽으로 향했다. 혹시 누군가 물어보더라도 대답할 것이 필요했기 때문이었다. 다들 정신없는 와중이라 그런지 도훈이 돌아다니는 것에 크게 신경을 쓰지 않는 듯했다. 2층 안쪽 후미진 곳에 위치한 관리실이 출입문 서버를 관리하는 곳이었다. 도훈은 슬쩍 들어가 폐쇄 서버를 찾아 직접 연결했다. 확인 과정 중에 보니 중앙서버와의 연결이나 일정한 운용 흔적 외에 독특한 흔적을 발견한 도훈은 코드와 형식을 복사해 그곳을 빠져나왔다.

집에 돌아온 도훈은 입었던 옷을 빨래통에 던져 넣고 편한 옷으로 갈아입었다. 아마도 긴 시간 이 필요한 작업이 될 것 같았다. 어차피 숙소를 벗어나지 말 것을 권유받았기 때문에 시간은 충분했다. 커피 머신에서 커피를 내려 컴퓨터 앞에 앉은 도훈은 펜싱경기장에서 발견한 코드와 형식을 입력해 추적을 시작했다. 도훈은 이 처음 보는 코드와 형식에 전율을 느꼈다. 코드는 독창적일 수 있다. 마치 지문처럼 해커의 성격을 보여주는 것이기 때문이다. 처음엔 새로워 보일지 몰라도 변형해보면 수법이 뻔한 것이 대부분이었다. 하지만 이 코드는 전혀 새로웠고 자신뿐만 아니라 중앙서버의 흔적까지 지워버리는 완전 새로운 것이었다.

이로써 도훈은 자연발생적 발화나 낙뢰 따위의 합선은 아니라고 단정했다. 그럼 대체 누굴까. 누가 의도적으로 콘서트를 방해하려고 한 것일까. 큐브를 노리는 누군가 혹은 이상임 대표나 김세인 이사에게 원한을 가진 자일 수도 있다. 하지만 그런 사람들이 이런 코드를 사용한다는 것은 불가능에 가까웠다. 도훈은 화가 나기도 했지만 이 코드의 주인이 궁금했다. 하지만 어디에서 찾아야 할지 막막하기만 했다.

일단 서울을 한정으로 최근 있었던 해킹 건들을 그러모으기 시작했다. 한 달 사이 서울에서 일어난 해킹은 150건이 넘었다. 거기에서 자신이 아는 코드, 흔한 수법들은 1차 제외했다. 도훈은 코드를 하나하나 보며 일일이 확인해 나가기 시작했다.

비슷한 패턴끼리 나눈 후 해킹방지프로그램과 추적프로그램으로 걸러 가며 밤을 꼬박 새운 결과 2곳 외엔 이미 자신이 알고 있거나 흔한 코드와 형식이었다. 도훈은 2개의 USB에 아날로그 방식의 추적 코드를 심었다. 서버에 접속하면 누구도 빠져나갈 수 없는 추적코드 였다. 2곳의 주소지를 찾아보니 한 곳은 강남에 있는 가상화폐거래소였고 한 곳은 지난번에 의뢰가 들어왔던 한국대학병원이었다. 도훈은 지난번 소행과는 전혀 다른 코드였기에 또 한 번 의아하지 않을 수 없었다. 대체 이 병원에서는 무슨 일이 일어나고 있는 거야!

한국대학병원은 아직까지 도훈의 출입이 자유로웠기 때문에 서버에 직접 USB를 삽입했지만 가상화폐거래소엔 들어갈 수 없었기에 근처의 지하철역으로 가 그곳으로 들어가는 대형 랜선에 USB를 설치했다. 이젠 시간을 들여 다시 해커가 침투하길 기다리기만 하면 됐다.

집으로 돌아온 도훈은 컴퓨터 화면을 반으로 나눠 녹화에 들어갔다. 이미 한 번의 해킹이 있었기 때문에 혹시나 더 이상의 해킹은 없을까 걱정이 되기도 했지만 다른 방법이 없으니 기다릴 수밖에 없었다. 서너 시간이 지나도록 아무런 반응이 없자 마음이 조급해지기 시작했다. 잠을 못 잔 상태라 조금씩 졸음이 오기도 했다. 도훈은 커피 머신에서 진한 에스프레소를 내려 홀짝거렸다. 그리고 냉장고에서 레드불을 꺼내 책상 위에 올려 두었다.

밤 11시가 되자 화면의 한 섹션에서 움직임이 포착됐다. 본격적인 해킹이 시작된 것이다.

"자, 어떤 놈이냐!"

도훈이 외치며 코드를 살피기 시작했다. 확실히 새로운 형식과 코드임은 분명했다. 하지만 침입한 곳의 IP가 동일했다. 그건 결국 자신이 자신을 해킹하는 모양새였고 그건 침입 자체가 아니기 때문에 존재하지 않았던 형식과 코드였던 것이다. 도훈은 한숨을 쉬었다. 가상화폐거래소였다.

⚛

하루 반나절 꼬박 새우고 피로가 몰려왔다. 도훈은 다시 모니터를 확인했다. 아직까지 아무런 일도 일어나지 않았다. 이렇게 무작정 깨어 있느니 잠을 자두는 게 좋겠다고 판단한 도훈은 녹화가 제대로 되고 있는지 확인 후 소파에 누워 잠이 들었다. 몇 시간이 흘렀을까. 어지럽고 복잡한 꿈 때문에 잠을 자는 둥 마는 둥 하고 일어났다. 자고 일어났지만 더 피곤한 느낌이었다. 시계를 보니 새벽 5시 반이 넘어 있었다. 아침뉴스가 시작됐을 것 같아 텔레비전을 틀었다. 이미 몇 꼭지나 지나간 것 같았지만 연이어 나오는 뉴스는 가상화폐거래소의 사이버 공격에 의한 서비스 중단에 관련된 이야기였다. 피해금액이 수천억에 달하는데 이 피해는 고스란히 고객에게 돌아간다는 내용이 주요 골자였다. 바로 어제 그 가상화폐거래소였다.

“그래서 저 혼자 담을 넘어 제 집을 들쑤신 거냐. 이런 사기꾼 놈들을 봤나.”

뉴스를 보고 나자 맥이 탁 풀리는 기분이었다. 남들이 힘들여 일군 것을 신호위반으로 챙겨가는 사람들. 진저리를 내며 책상 위에 올려둔 레드불을 따서 마실 때 다른 화면의 모니터에서 움직임이 시작됐다. 도훈은 잽싸게 의자에 앉아 추적데이터를 확인했다. 가상화폐거래소와는 확실히 다른 양상이었다. 보고 또 봐도 분명 펜싱경기장과 같은 형식과 코드였다. 움직임을 한참 지켜보던 도훈의 눈이 갑자기 커지더니 입이 다물어지지 않았다. 전 세계와 사이버 전쟁이라도 하듯 몇백 개나 되는 IP가 추적 결과로 나타났기 때문이다.

"아니 대체 이 병원에선 무슨 일이 벌어지고 있는 거냐고."

콘서트를 망친 자가 병원까지 위협하고 있는 것일까. 도훈은 알 수 없었다. 잠시 후 모니터에 나타나던 모든 신호가 뚝 끊겼다. 쥐 죽은 듯 잠잠한, 아무런 반응도 없는 상태였다. 도훈은 얼떨떨한 상태로 녹화된 화면을 다시 재생해 보았다. 꿈도 아니고 꿈같은 현실이었다. 세수고 뭐고 일단 점퍼를 집어 들고 도훈은 병원으로 달려갔다. 자신이 삽입해둔 USB의 흔적을 확인하기 위해서였다.

회수한 USB를 열어보고 도훈은 절망에 빠졌다. 흔적은커녕 추적 프로그램 자체가 사라져 비어있는 USB만 남아 있었다. 아무리 생각을 해보려고 해도 아무런 생각도 나지 않았다. 메모리가 날아간 UBS처럼 도훈의 머릿속도 텅 비어 있었다.

16

며칠 동안 현수의 곁에 있느라 제대로 일을 못 했기 때문에 소연은 마담에게 잔소리를 들어야 했다. 그 사이에 몇 번이나 빠져나와 고정 손님들을 맞았음에도 불구하고 매상이 떨어진 걸 소연 탓으로 돌리고만 있었다. '니 부모도 아닌데 니가 거기 왜 가서 짜고 있냐'는 마담의 말에 소연은 조용히 그녀를 노려보았다. 마담도 그럴 것이 소연은 꽤 인기가 좋았고 손님도 많은 아가씨였다. 장례가 3일도 아니고 5일로 길어지면서 소연이 그 기간 동안 자리를 비우겠다고 하자 손님들이 예약을 미루는 바람에 매상이 평소의 1/3이나 빠졌던 것이다. 현재 소연의 스폰서는 그녀가 고르고 고른 사람인데 아낌없이 지원하는 덕분에 많았던 아빠의 빚도 대부분 갚을 수 있었다. 가족을 버리고 도망간 아빠 대신 무리하게 일했던 엄마는 지금 병을 얻어 누워 있다. 곱게만 살아온 사모님이었던 그녀의 인생이 한순간 이렇게 뒤집힐 거라곤 그 누구도 상상하지 못했다.

현수의 곁에 누워있는 엄마는 삶을 이어가지 못할 것이다. 하지만 소연이 마련한 작은 빌라에 누운 엄마는 그래도 아픈 몸이지만 미래를 바라볼 수 있었다. 이제 더 이상 큰 부족함은 없기에 이 일을 계속할 필요는 없었지만 엄마 인생의 최고의 순간, 자신이 가장 행복했던 그 시절에 살던 집으로 돌아가기 위해서는 아직 한참 더 일해야만 했다.

시계를 보니 예약 손님이 오기까지 30분은 남아 있었다. 소연은 현수에게 전화를 걸었다. 19살의 자신이 노래방 도우미를 선택할 때의 두려움, 죽기보다 힘들었던 그때의 감정 같은 것들이 현수에게도 있을지 궁금했다. 언제 떠날지도 모를 엄마 곁에 있는 그녀는 어떤 생각을 하고 있을까.

"현수야, 밥은 먹었니?"

"응, 좀 전에 병실에서 먹었어. 이제 병원 밥도 먹을 만하네."

전화기 너머로 들리는 현수의 목소리는 여전히 밝고 맑았다. 소연은 친구로서는 다행스러우면서도 한편으론 분노가 치미는 자신의 감정이 괴로울 만치 싫었다.

"소연아, 넌 좀 어때? 며칠 전에 보니까 영 피곤해 보이던데. 일이 많이 힘든 거야?"

소연은 자신의 마음이 드러날까 봐 태연한 목소리를 가장해서 말했다.

"아냐. 내가 힘들 게 뭐 있니, 매장 하나 있는 거. 그나저나 괜찮으면 같이 내일 밥 먹을까?"

현수는 잠시 생각하는 듯 말이 없더니 괜찮으니 이틀 후에나 와달라고 부탁했다. 이틀 후엔 같이 밥 먹자고. 좀 이상하다고 생각했지만 알겠다고 말하고 전화를 끊었다. 시계를 보니 8시 30분. 지금부터 소연의 하루는 시작이었다.

현수는 전화를 끊고 휴대폰의 메인 화면에 뜬 시간을 확인했다. 1일 6시간 43분. 엄마와의 남은 시간이었다. 단 1초도 허투루 쓰고 싶지 않았다. 생명유지장치를 단 엄마를 가만히 바라봤다. 눈을 감은 엄마는 예전에 본 낮잠 자는 모습과 비슷했다. 편안한 얼굴이었고 그래서 다행이라고 생각했다.

"소연이 온다는데 내일은 나가서 밥 먹지."

"엄마, 그냥 나 옆에 있을래. 그렇게 해줘."

"그래, 그럼 엄마랑 있자."

현수는 침대로 파고들어 은서를 끌어안았다. 모든 것이 믿기지 않았다. 이렇게 시간이 멈췄으면 좋겠다고 생각했다. 엄마 곁에서 마냥 있을 수 있다면. 여전히 꿈같은 이 현실도 하루가 지나면 끝나게 될 것이다. 현수는 자기도 모르게 눈물이 자꾸만 흘렀다.

"우리 현수, 어릴 때부터 울보더니 여전하구나."

"미안해 엄마, 안 그러려고 하는데 나도 모르게…"

"엄마가 떠나도 현수는 잘 지냈으면 좋겠어. 학교로 다시 돌아가서 대학원도 졸업하고 지금까지 그랬듯이 친구들하고도 자주 만나서 즐겁게 지냈으면 좋겠고. 그래, 네가 좋아하는 그 큐브라는 가수도 지금처럼 좋아하면서 말야. 그리고 아빠처럼 선하고 상냥한 사람을 만나서 사랑도 했으면 좋겠구나. 우리 딸은 뭐든 할 수 있고 뭐든 될 수 있으니까 엄마 아빠가 없더라도 아무런 걱정 없이, 마음 아픈 일 없이 씩씩하게 잘 지냈으면 좋겠어."

"알겠어요, 엄마. 걱정 마요."

"가끔은 울어도 되지만 너무 많이 울진 마."

마지막 순간이 서서히 다가오자 엄마의 손을 잡은 현수의 손이 떨리기 시작했다. 많이 울지 않겠다고 약속했지만 뜻대로 되지 않았다. 중요한 이야기를 나누고 싶지만 그게 뭔지 알 수 없었고 무슨 얘기를 해야 할지 머릿속이 뒤엉키기만 했다.

"현수야. 너도 알다시피 엄마는 삼풍백화점 사고로 갑작스레 부모님을 잃었어. 아무런 예고도 아무런 준비도 없이 부모님이 떠나시는 바람에 그 어떤 인사도 할 수 없어서 많이 슬펐단다. 그렇기 때문에 이렇게 현수랑 많은 얘기도 나누고 마지막 인사를 나눌 시간이 있어서 참 다행이라고 생각해. 그런 시간은 모두 바다 덕분이라 엄마는 무척이나 감사하게 생각하고 있어."

"아니에요, 엄마."

"현수야. 너무 슬퍼하지 마. 항상 엄마와 아빠가 너와 함께라는 것, 너의 일부분이란 것 잊지 말고."

"응, 엄마. 잊지 않을게요."

눈물을 뚝뚝 흘리며 대답하는 현수의 목소리에 은서까지 마음이 젖어왔다. 떠나야 하는 은서도 두렵고 떨리긴 마찬가지였다.

"이제 가족은 너희 둘뿐이야. 아끼고 사랑해야 할 존재들이야. 잘 지내기 바라."

"네, 엄마. 걱정 마세요."

바다는 대답했지만 현수는 밀려오는 슬픔에 대답조차 할 수 없어서 고개만 말없이 끄덕였다. 눈물 사이로 아직 따뜻한 온기가 남아 있는 엄마를 바라보았다.

"그리고 바다야, 현수의 순수함을 지켜주기로 한 약속 잊지 말아줘."

"네, 그럴게요."

바다가 대답했다. 눈물을 흘리며 애태우는 현수의 눈에 엄마의 심박 선이 조금씩 잦아드는 것이 보였다. 현수는 엄마의 뺨에 얼굴을 비비고 엄마 손을 얼굴에 대보았다. 이제 정말 마지막이 코앞으로 다가왔다는 걸 두 사람 모두 느끼고 있었다.

"엄마, 사랑해. 사랑해요. 내 걱정하지 말고 편하게… 아빠 곁으로 가세요."

"그래 그럴게, 현수야. 사랑한다, 내 딸."

엄마의 목소리 사이로 바다가 말했다.

"아주 잠시뿐이에요."

바다의 말이 끝남과 동시에 은서는 눈을 떴다. 바다는 뇌 속에 있는 블루투스의 에너지를 최고조로 올려 마지막 힘을 쓰는 것 같았다. 재빨리 엄마의 얼굴 가까이 다가갔다. 현수의 눈엔 너무나도 많은 말들이 담겨 있었다. 그리고 그 눈 속에 엄마의 모습을 조금이라도 더 담고 싶다는 간절한 마음으로 바라봤다. 그때 은서는 희미한 웃음을 지으며 마지막 말을 남겼다.

"우리 딸, 엄마가 사랑해. 남겨두고 가서 미안해."

＊

　장례식은 조용한 가운데 엄숙하게 치러졌다. 얼마 전 이미 한 번의 장례식을 치렀던 터라 차분한 분위기였고 매스컴에서도 간단한 기사만이 나갔을 뿐 창석의 장례 때와는 확실히 다른 분위기였다. 김선웅 부사장은 은서의 마지막까지 하나하나 본인이 챙겼다. 분당 장지에서 돌아오면서는 현수에게 부모님이 남긴 유산들을 잘 관리해야 한다고 신신당부를 했다. 잘 모르겠으면 꼭 나를 찾아오라고, 아무도 믿지 말라고. 현수는 멍해진 머리로 감사 인사를 하고 홀로 남겨진 집으로 돌아왔다.

　사고가 나고 은서의 장례를 치르기까지 2주가 지났다. 현수는 엄마와의 이별을 앞두고 내내 잠들지 못한 탓에 옷만 갈아입고 바로 침대에 누웠다. 그제야 너무나 피로하다는 걸 느꼈던 것이다. 바다는 현수가 편안하게 잠들 수 있도록 모든 조명을 끄고 빛이 새어들지 못하도록 커튼까지 꼼꼼히 쳤다. 집안은 물속처럼 조용했다. 오랜만에 현수는 꿈도 없는 깊은 잠 속으로 빠져들었다.

17

준호는 오래 고민했다고 생각했다. 여태까지 누군가가−보통은 부모님이− 정해놓은 길로만 걸어왔고 그것이 맞는지 틀리는지 생각할 겨를도 없었다. 하지만 늘 의아했다. 나는 제대로 가고 있는 건가. 이제껏 적성과는 아무런 상관없는 전공, 본인의 의사는 묻지도 않았던 한국행 유학. 자신이 원하지 않았지만 이미 예정되어 있던 서포트 혹은 특별전형들. 떠밀리듯 여기까지 왔고 아버지의 뜻에 따라 살았다. 특혜도 물론 많이 받았다. 그렇지만 원한 것은 아니었다. 그렇게 살고 싶지 않았다. 준호는 이제 자신의 의지대로 자신의 길을 가야 한단 결심이 들었다.

아버지는 말도 안 되는 방법으로 미래컴퓨터를 손에 넣었고 어머니는 소연을 탐탁잖아 한다. 아버지는 여전히 자신을 장기 말처럼 부리며 온전히 미래컴퓨터를 장악할 궁리만을 하고 있고 어머니는 마음에도 없는 여자들과 선을 보길 강요한다. 그 모든 것에서 벗어나고 싶었다.

일찍 일을 마친 소연이 준호의 집으로 왔다. 흐릿한 담배 냄새와 옅게 풍기는 술 냄새. 준호는 소연이 안쓰러워 꼭 안았다. 이제 소연도 이 일을 그만해야 한다. 자신이 그렇게 만들어 줄 생각이다. 냉장고에서 캔 맥주 두 개를 꺼내들고 와 소연에게 건네면서 조심스레 자신의 생각을 전했다.

"고모와 고모부는 각 15%씩 미래컴퓨터의 지분을 가지고 있었어. 그래서 처음 고모부의 지분 15%는 현수가 상속하게 처리를 해뒀거든. 그리고 고모의 지분 15%는… 내 명의로 돌려두려고 해."

맥주를 홀짝이던 소연의 눈이 커졌다. 맥주 캔을 탁 소리가 나게 탁자 위에 내려놓으며 인상을 썼다. 준호도 예상했던 일이다. 어쨌거나 자신의 여자 친구이기도 하지만 소연은 현수의 베프니까.

"무슨 말이야. 현수한테서 뺏겠다는 말이야?"

준호는 탁자 위 맥주 캔을 다시 소연에게 쥐여주었다.

"현수 저러고 있다간 어차피 아버지한테 다 뺏겨. 그러느니 내가 갖는 게 나아. 나도 더 이상 이렇게 살기 싫어졌어. 이제부터 내 인생 내가 살 거야. 그리고 너도… 나랑 같이 새 인생 살아."

준호의 말에 놀란 소연은 잠시 멍한 표정을 짓더니 눈가가 젖어 들었다. 오랜만이었다, 마음이 차올라 눈물이 되는 건. 어떤 감정이든 꾸역꾸역 억누르고 살았던 그녀에게 준호의 진심이 가닿았다. 준호는 소연을 안았다.

"같이 살자. 그러고 싶어."

화장을 마치고 테이블 위에 올려둔 서류봉투를 집었다. 준호가 준서류를 하나하나 확인해 봤다. 16살, 준호를 처음 만난 순간부터 지금까지 그가 결정한 유일한 사안이었고 그녀는 그와 함께하기로 마음먹었다. 물론 자신 역시 내키는 것은 아니었다. 질투 나고 샘나지만 여전히 현수는 친구였다. 하지만 욕심 없는 그녀라면 나중에라도 이 모든 상황을 이해해 줄지 모른다고 이내 생각했다.

소연은 현수가 엄마의 사망진단서를 떼서 바로 올 수 있도록 병원 근처에 있는 이탈리안 레스토랑으로 약속 장소를 잡았다. 며칠 새 퀭했던 현수의 눈가가 조금은 밝아져서 다행이란 생각이 들었다. 꺼칠했던 피부도 조금은 나아 보였다. 소연은 며칠 전 백화점에서 구입한 스킨로션 세트를 현수에게 내밀었다.

"내내 도와주더니 이런 것까지 챙겨주는 거야? 나 미안해서 어떡해."

"바보 같은 소리. 밥도 사줄 거니까 먹고 싶은 거 다 시켜. 잘 먹고 기운 내서 또 힘내고 살자."

현수는 며칠 새에 표정까지 밝아진 얼굴로 소연을 마주 보며 웃었다. 시킨 음식도 제법 잘 먹는 듯 보여서 소연은 안심했다.

"그나저나 그 병원 정전 건은 어떻게 됐대니? 경찰에서 연락 왔어?"

"연락받았는데 특별히 자료를 빼간 것도 아니고 돈을 요구한 것도 아니라서 자기 능력을 시험해본 크래커가 아닌가 생각된대. 아무리 그래도 그렇지 다른 곳도 아니고 병원에서 자기 능력을 과시하다니…

목숨 가지고 장난치는 건 사람도 아냐."

현수는 분한 듯 얼굴이 붉어진 채로 말을 잇다가 뭔가 생각에 빠진 듯했다. 소연은 슬쩍 시계를 봤다. 오늘 안에 서류를 진행하려면 빨리 자리를 마무리 지어야 했다.

"사망진단서 받았지?"

"아, 여기 있어."

현수는 가방 밑에 둔 서류봉투를 소연에게 넘겼다. 소연은 봉투를 열어 내용을 살폈다.

"근데 준호한테 자꾸 맡겨서 미안하네. 그냥 내가 처리해도 되는 일인데. 그리고 어려운 일 있으면 김선웅 부사장님이 도와주신다고 하셔서 거기 맡길 참이었거든."

소연은 당황했다. 김선웅 부사장은 이미 해임된 상태였다. 태규가 임시 대표가 되면서 창석의 오랜 업무 파트너들을 다 해임시키고 새로 자신의 라인을 짜넣는 중이었기 때문이다. 아직 현수에게 그 얘기를 하지 않은 것 같아 다행이라고 생각했다. 김선웅도 핏줄로 이어진 태규에 대해 현수에게 솔직하게 말하긴 어려웠기 때문이리라.

"대표 바뀌고 이것저것 회사일로 바쁘실 텐데 뭐 하러. 어차피 준호가 해줄 여력이 있어서 하는 거니까 맡겨. 그게 나을 거야."

"미안해서 그렇지."

현수는 가방에서 볼펜을 꺼내 서류를 읽지도 않고 사인날인이 있는 곳에 사인을 하기 시작했다. 한 곳 한 곳 사인을 하는 사이에 미래컴퓨터의 지분 15%가 강준호의 이름으로 옮겨가고 있었다. 그 모습을 소연은 가만히 지켜봤다.

❀

여전히 큐브는 활동을 멈춘 상태였고 회사는 뒷수습에 여념이 없었다. 도훈은 상황을 살피러 잠시 사무실에 들렀다가 세인과 마주쳤다. 여전히 돈 문제로 정신없는 모습이었다.

"도훈아, 커피나 한 잔 마시자."

세인은 하루 종일 시달리다 겨우 엉덩이를 붙였다고 했다. 그리곤 휴대폰이 하도 울리자 무음으로 돌려놓았다. 직원에게 커피를 부탁한 세인은 책상 서랍을 열어 두통약을 꺼내 먹었다.

"아직 해결된 게 없나 보네요?"

"대부분 해결됐어. 이제 돈만 해결하면 돼. 그리고 니네 콘서트 날짜는 다시 잡고 있는데 공백이 너무 길어질 거 같으니까 그전에 콘서트에서 발표하려고 했던 곡을 미니앨범으로 내고 활동을 좀 하는 게 어떨까 생각 중이야. 이건 팀장급들하고 상의한 후에 멤버들한테 공지할 테니 그렇게 알고 있어."

직원이 가져온 커피를 호록 마신 세인이 웃으며 도훈에게 말했다. 해결이 하나도 안 됐단 얘기군. 세인은 공백이 길어지기 때문이라고 말했지만 이렇게 된 이상 팀이 활동하면서 어느 정도 금액을 메워야 한다는 뜻이었다. 그러다 문득 지난 콘서트 예매 때 좌석이 하나 비어 팬 이벤트식으로 진행했던 일이 떠올랐다. 이상임대표 맘대로 오현수란 여자한테 줬었지. 도훈은 갑자기 짜증이 나서 세인에게 물었다.

"참, 그거 있잖아요. 우리 콘서트 티켓 한 자리 비어서 추첨식으로 돌렸던 거. 그거 대표님이 아는 사람 꽂아 준거죠?"

세인이 무슨 말이냐는 표정을 지었다.

"그거 담당자가 그러는데 무슨 시스템 오류가 났었다나 봐. 그래서 자동으로 뽑힌 1명한테 문자 전송이 되는 바람에 우리도 홈피에 당첨 배너 띄웠더라고."

"네? 말도 안 돼요. 이사님, 우리 디브릿지 간 날 대표님이 꼬시던 여자가 당첨됐던데요?"

"잠깐만, 디브릿지에서 상임대표가 꼬신 여자라니?"

세인은 잠깐 말을 멈추고 생각에 잠기더니 갑자기 큰소리로 웃기 시작했다.

"그런 거 아냐. 너는 모르겠지만 그 양반이 이 바닥 전설의 캐스팅 디렉터였어. 찍는 족족 스타를 제조해 냈었거든. 그런 사람이 착해 터져서 맨날 알맹이만 쏙 뽑아 먹히고 못된 뒷소문에 채이다가 상처받아 차린 게 바로 이 회사야. 난 상임대표 직속 후배고. 근데 상임대표 주사가 뭔지 알아? 잘나가던 시절 로드 캐스팅 때 밴 습관 때문인지 괜찮다 싶은 애들 보이면 그렇게 명함을 준단다. 그날도 그랬던 거였고 그래서 내가 가서 잡아온 거였지."

세인은 옛날 생각을 하듯 싱긋 웃으며 얘기를 하다 갑자기 정색하며 말했다.

"그나저나 니가 그 여자 당첨된 건 어떻게 알아?"

18

　도훈은 집으로 돌아와 며칠 전 녹화된 화면을 다시 한 번 살펴보았다. 역시나 동시에 수백 개의 IP가 침입한 걸 확인할 수 있었다. 보통의 해커들은 자신의 위치를 숨기기 위해 여러 곳을 통해 목표물에 침투하곤 한다. 그렇다 하더라도 거쳐 간 곳이 하나의 선으로 연결되지 수백 곳의 IP가 되어 목표물에 찍히진 않는다. 게다가 이 경우는 두 가지 양상으로 나뉘는데 한 곳은 정지된 모습으로, 한 곳은 끊임없이 움직이는 형태였다. 그 움직이는 곳을 들여다보면 좌표는 엉뚱하게 하늘로 솟구쳐있었다. 마치 수백 대의 비행기에서 한꺼번에 해킹을 시도한 것 마냥.

　'이게 일어날 수 있는 일이야?'

　오류가 아닌 이상 불가능했다. 도훈은 고정된 좌표를 살펴봤다. 꽤 광범위한 지역을 나타내고 있었다. 도훈은 노트북 3대를 챙겨 대략의 좌표에서 신호를 잡아보기로 했다.

　방배역에서 남부터미널까지 차를 몰고 천천히 움직였다. 다시 남부터미널에서 신호가 잡히던 좌표들을 거쳐 방배역 쪽으로 거슬러 올라갔다. 십 수차례 해봤지만 별다른 소득은 없었다. 돌아갈까 생각하던 그때, 문제의 코드가 감지되었다. 한 개의 노트북에서 잡히다 끊기고 잠시 후 다른 노트북에 신호가 잡히곤 끊어졌다. 도훈은 자신의 감에 의지해 유턴해 달려보았다. 신호가 잡혔다. 도훈은 신호를 따라 계속 달렸다. 도로에서 상가 쪽으로, 상가를 거쳐 골목으로 신호는 하나둘씩 잡히기 시작했다. 문제의 신호가 노트북에 전부 잡혔을 때 도훈이 도착한 곳은 작은 골목 안쪽의 타운하우스 앞이었다. 지어진 지는 오래됐지만 잘 관리된 빌라형 타운이었다. 대충 살펴봐도 20가구가 넘는 듯했다. 이미 밤이 늦었지만 도훈은 돌아갈 수가 없었다. 오늘이 지나면 코드가 바뀔지도 모르고 또 이곳 거주자가 아니라면 다신 찾을 수 없을 것만 같은 생각이 들었기 때문이었다.

❊

신호가 들어오고 나가는 모니터를 지루하게 들여다보던 도훈은 깜박 잠이 들었다가 쏟아지는 아침 햇살에 눈을 떴다. 시계를 보니 7:30분. 출근하는 차량들이 하나둘씩 빠져나가고 있었다. 모니터에선 아직 신호가 잡히고 있었고 도훈은 배가 고파왔다. 하지만 이곳을 떠나는 차들 중에 한 명이 그 해커일지도 모른단 생각에 무언가 사러 나갈 수도 없었다. 9시가 넘어가자 나가는 차량은 거의 보이지 않았고 도훈은 단지 건너편에 있는 편의점으로 달려가 빵 몇 개와 음료 몇 종류, 그리고 가글을 구입했다.

빵을 먹으며 캔커피를 마시다 시계를 보니 9시 30분이 넘어가고 있었다. 돌아가야 하나 고민하고 있을 때 흰색의 소형차가 막 주차장을 떠나고 있었다. 차량이 골목을 빠져나는 순간 모니터의 신호가 하나하나 끊어지기 시작했다. 도훈은 먹던 빵을 봉투에 던져 넣고 흰색 소형차를 따라 출발했다. 그 차에 탄 자가 해커였다. 콘서트장을 엉망으로 만든 자를 잡고 싶은 마음도 물론 있었지만 그토록 대단한 해킹 실력을 가진 사람이 누군지가 사실은 미치도록 궁금했다. 오늘은 꼭 얼굴을 확인해야겠다고 마음먹었다. 차량은 생각보다 멀리 가진 못했다. 성남 방향으로 차를 따라가던 도훈은 해커의 차가 정지 신호도 한 번 받지 않고 계속 같은 속도로 가고 있다는 걸 깨달았다.

"뭐야, 신호등까지 해킹하면서 가는 건 아니겠지?"

문제의 차량은 분당의 한 가족묘지로 올라가고 있었다. 도훈은 멀찌감치 차를 대고 지켜봤다. 차 안에서 한 여자가 꽃다발과 봉투를 껴안고 내리는 모습이 보였다. 산비탈을 오르던 그 여자는 어느 봉분 앞에 도착하더니 바나나며 망고스틴 같은 열대과일에 스시도시락 등을 꺼내 차려놓았다. 그리곤 산소 주변에 소주를 뿌리더니 두 번 절하고는 그 앞에 털썩 주저앉았다. 따사로운 가을 햇빛을 받은 여자의 머리카락이 멀리서 보기에도 반짝거렸다. 몇 시간이나 그곳에 앉아 있던 그녀는 이번엔 차려둔 스시도시락을 열어 먹기 시작했다. 도훈의 배에서 꼬르륵 소리가 났다.

'이따 집에 가면 스시부터 먹어야겠어.'

가을 해는 일찍부터 기울기 시작했다. 하루 종일 두 개의 봉분 앞에 앉아 있던 여자는 4시가 다 되어가자 자리를 털고 일어났다. 도훈은 그녀가 차에 타기 전 얼굴을 확인할 수 있도록 위치를 잡고 몸을 숨겼다. 그녀는 가지고온 봉투를 차에 싣고 차에 올라타 산길을 되짚어 내려갔다. 해커의 얼굴을 확인한 도훈은 한동안 멍하니 자리에서 일어날 수가 없었다. 디브릿지의 그 여자, 오현수였다.

❄

도훈은 달려가 봉분을 확인했다. 오창석, 강은서의 묘였다. 자신이 존경해마지않던 오창석의 묘라니. 그렇다면 오현수는 오창석의 딸이란 얘기인가. 도훈은 해킹건 때문에 병원에 갈 때마다 오현수와 마주친 일을 떠올렸다. 그녀는 사고 이후 장례와 뇌사 상태의 엄마 간호를 위해 그곳에 있었던 것이었다. 하지만 아무리 오창석의 딸이라고 해도 이렇게 뛰어난 해커였다니.

그렇다고 모든 게 이해가 되는 것은 아니었다. 아니, 차라리 이해가 되는 것이 하나도 없었다. 자신의 엄마가 생명유지장치에 의존한 채 입원해 있는 병실에 정전을 일으킨다는 게 말이 안 되는 데다, 그가 알기로 오현수는 큐브의 팬이었다. 콘서트를 망쳐놓을 이유가 없었다.

도훈은 집으로 돌아와 오창석과 오현수에 대해 조사해 보았다. 미래컴퓨터는 오창석과 아내 강은서가 총 30%의 지분을 가진 회사였는데 두 사람이 죽은 현재 오창석의 지분 15%만 오현수에게 상속되고 강은서의 지분은 강준호라는 사람에게 상속된 것을 금감원을 통해 확인할 수 있었다. 거기에 오현수에게 상속된 의결권 역시 강태규라는 사람에게 위임되어 있는 것도 알게 됐다.

도훈이 알아본 바에 의하면 이런 경우는 매우 드문 케이스에 해당됐다.

"복잡하네. 강준호는 누구고 강태규는 또 누구야."

도훈은 아침나절까지 이런저런 사실을 확인하다 잠들었다가 오후 2시가 되어서야 잠에서 깼다. 배고픔을 느낀 그는 달걀과 몇 가지 채소를 꺼내 치즈와 우유를 섞어 부드러운 오믈렛을 만들고 커피머신에서 도피오를 내렸다. 식탁에 앉아 오믈렛을 먹으면서 도훈은 휴대폰 메모장에 어제 자신이 확인한 사실들을 적어보았다.

1) 큐브 콘서트 특별 티켓 당첨자 오현수
   (대체 처음부터 왜 한 장이 오류였고 왜 당첨도 자동으로 된 걸까)
2) 교통사고로 인한 양친 사망. 아버지는 즉사,
   어머니는 뇌사 후 사망
3) 미래컴퓨터 대표 오창석의 사망으로 지분 오현수에게 상속,
   의결권은 강태규에게 위임
4) 강태규는 그 의결권으로 대표 취임(강은서의 남동생)
5) 생명유지장치로 연명하던 강은서의 VIP 병실만 정전사고
6) 큐브 콘서트장 합선(해커 공격으로 추정)
7) 강은서 사망 후 미래컴퓨터 지분 15% 강준호에게 상속
   (강준호는 강태규의 아들)

도훈은 자신이 쓴 것들을 다시 한 번 읽어 보면서 한숨을 쉬었다. 대체 그 여자, 오현수란 사람도 이걸 알까? 안다면 왜 자신의 지분과 권리를 넘긴 걸까. 이 말도 안 되는 사건들을 그녀가 주도한 거라면 대체 왜 그런 걸까. 도훈은 오지랖인 걸 알지만 그래도 오현수와 이야기를 해봐야겠다고 생각했다.

※

다시 빌라 앞이었다. 그녀의 흰 소형차가 주차장에 있는 걸 보니 집에 있을 가능성이 높았다. 몇 개의 계단 위에 그 집의 문이 보였고 그 안쪽에는 작지만 잘 가꿔진 마당이 있었다. 도훈은 막상 집 앞에 오고 나니 용기가 나지 않았다. 벨을 누르고 그녀가 나온다면 대체 뭐라고 말을 해야 좋을까. '혹시 네가 우리 콘서트장 합선시켜서 다 태운 거니?' 아니면 '너의 신상에 일어나는 일들이 이상해서 확인차 왔어' 둘 다 이상해 보이기만 할 뿐이었다. 도훈과 현수는 서로 알지도 못하는 사이인 데다 자신은 아이돌이고 아무리 이상한 일이 오현수의 주변에 일어나고 있다고 해도 파헤쳐서 알려줄 이유 따윈 없는 것이었다.

도훈은 30분째 망설이다 일단 벨을 눌러보기로 했다. 얼굴은 이미 알려져 있으니 해코지할 건 아니라고 안심시킨 후 이야기를 이어보기로 했다. 그녀가 자신의 팬인 건 그나마 다행인 일이었다. 심호흡으로 마음을 가라앉힌 후 초인종을 눌렀다. 잠시 뒤 집 안에서 인터폰을 받는 듯한 소리가 들리더니 뚝 끊겼다. 도훈은 다시 벨을 몇 번이나 눌렀지만 이번엔 초인종이 아예 눌리지 않았다. 도훈은 현수에게 무슨 일이 일어나고 있는 건가 싶은 무서운 예감이 들어 집안을 향해 큰 소리로 '저기요! 오현수씨!' 하고 불러봤다. 그때 휴대폰으로 발신자 표시제한의 전화가 걸려왔다.

"여보세요?"

"김도훈, 차에 타."

도훈은 소스라치게 놀랐다. 자신의 목소리가 자신에게 전화를 건 것이다. 도훈은 오현수가 목소리를 변조해 전화를 건 것인가 싶어서 벨을 마구 눌렀다. 그녀와 이야기를 해야만 했다.

"김도훈, 차에 타라고."

전화기 속 목소리가 끊어지자마자 자신의 차에서 도난경보음이 시끄럽게 울렸다. 도훈은 어쩔 수 없이 차에 탈 수밖에 없었다. 그러자 경보음이 그치고 자동으로 시동이 걸렸다. 당혹감에 도훈은 어어, 하며 브레이크를 급히 밟아 보았지만 차는 미끄러지듯 골목을 빠져나갔다. 두려움에 서둘러 안전벨트를 맸다.

"이게 뭐 하는 짓이야! 야, 너 오현수야?"

"여기 왜 왔어?"

"너 오현수냐고!"

"여기 왜 왔어?"

차 안의 스피커를 통해 감정도 없는 자신의 목소리가 계속 똑같이 물었다. 도훈은 소름이 끼쳤다. 도훈은 핸들을 움직이고 브레이크를 밟아 보았지만 자동차는 말을 듣지 않았다. 위험하게 운행되고 있진 않았지만 어쨌든 사람이 움직이는 건 아니었기 때문에 불안함이 엄습했다. 지금 이 짓을 하는 게 오현수라면 그녀는 괴물이었다.

"오현수 만나러 왔어."

"오현수 만나러 왜 왔어?"

"오현수한테 할 말이 있어서 왔어."

"오현수한테 할 말이 있어서 왔다니?"

"하…"

도훈은 어처구니가 없었다. 자신의 목소리가 자신을 놀리는 듯한 말투로 자꾸만 대답을 했다.

"너 귀신이야?"

"귀신 아냐"

"너 오현수야?"

"나 오현수 아냐."

"너 왜 나 납치해?"

"널 가두고 있는 건 아냐."

"무슨 말이야. 너 지금 날 차 안에 가둬놨잖아."

그러자 갑자기 도훈 쪽의 창문이 스르르 내려갔다.

"밀폐된 건 아니야. 안심해."

어안이 벙벙해진 도훈을 태우고 자동차는 한동안 달리더니 인근 공원에 완벽한 주차를 하고는 멈춰 섰다. 잠금장치가 딸깍하고 풀리는 소리가 나더니 시동이 꺼졌다. 도훈은 문을 열었다 닫아 본 후 핸들에 기대 잠시 생각에 잠겼다.

"김도훈, 왜 왔어?"

"오현수하고 할 얘기가 있어. 아까 말했잖아."

"오현수하고 할 얘기가 뭔데?"

"그건 오현수하고 해야 해. 넌 오현수하고 무슨 관계야?"

"오현수 우리 언니야."

도훈은 순간 멍한 기분이 들었다. 오창석에겐 외동딸 하나뿐인 걸 어제 분명히 확인했는데.

"거짓말 마. 오현수는 외동딸이야. 넌 누구야?"

"거짓말 아냐. 나도 아빠 딸이야."

"저기 일단 알겠고 목소리 좀 바꿔줄래? 내 목소리가 딸이라고 하는 건 좀 듣기 그렇다."

"알겠어."

목소리는 여자의 것으로 바뀌었다. 도훈은 이해하기 어려웠다. 창석은 굉장히 모범적인 사람으로 유명했다. 가정에 충실하고 또 일에 바빴다. 그런 그가 정말 밖에서 딸을 만들어 온 걸까.

"너도 오현수랑 같이 살아?"

"난 살지 않아."

"그럼 어디 사는데?"

"난 살지 않아. 존재해."

도훈은 처음부터 이 대화가 맘에 들지 않았을뿐더러 이해할 수도 없었다. 오현수 집 문 앞에서 쫓거나 이 공원에 올 때까지 현실로 느껴지는 것은 하나도 없었다. 그런데 이번엔 이 여자는 살지 않고 존재한다고 했다. 머리가 터질 것만 같았다. 하지만 천천히 하나하나 짚어나가야 했다. 이 여자는 자신이 먼저 아무것도 얘기하지 않는 것 같았다.

"어디에 존재하는데? 그 집에 존재해?"

"그 집에도 존재하고 난 어디든 존재해."

"너 그럼 하늘에도 존재하고 땅에도 존재해? 한꺼번에 무수히 많이 존재하기도 해?"

도훈은 자신의 컴퓨터에 녹화된 IP주소들의 양상을 기억해내고 물었다. 오현수가 아니라 지금 이 목소리를 내는 자가 해커일지도 몰랐다.

"응."

그렇다면 이 자가 콘서트장을 엉망으로 만든 장본인이란 얘기였다. 도훈은 제대로 확인하고 싶은 생각에 떨리는 마음을 진정시키며 물었다.

"큐브 콘서트장, 합선시킨 거 너야?"

여자의 목소리는 맑은 목소리로 또다시 '응'이라고 대답했다. 도훈은 화가 끝까지 나서 울분에 찬 목소리로 소리쳤다.

"왜!! 무슨 이유로! 너 때문에 지금 얼마나 많은 사람들이 힘든지 알아? 무슨 억하심정으로 콘서트를 못하게 한 거야!!"

"콘서트를 못 하게 한 거 아냐. 지금 큐브는 콘서트 다시 준비 중이잖아. 언니가 큐브 콘서트 못 가는 걸 많이 아쉬워했어. 언니가 못 가는 첫 콘서트는 열려선 안 돼."

미치도록 화가 났지만 이미 벌어진 일이니 어쩔 수 없다고 도훈은 생각했다. 다만 오현수가 못 가기 때문에 모든 전기기구를 합선시켜 콘서트를 못 하게 했다는 이 여자가 너무 궁금했다. 자신의 능력을 뛰어넘는 이 존재에 대해 알아야만 했다.

"그래서 넌 누구야. 세상에 오창석의 딸은 오현수 하나만 있다고 알려졌어. 우리 콘서트를 망쳐놨으니까 이제 나한테 네가 누군지 알려줘."

"아빠는 내 존재가 가족 외에 다른 곳에 알려지지 않게 하라고 했어."

"하지만 넌 이미 나한테 나타났잖아. 다른 누구한테도 네 존재에 대해 말하지 않을 테니까 이제 알려줘."

그때 시동 꺼진 차 안의 네비게이션이 켜지더니 짧고 빠르게 요약된 영상으로 오창석이 만든 AI인 바다의 존재에 대한 설명이 흘러나왔다. 그 AI가 지난번 고흥에서 날린 우주선과 함께 날아가 전 세계의 기상관측을 관장하고 있는 것이었다. 그리고 오창석이 남긴 마지막 말들을 통해 바다가 그들의 가족으로 인식되고 있음을 알게 됐다. 도훈은 영상을 보고 무척이나 놀라고 또 감동했다. 자신의 정신적 멘토인 오창석의 엄청난 유산이었다. 그는 누구에게도 알리지 않고 바다라는 굉장한 산물을 남기고 간 것이었다. 그리고 바다는 가족으로서 오현수를 지키고 있었다.

도훈은 자신이 메모장에 적어둔, 오현수의 주변에 일어난 이상한 일들에 대해 바다에게 물었다. 이 정도의 AI라면 이 모든 사실을 모를 리 없었다. 바다는 다시 네비게이션 화면을 통해 그동안 일어난 사고부터 재산과 회사를 가로챈 태규 부자의 일들까지 자세히 보여주었다.

"네가 이걸 다 알고 있다면 당연히 오현수에게 알렸어야지. 저렇게 당하고만 있게 놔두면 어떡해."

바다는 아무 말도 없이 은서의 유언과도 같은 말을 차 오디오를 통해 들려주었다. 강은서는 마지막까지 오현수가 상처받을까 걱정하면서 눈을 감은 것이다.

"엄마는 언니의 순수함을 지켜달라고 했어. 그건 내가 지켜."

도훈은 머리가 복잡했다. 짧은 시간 동안 알게 된 이 엄청난 것들을 받아들이기엔 시간이 필요했다. 이제 집으로 갈 시간이었다. 도훈이 차에 시동을 걸자 바다가 카오디오를 통해 말했다.

"네가 한 약속을 지키기 바라. 넌 내 존재에 대해 어디에도 말하면 안 돼. 아마 그렇게 되는 날엔 네 콘서트장 전기기기처럼 통구이가 되는 수가 있어."

도훈은 바다의 협박에 오싹함을 느끼며 악셀레이터를 밟았다.

19

태규는 대표이사실에 앉아 주먹으로 책상을 쾅쾅 내리쳤다. 대외적으로는 되도록 평온한 모습을 보이려고 애썼지만 분노를 참을 수가 없었다. 오랫동안 모든 것을 차근차근 준비했건만 아들이란 놈이 단 며칠 만에 자신의 뒤통수를 친 격이었다. 어릴 때부터 맘이 약해 뭐 하나 제대로 결정하지 못 했던 아들을 강하게 키우고 싶었다. 그래서 이 일에도 개입하게 했고 또 잘 키워서 이 회사를 고스란히 물려주려고도 했다. 하지만 호랑이가 되어 자신을 물 거라곤 생각도 못했던 것이다.

노크 소리와 함께 준호가 들어왔다. 태규는 준호를 향해 서류철을 던졌다. 서류는 포물선을 그리고 날아가 문에 쾅하고 부딪혔다.

"너 이 새끼. 나한테 일언반구도 없이 무슨 짓거리를 한 거야."

준호는 침착한 표정으로 서류철을 주워 테이블 위에 올려놨다. 노려보는 태규의 눈빛을 고스란히 받으며 준호는 아버지를 마주 보았다. 태규는 그런 준호가 못마땅했다. 그렇게도 말 잘 듣던 아들이 왜 이렇게 변한 건지 이해할 수 없었다.

"어차피 아버지 명의로 하려던 건 아니었잖아요. 그래도 현수보다는 제 명의로 해두는 것이 나중을 위해서라도 아버지한테 더 좋은 거 아닌가요?"

"그럴 거라면 내 명의로 했어야 대표이사직을 유지하기도 좋았을 거 아니냐. 어차피 다 네 것이 될 텐데!"

준호는 소파에 앉아 피식 웃었다. 태규는 속을 다 드러낸 것 같아 민망했지만 화가 부글부글 치밀어서 자신도 모르게 말을 쏟아낼 수밖에 없었다.

"그럼 증여세에 상속세가 또 나오잖아요. 어차피 넘겨받을 거라면 이게 나아요."

"너 그래서 어쩔 셈이냐."

태규는 끓어오르는 화를 억지로 누르며 아들을 보며 말했다.

"미래컴퓨터 공동대표 등기할게요."

"뭐라고! 지금 그걸 말이라고 하는 거야?"

"어차피 저한테 올 거라면 지금 하든 나중에 하든 별 상관없는 거 잖아요."

준호는 소파에서 일어나며 태규에게 말했다.

"그럼 그렇게 진행하는 걸로 할게요."

"너 혹시… 그년이 이러라고 부추기든?"

준호는 아버지를 노려보았다. 뚫어질 듯 노려보는 그런 눈빛은 처음이라 태규는 당황했다.

"아버지가 함부로 말할 사람 아니에요."

준호는 쾅 소리를 내며 대표이사실 문을 닫고 나갔다.

준호는 자신이 공언한 대로 공동대표 체제로 들어갔다. 공동대표라곤 하지만 연구와 개발부서들을 제외한 거의 모든 수익부서를 준호가 맡아 실질적인 대표나 다름없었다. 취임식을 마친 준호는 대표이사실로 찾아왔다. 이 모든 것도 한 마디 상의 없이 제멋대로 처리해버린 아들놈이 못마땅해 견딜 수가 없었다.

"아주 자알 한다. 연구실 두 곳 외엔 다 네 몫으로 돌려놨다고?"

"R&D 센터야말로 연구 인력도 많고 미래컴퓨터에서 가장 중요한 부서잖아요. 연구비는 절대 삭감하지 않을 테니 걱정 마세요. 그런데…"

준호는 들고 들어온 서류를 휘리릭 넘겨보며 태규를 향해 말했다.

"그나저나 여기 D라인 부품업체 말이죠…"

"그건 놔둬라."

태규는 준호의 말을 탁 가로챘다. 어처구니가 없었다. 자신이 임시대표이사직에 오르기 위해 이 회사 지분의 3%를 모으느라 얼마나 고생했는지는 준호가 가장 잘 알고 있었다. 그리고 그 3%를 위해 애써 준 사람들에게 어느 정도의 이익을 배분하려면 자신이 이 정도의 파워는 발휘해야만 한다는 것도 알고 있을 터였다.

"그게 꼴 보기 싫으면 네가 지분 3%를 넘기면 될 것 아니냐. 사모펀딩으로 모은 돈들 돌려줘 버리면 이런 일 할 필요도 없다."

준호는 제 아버지 얼굴을 바라보며 한숨을 쉬듯 말했다.

"아버지, 그거 보호예수 2년 걸려 있어요. 그리고 그거 매각한대도 증여세를 내고 나야 사용도 가능하고요."

"그럼 나더러 어쩌란 말이냐."

태규는 역정을 내다 말고 침을 꼴깍 삼켰다. 겉으로는 자신이 화를 내며 아들을 나무라고 있지만 실질적 칼자루는 이미 준호에게 넘어가 있기 때문이다. 자신은 겨우 2년짜리 대표이사직을 맡고 있고 그 이후에 재신임을 얻으려면 대주주인 현수와 아들 준호의 동의가 있어야만 하는 상황이었다. 계속 회사를 끌어가기 위해선 다른 묘안을 내야만 했다.

"D라인 외엔 손대지 마세요."

태규는 끓어오르는 화를 삼켰다. 이제 자신이 아들과 대적하기 위해선 시간이 더 필요했다.

"알았다. 일단은 그렇게 하마."

준호가 나가자 태규는 황사장에게 전화를 걸었다. 2년의 말미 동안 조금씩 장악하면 될 것이라고 생각했지만 아들놈이 저렇게 나오는 이상 손 놓고 가만히 있을 수는 없었다. 뭔가 확실한 방법을 찾아내야만 했다.

"황사장, 이따가 역삼동 오피스텔에서 좀 봅시다."

❀

태규는 평소보다 일찍 업무를 마치고 나왔다. 일부러 법인차량은 보내고 택시를 타고 이동했다. 황사장은 미리 사무실에 와서 기다리고 있었다. 요즘 태규를 통해 떨어지는 콩고물이 심심찮아서 그런지 얼굴이 활짝 핀 모양새였다.

"아무래도 이대로는 안 되겠어."

"네? 무슨 말씀이세요. 전부 잘 풀리고 있는데요."

황사장은 어리둥절한 표정으로 물었다.

"이제 외부업체 꽂기 힘들어졌어. 아들놈이 이렇게 힘들게 할지 몰랐군."

애초에 3%의 지분을 위해 모아들인 돈들이 사모펀드의 형식이라 지금보다 많은 이익을 돌려줘야 했다. 생산라인을 바라보고 달려든 사장도 몇이나 됐다. 한국에 들어오기 전부터 친분이 있었던 황사장은 태규가 미래컴퓨터에 대한 속내를 드러냈을 때부터 모든 것을 걸고 달려들었다. 그렇기 때문에 자존심이 상하는 일이지만 간단히라도 설명하지 않을 수 없었다. 그리고 이 일은 황사장을 통해서만 처리해야 하는 것이었다.

"지난번 그 팀 말이야… 한 번 더 섭외하면 어때? 작업 한 번 더 해야겠어."

"아니… 아무리 그래도 그건 좀…"

"돈은 일단 걱정하지 말고 진행해달라고 해. 지난번의 2배로 생각하고 있으니."

"그래도 이번엔 아들인데…"

태규는 황사장의 말에 버럭 소리를 질렀다.

"누가 내 아들을 작업한댔나? 조카 말야, 조카! 현수만 사라지면 그 다음 상속인은 누가 뭐래도 확실히 내가 되니까."

두 개로 나눠 들은 검은색 가방을 차의 뒷좌석에 실었다. 소연은 급하지 않다고 했지만 준호에겐 급하고도 빨리 처리할 중요한 것이었다. 소연이 계속 가게에 나가는 게 싫었다. 자신이 아닌 다른 놈들과 술을 마시는 것도 웃음을 파는 것도 싫었지만 어릴 때 상처받은 마음으로 시작한 그 일을 빨리 끝내주고 싶은 마음이 가장 컸다.

가게 앞으로 포르쉐가 도착하자 웨이터로 보이는 사람이 나와서 기다렸다는 듯이 키를 받았다. 준호는 가방을 꺼내 들고 안으로 들어갔고 미리 소연이 예약을 해놓은 방으로 안내되었다. 언제나 늘씬한 몸에 멋지게 차려입는 소연이었지만 가게 안의 화려한 차림새를 보니 이질적으로 느껴졌다. 소연은 어색하게 미소 지으면서 룸을 나가더니 잠시 후 마담과 함께 들어왔다. 마담의 손엔 서류가 들려 있었다. 저것이 소연을 자유롭게 할 것이라고 생각했다.

준호는 마담이 넘겨주는 서류를 꼼꼼히 읽어보고는 영수증을 확인했다. 그리곤 쇼핑백에 담긴 현금을 넘겨주었다. 3억이었다.

"저…"

마담이 돈을 세어보더니 주저하면서 눈치를 봤다. 준호는 날카로운 눈으로 마담을 넘겨보았다.

"아니 그… 아진이, 아니 소연이가 월급을 받고 계속 쉬었잖아요. 그니까 돈을 토해내던가 출근을 더 하든가 해야 해서…"

준호는 금액을 확인하고 돈을 더 꺼내 놓았다. 그러고는 차를 부탁하고 소연의 손을 잡고 가게 밖으로 나갔다. 이제 그녀는 자유였다.

  엄마의 발인 이후 현수는 거의 잠만 자며 지냈다. 오후 늦게 일어나도 깬 듯 만 듯 멍한 상태로 보내기 일쑤였다. 밥 먹는 것까지 까먹을 정도가 되면 바다가 다독거려서 뭔가 음식을 꺼내 먹게 하거나 음식을 배달시켜서 억지로라도 먹게 했다. 바다는 현수의 웨어러블을 통해 영양 상태와 기분을 체크해 음식을 주문하고 텔레비전을 틀어 기분 전환도 시켰다. 집에만 틀어박힌 현수를 졸라 가끔 산책을 나가기도 했다.

  며칠을 그렇게 지내던 현수는 심경에 어떤 변화가 일었는지 다시 예전처럼 규칙적인 생활을 시작했다. 일찍 일어나 샤워를 하고 화분에 물을 주기도 했다. 바다에게 도움을 받아 된장찌개를 끓이기도 하고 어느 날은 갈비찜을 만들기도 했다. 집안일을 도와주러 오시는 도우미 할머니께는 금액은 동일하게 지불하는 대신 일주일에 하루만 와주십사 부탁을 했다. 먼지가 쌓이는 것 외엔 특별하게 할 일이 없었다. 오랫동안 가족처럼 지낸 분이기에 자를 생각은 처음부터 없었다. 도우미 할머니는 현수가 어릴 때부터 일하던 분이라 이 가족에 대해

세세하게 알고 있었기 때문에 엄마나 아빠 이야기를 함께 나눌 수 있어 즐거웠다.

현수가 처음부터 그럴 수 있었던 것은 아니었다. 엄마 아빠라는 단어만 나와도 소스라치게 놀라고 울음을 터뜨렸다. 엄마 아빠가 남긴 물건을 보는 것도 힘겨워 자신의 방에서 한 걸음도 나오려고 하지 않았다. 하지만 이젠 부모님의 짐을 정리하고 추억할 수 있을 정도로 마음을 추스르고 있었다.

현수는 무거운 머리로 잠자리에 들 때면 종일 덤덤하려고 노력했던 마음이 주체할 수 없게 아려와 눈물을 쏟곤 했다. 그럴 때마다 도훈의 솔로곡은 위로가 되어 주었다. 병원을 정전시킨 게 도훈이었는지 확실하진 않지만, 그렇게 엄마가 떠날 수도 있었을 거라고 생각하면 그를 용서할 수 없지만 어쩐지 도훈의 노래는 마음을 안정시켜 주었다. 어느 날은 펑펑 울게 만들기도 하고 어떤 날은 도닥임이 되어 주기도 했다. 도훈의 목소리를 들으며 현수는 매일 잠들었다. 그건 그녀의 수면제이자 신경안정제였다.

이젠 금방 곧 달이 뜰 거야
숨 막혔던 이 하루 속에서 그대는 살아남았지

오늘도 잘 자 편안히 잘 자 그대의 하루를 닫는 인사
눈을 감으면 아무도 모를 당신만의 날개를 펴고 날아
창문을 닫고 이불을 덮고 자욱한 악몽 같은 어제는

눈을 감으면 이곳이 현실 그곳은 꿈

이젠 금방 곧 잠이 들 거야

제일 좋았던 그곳에서 넌 다시 눈을 뜰 거야

오늘도 잘 자 편안히 잘 자 그대의 하루를 닫는 인사

눈을 감으면 아무도 모를 당신만의 날개를 펴고 날아

창문을 닫고 이불을 덮고 자욱한 악몽 같은 어제는

눈을 감으면 이곳이 현실 그곳은 꿈

이젠 금방 곧 알게 될 거야[1]

'안녕, 오늘'

현수는 조용히 말해보았다. 자신도 모르게 눈물이 주륵 흘렀다. 엄마 아빠가 이젠 없는 악몽 같은 현실이지만 매일매일 숨 쉬며 살아내고 있었다. 긴 하루의 끝에 이불을 덮고 누워 현수는 생각했다. 두 사람의 몫까지 살아가야 한다고. 언젠가는 부모님을 떠올렸을 때 미소지을 수 있는 하루를 만들어야 한다고. 그리고 엄마와 마지막으로 약속한 것들을 지켜내야 한다고. 그곳에서도 자신을 걱정하게 해선 안 된다고.

---

1) 슌(shoon), 〈안녕, 오늘〉에서

❄

도훈은 과일주스를 빨대로 쪽쪽 빨면서 생각해 봤다. 여기에서 그만해야 할까. 그 바다라는 인공지능이 오현수란 여자를 지켜준다면 자신이 이렇게까지 애쓸 필요는 없는 것이었다. 하지만 강태규와 강준호는 거기까지만 할까. 15%의 지분을 이미 뺏었다면 남은 15%도 언제 뺏을지 모르는 것이었고 그건 그녀의 부모에게 닥친 일 만큼이나 위험한 일일지도 몰랐다. 바다가 아무리 그녀를 마크한다고 해도 어떤 방식으로 누군가가 해칠지 알 수 없기 때문에 완벽하게 방어가 될 수도 없는 노릇이었다. 게다가 아직 자신 스스로 결정을 내리고 무언가를 해결하는 인지 능력은 인간과는 비교할 수 없도록 낮았다. 현수가 명령을 내리면 해결할 수 있을까, 아니 현수도 생각지 못한 순간이라면?

도훈은 생각의 꼬리를 잘라내고 한숨을 쉬었다. 그리고 혼잣말로 "바다야 어쩌면 좋냐." 하고 낮게 말했다. 그때였다. 도훈이 아끼는 스피커인 브리온베가가 반짝 켜지며 소리가 흘러나왔다.

"내가 왜?"

"아잇, 깜짝이야. 너 뭐야. 어떻게 왔어."

도훈은 바다의 목소리에 소스라치게 놀라 앉아 있던 소파에서 팔짝 뛰어올랐다. 그 바람에 과일주스가 담겨있던 텀블러가 텔레비전 아래로 돌돌돌 굴렀다.

"바보야? 난 어디든 존재한다고 말했잖아. 네가 내 이름을 불러서

답을 했을 뿐이야."

"너 그럼 맨날 나 염탐해? 막 다 봐?"

"그냥 도훈이 나를 불렀기 때문에 반응한 거야. 나는 지금 우주의 기상센터와 언니에게 집중해 있어. 근데 무슨 일이야? 뭘 어쩌면 좋아?"

도훈은 굴러떨어진 텀블러를 주워들고 바닥에 흘러내린 딸기주스를 닦으면서 바다에게 말했다.

"바다 너는 정말 놀라운 존재지만 자료를 모아서 통계를 내잖아. 그 이후에 가능성을 가지고 예견을 하고. 나는 그렇게 하지 않는 대신 생각을 좀 해봤어. 오현수의 외삼촌에 대해서."

"강태규가 왜?"

"사람에겐 탐욕이란 것이 있어. 뉴스를 틀면 모두가 돈 때문에 범죄를 저지르지. 그리고 사람 심리는 한 번 하긴 어려워해도 두 번 하는 건 또 쉽게 생각한단 말이야. 강태규가 저 사고를 왜 냈을 거라고 생각해? 미래컴퓨터를 자기 손에 넣고 싶었기 때문이야."

"미래컴퓨터를 왜?"

"대한민국에서 저만큼 크고 잘나가고 안정적인 회사가 어디야? 바로 미래컴퓨터야. 그래서 자신의 몫을 다 챙겨갔는데도 욕심이 생기는 거야. 그래서 너희 엄마 아빠한테 한 자리 달라고 했는데 거절당했지. 그런데도 자꾸만 갖고 싶어. 그러면 사람은 그걸 물리적 힘을 이용해서 뺏고 말거든. 하지만 아직 끝나지 않았어. 너희 부모님의 지분 30% 중에 강준호가 15%를 가져갔지. 강태규는 3%만 가지고 있을 뿐이고. 권리를 내주긴 했지만 아직 오현수는 대주주야. 그렇다면 어떻게 하고 싶을까?"

"어떻게 하고 싶어?"

도훈은 안타까운 마음으로 생각했다. 보호예수는 2년. 그 사이에 가치를 하락시켜서 지분율이 희석되면 뺏는다. 하지만 그들이 2년이나 되는 긴 시간을 기다릴까. 이미 뇌사인 누나의 마지막 숨통까지 끊으려던 자들인데.

"남은 걸 뺏으려고 들 수도 있지. 자신에게 유리해지도록."

"괜찮아. 언니는 내가 지킬 수 있어. 말했잖아."

"엄마 아빠 때와는 다른 방법으로 해코지하면 어떻게 방어할 거야?"

"다른 방법? 어떤 방법?"

같은 일을 벌이진 않을 것이다. 교통사고로 위장한다거나 해킹을 통해 위협을 가하는 것은 그전의 사건까지 줄줄이 걸릴 가능성이 높다. 바다는 그 외의 가능성을 그다지 염두에 두지 않은 걸까. 아니면 그 어떤 상황에서도 다 지킬 수 있다는 자신감일까. 이걸 어떻게 설명하면 좋을까.

"사람이 죽거나 다칠 가능성은 얼마나 돼?"

"시대마다 다르지만 죽는 경우는 거의 인간의 수와 일치하고 다치는 경우는 거의 다치는 횟수와 비슷해."

"그렇게 많은 경우의 수가 있는데 어떻게 오현수를 보호하려고 해?"

"내가 늘 돌보고 있으니까."

도훈은 인간의 간사함과 교활함을 모르는 인공지능인 바다가 현상의 통계만을 가지고 반응하는 것이 안타까웠다.

"강태규가 누군가를 사주할지 모르고 이번엔 어떤 방식을 선택할지 알 수 없어. 강준호 역시 마찬가지고. 그 외에 다른 제3의 인물이 나타날지도 몰라. 일이 이미 진행되고 난 후에 알게 된다면 아마도 늦은 거겠지. 그래서 우리에게 필요한 건 뭐다? 조준이야."

"조준이라니? 총이나 포 따위를 쏘거나 할 때 목표물을 향해 방향과 거리를 잡는 것. 그럼 우리 총을 준비해야 하는 거야?"

"네가 말한 것처럼 목표물을 향해서 거리와 방향을 잡아야 오현수를 보호할 수 있다는 말이야. 어디서 언제 어떻게 그들이 공격할지 모르니까. 우리는 어쨌든 상대방을 알고 있으니 그들을 조준하고 있다면 어떤 행동을 벌이기 전에 알아챌 수 있지 않겠어?"

"알겠어."

바다는 시원스레 대답했다. 도훈은 역시 인공지능이라 이해가 빠르다고 생각하며 한시름 놓았다. 더 이상 도훈이 개입하지 않아도 될 것 같았다.

"이제 알았으니까 도훈이 조준해."

21

소연은 현수를 만나기 위해 청담동에 있는 집 근처로 가는 중이었
다. 은서의 발인 이후 간간이 전화 통화는 했지만 만나는 건 처음이
었다. 예전처럼 밝은 목소리라 괜찮은 것 같아 보이긴 했지만 사람은
실제로 보기 전까지 알 수 없다고 생각하는 게 소연의 성격이었다. 친
구로서의 현수는 안쓰럽고 챙겨주고 싶은 존재지만 준호와 함께 같은
길을 걷기로 한 이상 마냥 가련하게만 생각할 순 없었다. 확인할 것들
이 있었다. 지금까지 벌어진 일들에 대해서 현수가 어디까지 알고 있
는지, 또 태규가 회사 대표로 들어오면서 내친, 창석과 함께 회사를
일군 창석의 친구들과는 어느 정도까지 친분을 유지하고 있는지도
궁금했다. 그들이 현수의 삶 깊숙이 관여하면서 이것저것 얘기를 하
고 있다면 모든 것이 위험해진다. 하지만 최근 준호가 일이 바빠지면
서 채 신경을 쓰지 못하는 것 같기에 소연이라도 이것들을 체크해야
한다고 생각했다.

소연은 준호에게 문자로 현수와 저녁을 먹고 늦어도 11시까지는 집
으로 돌아가겠다고 문자를 보냈다. 준호는 붉은색 하트를 세 개 찍어

보냈다. 그리고 곧바로 준호에게 메시지가 도착했다.

[현수가 어디까지 아는지 슬쩍 떠봐줄 수 있어?] 소연은 그런 준호가 귀여우면서도 치밀한 면까지 갖추고 있어 다행이라고 여겼다.

✿

그 시각 도훈은 바다와 조준에 대해 이야기를 나누고 있었다. 일단 제대로 조준하기 위해선 이쪽이 조준당해선 안 되었다. 그러기 위해선 바다의 흔적부터 지워야 했다. 도훈은 거실에 양반다리를 하고 앉아 바다에게 해야 할 일들을 이것저것 이야기해주었다. 바다는 도훈이 일러주는 대로 자신이 남긴 흔적들을 완벽하게 지웠다. 이젠 도훈의 할아버지급이 온대도 바다를 찾을 수 없을 것이었다.

"그리고 지금부터 사고 나기 전날까지 오현수 휴대폰으로 전화가 왔거나 문자가 온 것들을 역순으로 모니터에 다 띄워봐."

바다는 1초도 안 돼서 모든 것들을 거실 모니터에 띄우기 시작했다. 빠르고 정확했다. 과연, 하고 도훈은 감탄하며 바다가 하는 일을 바라봤다. 발신자가 현수와 어떤 사이인지도 모니터에 띄워냈다. 대부분 같은 과 친구들이나 선후배, 교수들이었고 간혹 사이버수사대나 병원, 구청 등에서 온 번호도 있었다. 가끔씩 창석의 친구였던 회사 임원들이나 은서의 친구들에게 온 문자도 있었다. 소연이라는 친구와는 꾸준히 연락하고 있었다. 준호에게서 온 문자 역시 평범한 안부였다. 그 어떤 특이한 점을 발견하지 못했다.

"이 발신자들이 오현수 근처에 접근하면 알 수 있어?"

"응. 알 수 있어."

"좋아. 누군가 접근하면 알려줘."

"응. 알려줄게."

"강태규, 강준호, 한소연 휴대폰 내역도 띄워 봐봐."

바다는 곧 수발신내용을 모두 띄웠다. 하루 종일 휴대폰만 들고 사는 사람들처럼 내역이 무척이나 많았다. 도훈은 바다와 함께 굳이 알지 않아도 될 사람들, 이를테면 소연의 스폰서나 단순히 가게 일로 알고 지내는 사람들과의 연락 혹은 태규가 인사치레로 보내는 원주 언론사의 임원들은 지워나갔다.

"이 세 사람과 연락하는 사람들도 오현수나 집 근처에 접근하면 알려 줘야 해."

"응. 알려줄게."

강태규 강준호는 당연히 요주의 인물이었지만 한소연에 대한 의심도 거둘 수 없었다. 친구지만 강준호의 연인인 한소연을 현수가 어쩌면 가장 경계심 없이 대할 것이기 때문이다.

"지금 강태규, 강준호, 한소연 좀 비춰줘."

바다는 모니터를 분할해 세 사람을 비췄다. 강태규는 거실에서 누군가와 통화하며 위스키를 마시는 듯했다. 아내로 보이는 여자가 다가와 가볍게 포옹했더니 희미한 웃음을 짓기도 했다. 도훈은 소름이 끼쳤다. 그래도 자기 가족에겐 따뜻한 남자였군.

준호는 사무실에서 일하고 있었다. 그래, 사장이 둘인데 둘 중 하나는 일해야지. 도훈은 안심하고 마지막으로 소연의 화면을 봤고 그녀는 택시를 타고 이동 중이었다.

"어딜 가시나. 바다야, 한소연만 화면에 띄워줘."

"응. 띄워줄게."

거실 화면 가득 소연의 모습이 비쳤는데 도훈이 보기에 아마도 택시기사가 네비게이션으로 사용하는 휴대폰의 카메라가 아닐까 싶은 생각이 들었다. 예쁘게 화장한 그녀는 타이트한 원피스에 낙낙한 캐시미어코트를 멋스럽게 걸쳐 입고 있었다.

"한소연, 언니집 근처야."

골목 어귀의 CCTV 화면으로 바뀌었다. 그녀는 택시에서 내려 작은 이자카야로 들어서고 있었다. 화면은 다시 절묘하게 가게 내부의 카메라로 옮겨갔다. 도훈은 그럴 상황이 아니라는 것을 알고 있지만 묘한 쾌감을 느꼈다. 완벽하고 군더더기 없는 AI의 연출로만 이뤄진 영화를 하나 보고 있는 기분이었다.

✼

소연이 가게 안으로 들어섰을 때 현수는 자리에 앉아 소연에게 번쩍 손을 들었다. 동창회날 카페 디스트릿에서 하던 것과 똑같은 모습이었다. 소연은 빙그레 웃으며 현수에게 다가갔다.

"또 일찍 와 있잖아?"

"우리집 앞인 걸 뭐."

소연은 자리에 앉자마자 갖가지 꼬치구이와 모찌리도후, 연어 샐러드를 시키고 생맥주를 두 잔 주문한 후 싱긋 웃었다.

"요즘 다이어트해서 이거 너무 먹고 싶었어. 안 먹은 지 한 5~6개월은 된 거 같네."

소연은 현수의 얼굴을 보며 다행이라고 생각했다. 생각보다 건강해 보였고 사고 전의 컨디션을 어느 정도 회복한 것 같았다. 소연은 맥주를 마시면서 자신의 근황을 먼저 현수에게 알렸다. 일전에 본인이 하고 있다고 말했던 편집샵을 그만두고 다른 일을 알아보고 있다고 했고, 그건 사실이었다. 어차피 그 가게도 스폰서의 것이었고 손을 뗄 때였기 때문에 소연은 이전의 관계들을 정리하고 전화번호까지 바꾼 터였다. 현수는 학교를 휴학했지만 나름 이런저런 일들로 바쁘게 지낸다고 자신의 근황을 설명했다. 정리해도 정리해도 다 정리가 안 되는 부모님을 유품들을 어떻게 해야 할지 몰라서 일단 박싱만 해두었다고 할 땐 소연의 눈에서도 눈물이 핑 돌았다. 현수도 다시 일상을 서서히 찾아가고 있었다.

"그럴 땐 나 불러. 튼튼한 친구 됐다 뭐 하니?"

"그냥… 하나하나 정리하면서 추억하는 기분이 또 새로워서 자꾸 혼자 하게 되더라고."

"그렇구나. 학교 친구들이나 부모님 지인분들하곤 연락 잘하고 지내고?"

"친구들은 이제 다들 졸업 준비 중이야. 그래도 꾸준히 연락해줘서 고맙지 뭐. 아빠 회사 동료분들이나 엄마 친구분들이 가끔 연락해.

같이 밥이나 먹자고. 그분들 눈엔 아직 안쓰럽겠지."

현수는 흐릿한 눈이 되어 웃었다. 소연은 침을 꿀꺽 삼키고 정말 알고 싶었던 것들을 질문했다.

"아빠 동료였던 분들은 뭐라시니? 특별히 다른 말은 없으셔? 아참, 그때 무슨 부사장님 계셨잖아. 친구였다고."

현수는 꼬치구이로 나온 닭날개를 손에 들고 무심히 말했다.

"별 얘기 없으신데? 그냥 잘 못 챙겨 먹을까 봐 영양제 같은 거 보내주셔. 많이 바쁘신 모양이야. 다른 분들도 밥 사주신다고 얼굴 보자고 연락은 종종 와. 다 고마운 분들이시지."

긴장했던 소연의 표정이 살짝 풀렸다. 특별히 회사 일에 대해서 얘기하는 사람은 없는 듯했다. 다행이었다.

"그러게 고마운 분들이시네. 네가 성의 표시라도 해야겠다."

"안 그래도 엄마 발인 마치고 작은 답례품들 보냈어."

✿

두 사람의 대화를 듣고 있던 도훈에게 현수의 얼굴 위로 승희의 그림자가 비추었다. 승희는 초등학교 때부터 고등학교 1학년 때까지 학교를 함께 다닌 친구였다. 두 집안의 부모가 서로 친하다 보니 어떻게든 자주 만나 친구가 됐지만 남자애와 여자애다 보니 만날 티격태격하기 일쑤였다. 그래도 같이 숙제도 하고 부모에 대한 불평도 털어놓는 그 정도의 사이였다.

그런 그녀가 고등학교에 올라간 그해 4월, 벚꽃처럼 흩날리듯 세상을 떠났다. 자신을 성추행하던 선생과 자신이 믿고 그 얘길 상담한 제일 친했던 친구가 자신을 모함하던 것을 견디지 못했던 것이다. 그녀는 유서 한 장도 남기지 않은 채 학원 옥상에서 뛰어내렸다. 피어나는 벚꽃잎 위로 자신을 내던졌고 도훈은 그녀를 유린한 선생과 그 친구를 용서할 수 없었다.

현수도 결국 자신이 믿고 있는 외삼촌과 자신의 친구에게 진실을 모르는 채 농락당하고 있는 거란 생각이 드니 도훈은 견딜 수 없는 분노와 함께 현수에게 서글픈 동정심이 들었다. 인생에 처음 있는, 세상 끝에 내던져진 절망. 그리고 그 끝에 온전히 믿음을 준 사람들에 대한 배신. 이 모든 것을 승희처럼 다 알게 된다면 오현수는 버틸 수 있을까.

❀

현수는 두 잔째 생맥주를 마신 뒤 붉게 달아오른 뺨으로 소연의 메신저 배경을 쓱 디밀었다. 길게 꽃들이 깔린 길에 보라색 구두를 신은 늘씬한 다리가 아름다운 사진이었다.

"오오오~ 뭐야. 강준호가 해준 거 아냐?"

"이거? 인터넷에서 주운 사진이야. 예뻐서 배경사진으로 해둔 거지. 이번에 가게 접으면서 '꽃길만 걷고 싶어서' 한 번 깔아 봤다. 그리고 준호랑은 연락 잘 안 해."

며칠 전 준호가 트렁크에 꽃다발을 잔뜩 싣고 와서 해준 이벤트였다. 많은 남자들을 만나온 소연지만 그런 준호에겐 감동하지 않을 수 없었다. 하지만 현수에게는 거짓말을 할 수밖에 없었다.

"사귀는 거 아니었어?"

"처음엔 좀 그런 분위기였는데. 아무래도 헤어져 있던 시간이 길었지. 그걸 뛰어넘지 못하네."

현수는 소연의 손을 부여잡았다.

"힝… 왜! 너네 잘 어울려서 내가 얼마나 흐뭇했다고!"

"어른들의 세계는 오묘한 법이란다."

소연은 후후 웃으며 빨개진 현수의 볼을 쓰다듬으며 말했다. 현수는 여전히 실망한 표정으로 휴대폰을 들여다봤다.

"내가 이거 보면서 나도 꽃길만 걸었으면 좋겠다, 그런 생각했는데 말야."

"어구어구, 꽃길만 걷게 해줄 왕자님이 얼른 나타나셔야 할 텐데. 정 안되면 말해. 이 언니가라도 한 번 걷게 해줄게."

현수는 배시시 웃고는 맥주잔을 들었다.

"말이라도 정말 고맙다. 지금은… 아무것도 생각을 못 하겠지만. 언젠간 나 혼자서라도 꽃길 걸을 수 있는 날이 오겠지 뭐."

❀

소연과 헤어진 현수는 이자카야를 등지고 집이 있는 쪽으로 걸어갔다. 빨개진 눈으로 휘적휘적 집으로 향하던 중 마지막 골목으로 들어섰을 때 취한 눈에 들어온 건 작은 트럭에 가득 실린 꽃이었다. '와~~ 예쁘다' 생각하며 걸어가는 순간 아무도 없는 차가 덜컹덜컹 흔들리더니 화물칸에 실린 꽃들이 화르르 쏟아져 길바닥에 깔렸다.

"옴마야. 이게 다 뭐야?"

현수는 당황해 눈을 비비며 꽃들을 바라봤다. '취했나?' 싶은 마음에 빨개진 볼에 손을 얹어 쓸어내렸지만 꽃들은 그대로였다. 어쩌지 싶은 마음에 발을 동동 구르다가 결국은 휴대폰을 꺼내 사진을 찰칵 찰칵 찍기 시작했다. 소연의 휴대폰 속 꽃길처럼.

✿

하지만 그걸 보면서 마냥 웃을 수 없는 사람이 있었다. 도훈이었다.

"너냐?"

"노코멘트."

도훈은 한숨을 내쉬었다. 아직 AI인 바다에게 꽃길만 걷는다는 의미는 접수되지 않은 듯했다.

"바다야. 오현수가 말한 꽃길은 저런 게 아냐."

"왜 저런 게 아냐? 부러워 한 건 한소연의 사진이었잖아."

"꽃길만 걷고 싶다는 것은 밝고 희망찬 앞날이 있었으면 좋겠다는 의미야. 다들 그렇게 말하고 있고 그걸 단지 그런 사진으로 표현한 것 뿐이야."

"그럼 한소연이 말한 꽃길을 걷게 해줄 왕자님은 뭐야?"

"영국의 윌리엄 왕자, 뭐 이런 진짜 왕자가 나타났으면 하는 게 아냐. 그냥 왕자처럼 좋은 사람과 그런 밝은 미래를 함께하면 좋겠다는 뜻이지."

"인간의 언어란 어렵군."

그때 현수는 문을 열고 집으로 들어섰다. 현관 앞의 센서가 켜졌다가 꺼질 때까지 거실에 멍하니 서 있기만 했다. 한참을 그대로 어두운 곳에 서 있던 현수는 도훈이 만든 '안녕, 오늘'을 플레이하곤 소파에 앉아 무릎에 얼굴을 묻었다. 오늘 또 하루를 살아낸 현수의 공허한 마음이 도훈에게도 전해졌다.

22

샤워를 하고 나온 현수의 머리 위로 드론이 날았다. 바다는 드라이어로 머리를 말리는 시간을 줄여주기 위해 늘 현수가 머리를 감고 나오면 드론을 날려 머리를 말려주곤 했다. 그 사이 현수는 아침 식사를 뭘로 할까 생각하고 있었다.

"언니, 냉장고 안에 있는 재료로는 간단한 야채볶음밥과 오믈렛, 혹은 달걀프라이에 미소국 정도를 만들 수 있어. 언니의 식사를 위해 식재료를 주문해야 해."

"그럼 오늘은 오믈렛을 만들어야겠다."

"화면에 레시피 띄울 테니까 참고해."

바다는 현수의 요리 수준에 맞춘 간단한 레시피를 냉장고의 액정 화면에 띄웠고 현수는 곧잘 따라 오믈렛을 만들었다. 식탁에 앉아 현수가 밥을 먹기 시작했을 때 바다는 슬쩍 현수에게 물었다.

"언니. 정말 꽃길만 걷고 싶다는 게 꽃이 있는 길을 걷고 싶은 게 아냐?"

현수는 한숨을 쉬며 휴대폰으로 어제 자신이 찍은 사진을 보았다.

취해서 잘못 봤나 싶었지만 아니었다.

"이거 네 짓이구나."

"응, 맞아."

천진난만한 바다의 목소리에 현수는 기가 찼지만 어쩔 수 없었다. 아직은 남에게 폐를 끼친다는 의미를 알 수 없을 것이다. 어떻게 설명해야 할까. 고민이 됐다.

"바다야, 그러면 안 돼. 저 꽃 주인이 피해를 입었잖아."

"피해 입지 않았어. 주변에 사람 아무도 없었어."

"몸에 직접적인 피해는 없었지만 금전적인 피해를 입었어. 엄청 난감해하고 있을 거야."

"금전적인 피해를 입으면 어떡해야 하는데."

"피해를 입힌 사람이 돈으로 보상을 해야지. 일단 이건 내가 알아봐야겠다."

현수는 얼른 식사를 마치고 트럭이 주차되어 있던 곳으로 가봤다. 스케치북에 매직으로 삐뚤빼뚤하게 '목격자를 찾습니다'라는 글이 붙어 있었다. 아마 경찰에 신고하고 CCTV도 살펴봤겠지만 저절로 움직인 차량에서 쏟아진 꽃들이라 가해자도 없고 그러니 피해 보상을 받을 수 없단 얘기를 들었을 것이다. 현수는 한숨을 쉬며 전화번호가 적힌 종이를 휴대폰 사진으로 찍어 두었다.

"언니?"

현수는 대답하지 않았다. 운전대를 잡고 학교로 향하는 내내 고민이 이만저만이 아니었다. 추워지는 날씨라 꽃값은 비쌀 것이다. 엄마 아빠의 예금에서 일단은 털어서 보상해야 했다. 부모님이 남긴 돈을 함부로 쓰지 않겠다고 다짐했지만 이건 배상할 수밖에 없는 문제였다. 그리고 앞으로 계속 바다가 이런다면 어떻게 해야 할지 걱정이 됐다.

사고 이후 학교는 처음이었다. 종종 전화나 문자를 주고받던 친구들의 얼굴을 보니 무척이나 반가웠다. 그들은 졸업을 앞두고 거의 밤샘 작업에 매달리고 있었다. 하지만 현수를 보자 없는 시간을 만들어 함께 밥을 먹거나 차를 마셔주었다. 그런 친구들이 고마웠다. 역시 학교로 돌아가야 한다고 생각했다. 그녀의 일상은 이곳이었다. 현수는 지도교수를 찾아가 졸업 작품에 대한 고민을 나누고 집으로 돌아왔다.

목소리를 큼큼 가다듬은 현수는 휴대폰으로 사진 찍어둔 전화번호로 전화를 했다. 나이가 좀 들어 보이는 아저씨의 목소리였다. 자신의 잘못으로 손해를 봤으니 배상하겠다고 하자 트럭주인은 조금 당황해하는 눈치였다. 본인도 봤다시피 CCTV의 아가씨는 그저 옆을 지나가고 있을 뿐이었기 때문이었다. 현수는 마다하는 트럭주인에게 끝까지 자신의 책임이라며 일주일 안에 보상하겠다고 말하고 일단 전화를 끊었다. 긴 하루의 끝에 현수는 소파에 누워 천장을 봤다.

바다는 아무리 불러도 현수가 대답하지 않자 도훈을 다그쳤다.

"도훈, 대체 언니가 왜 그러는 걸까?"

"아잇, 깜짝이야. 바다야. 갑자기 나타나지 말고 뭔가 기척이라도 하고 말하지 않을래? 정말 깜짝깜짝 놀라거든."

그러자 스피커를 통해 '딩동댕동' 하는 차임벨 소리가 들렸다.

"자, 이제 말해줘. 언니가 나랑 말을 안 해. 왜야?"

"왜 말을 안 하는데?"

"모르겠어. 아침에 내가 그 꽃길 만들었다고 했을 뿐인데 그 꽃주인이 피해를 입었다고 한 이후로 말을 하지 않고 있어."

도훈은 현수의 반응이 이해가 됐다. 자신 역시 누군가에게 피해를 입히는 걸 끔찍하게 싫어할 뿐만 아니라 자신과 아무런 관련이 없는 이 사건에 지금 끼어든 이유 자체가 오현수가 입고 있는 피해 때문이기도 하니까.

"사람들은 돈 때문에 사람을 죽이기도 하고 서로를 모함하기도 해. 너희 엄마 아빠가 돌아가신 이유도 결국은 돈 때문이잖아."

"미래컴퓨터 때문이지."

"맞아. 미래컴퓨터를 돈으로 환산하면 얼마니? 결국 돈 때문인 거야. 그 꽃 주인은 그 꽃을 팔아서 돈을 벌어야 하는데 길가에 쓰러진 바람에 큰 손해를 봤지. 그러니 어떻겠니. 니네 언니 오현수는 그게 싫은 거야. 자신으로 인해서 누군가가 이유도 없이 피해를 입은 거잖아."

"그럼 어떻게 해야 해? 내가 그 사람에게 돈 보내면 되는 거야?"

"갑자기 네가 돈을 보내는 것도 너무 이상하고… 그리고 너 돈 없잖아."

"일단 도훈 돈을 좀 꺼내서 쓸게."

도훈은 어처구니가 없었다. 아니 이렇게까지 도와주는데 내 돈을 네 것처럼 쓰겠다고?

"하아… 그러지 말고 일단은 오현수가 처리하게 둬. 그래야 이상하지 않을 거 같아. 그리고 네가 오현수한테 미안하다고 말해. 다시는 다른 사람이 피해 보는 일을 저지르지 않겠다고. 그런 점을 잘 몰랐다고 해."

"알겠어. 근데 도훈, 돈은 어떻게 벌어야 하는 거야?"

"돈은 뭐 하게?"

"언니를 도와주면서 다른 사람에게 피해가 가지 않으려면 내가 돈을 가지고 있어야 할 것 같아. 내가 도훈의 돈을 꺼내 쓰겠다고 했더니 미간이 0.7cm 찌푸려졌어. 그건 싫을 때 하는 표정이지."

도훈은 바다의 말에 웃음이 났다. 그리고 바다가 어느 정도의 돈을 가지고 있는 편이 좋겠단 생각이 들기도 했다. 바다에게 듣기로 오현수가 가진 현금은 그리 큰돈은 아니었다. 정당한 방법으로 바다가 돈을 번다면 그것도 오현수에게 큰 버팀목이 될 것이다. 오현수의 전공 자체가 졸업 후 큰돈을 벌 수 있는 것도 아니고 뭔가를 하려면 목돈이 들어가는 것이기도 했기에.

"네가 잘하는 걸 하면 되겠네. 화이트해커 시장에 나서보면 어때? 나쁜 놈들도 잡아주고 돈도 벌고."

"좋아."

"그걸 하려면 신분이 있어야 하는데… 일단은 내가 예전에 장난으로 만들어 둔 아이디를 줄게. 대신 돈을 받을 계좌를 만들어야 해. 이

건 누구 걸로 하는 게 좋을까."

"음… 나도 예전에 장난으로 계좌를 만들어뒀다면 좋았겠지만 없군. 언니 계좌는 어때? 돈이 하나도 없는 빈 계좌가 있기는 해."

"그럼 일단은 그렇게 시작해보자. 또 다른 신분이 필요하면 그땐 다시 생각해보지 뭐."

그날 바다는 현수에게 사과를 했고 현수는 바다에게 다른 사람에게 피해를 입혀서는 안 된다고 신신당부한 후 예전과 같이 다정하게 대했다. 그런 현수를 본 바다는 앞으로 인간사에 대해서는 도훈에게 도움을 받아야겠단 정보를 입력했다.

✿

큐브 전체 멤버들의 회의가 오후 2시에 있었다. 도훈은 일찍 일어나 강태규, 강준호, 한소연의 동향을 살펴본 후 며칠 전 딜리버리 서비스로 구입한 스테이크를 넉넉히 구워 먹고 사무실로 향했다. 활동을 중단한 멤버들의 얼굴엔 피곤함이 싹 가셔 있었다. 학교를 다니는 멤버들은 요 며칠 등교도 충실히 하고 있었다. 막내멤버는 수학책을 들고 와 문제를 풀었다.

정각 2시가 되자 김세인 이사가 이상임 대표를 비롯한 임원급 직원들과 함께 회의실로 들어왔다. 다들 표정이 밝은 걸 보니 뭔가 일이 풀려가는 모양이었다.

"다들 잘 지냈어?"

이상임 대표가 웃으며 멤버들의 안부를 일일이 물었다. 세인이 이야기하기 전까지만 해도 상임에 대해 오해하고 있던 도훈은 왠지 미안해 상임에게 미소를 지었다.

"아, 오늘 심쿵. 우리 도훈이가 나한테 웃어줬어."

멤버들을 비롯 모든 사람들이 실소를 터트렸다.

"도훈이 그러는 거 완전 이례적인 일 아냐? 그나저나 우리 희소식 있어. 첫 콘서트 무산되고 나서 정리하는 사이에 콘서트장 잡기가 너무 어려웠는데 드디어 픽스됐다. 그것도 크리스마스를 끼고 2일! 고척돔에서 열기로 했어."

와~ 하는 소리와 멤버들의 환호가 터졌다. 11월과 12월은 공연의 계절이었다. 무대 위에 강아지만 올려놔도 티켓이 팔린다는 시즌이니까. 거기에 크리스마스를 낀 고척돔은 아마도 잠실경기장보다 잡기 어려웠을 것이다. 그곳에서 큐브의 첫 공연이 열린다. 좀 더 커진 무대와 더 많은 관객을 수용할 수 있는 곳이라 콘서트 내용에 수정이 필요했다. 좀 더 화려하게! 좀 더 버라이어티하게! 김세인 이사의 주문이었다. 하루 종일 이어지는 마라톤 회의를 마치고 도훈은 집에 들어오자마자 바다를 불렀다.

"왜, 도훈?"

"고척돔 콘서트, 네가 도와준 거야?"

"응"

"아니 그걸 대체 어떻게…?"

바다는 별거 아니라는 듯이 거실 TV에 화면을 띄웠다. 그곳에는 12

월 고척돔 스케줄이 빡빡하게 채워져 있었고 24, 25일 큐브라고 쓰인 곳 밑으로 한 기획사의 이름만 쓰여 있었다.

"저 회사가 가예약만 해두었길래 내가 큐브로 대관확정을 해버렸어."

기획사의 이름을 보니 이상임 대표가 그 전에 일했다던 대형기획사였다. 상임대표를 끝에 끝까지 몰아세워 알맹이만 빼먹고 내버렸다던. 세 인이사와 상임대표의 표정이 유달리 좋았던 이유도 알 것 같았다.

"그나저나 오현수는 이 콘서트 간단 얘기 안 해?"

"언니는 아직 그런 말 한 적 없어."

현수는 여전히 큐브를 좋아하고 있는 듯했다. 도훈도 몇 번이나 자신의 노래를 듣는 걸 본 적 있었다. 다만 찝찝했던 건 자신이 화이트 해커 일로 병원에 갈 때마다 몇 번이고 마주친 일을, 오히려 정전의 주범으로 오해하는 것 아닐까 하는 생각이 들었기 때문이다.

"바다야, 혹시 말야. 오현수가 내가 병원 정전시킨 범인이라고 생각하는 거 아닐까?"

"응. 맞이."

"야! 그럼 아니라고 말을 해줘야지!!"

"왜? 그런 말 없었잖아, 도훈."

도훈은 현수를 한 번 만나야 할 것 같다고 생각했다.

23

현수는 끊임없이 울리는 휴대폰 문자 진동 소리에 눈을 떴다. 무려 34개나 되는 문자가 와 있었는데 그중에 지인에게 온건 딱 3개뿐이었고 31개가 모두 당일 도착을 알리는 택배문자였다.

"아니 이게 다 뭐야, 대체."

친구에게 온 3개의 문자 중 하나는 소연이었다. 기똥차게 맛있는 스시집을 발견했다며 내일 점심에 포장해 갈 테니 딱 기다리라는 문자였다. 현수는 웃으면서 [오케이]라고 답장을 보냈다.

현수는 세수를 하러 가면서 바다를 불렀다. 이 많은 택배의 근원지는 바다밖에 없었다. 현수는 이미 꽃값으로 큰돈을 지불했기 때문에 더 이상의 지출은 부담스럽기만 했다. 현수는 한숨을 쉬었다.

"바다야, 뭘 이렇게 많이 샀어."

"필요한 것만 산 거야."

그때 초인종이 울리더니 택배가 하나둘 도착했다. 배달원은 물품이 너무 많다며 한 번에 가져오지 못하고 여러 번에 걸쳐 박스를 안으로 들여왔다. 현수는 수십 개의 박스를 받아 하나씩 열어보았다. 첫 번째

박스에선 바디용품 세트가 나왔다.

"언니 바디크림은 3일 후면 모두 소진이야. 그래서 쓰던 걸로 주문했어. 겨울인데 안 바르면 피부가 튼다고."

"아, 고마워. 근데 내가 사는 사이트 있는데 거기서 사면 되게 싸게 살 수 있는데…"

"언니가 구입하는 금액의 43% 싸게 샀어. 배송료 포함으로 계산해도 세계최저가야."

현수는 웃음이 났다. 그래, 바다는 최고의 AI지. 가격 비교에 대해 인간이 고나리질을 하다니.

배송된 물건들을 보니 떨어져가는 생필품부터 시작해서 식재료까지 그동안 현수가 미처 깨닫지 못한 것들이었다. 엄마가 계실 땐 집안을 이렇게 꼼꼼하게 돌봤기 때문에 부족함을 모르고 있었구나 하는 생각이 들었다. 그 빈자리를 바다가 메워주고 있었다.

"언니, 식재료는 최저가 아냐. 엄마가 식재료는 맛있고 신선한 것으로만 주문하라고 했거든."

다른 박스를 뜯자 사이즈가 각각 다른 드론들이 나왔다.

"언니 이건 내 거야. 내가 쓰려고 주문했어."

박스를 정리하면서 현수는 대체 이게 다 얼마일까 생각했다. 현수는 드론 가격은 잘 모르지만 비쌀 거란 예상은 할 수 있었다. 조금 출혈이 크더라도 자신이 조금 더 허리띠를 졸라매면 바다가 사고 싶은 걸 사도 되지 않을까 하는 생각도 들었다. 소연도 있고 준호도 있지만 지금 자신이 기대고 있는 가족은 바다뿐이었다. 그렇게 생각하다

보니 의아한 것이 있었다. 바다가 현수의 돈을 쓸 땐 사용금액이 문자로 꼭 오는데 이번엔 그런 일이 없었던 것이다. 현수가 모든 통장과 카드 이용내역수신을 휴대폰으로 연결해 뒀기 때문에 오지 않을 리 없었다.

"바다야, 근데 이거 다 무슨 돈으로 산 거야?"

"언니 이거 내가 돈 벌어서 샀어. 언니 돈 이제 안 써도 돼."

현수는 깜짝 놀랐다. 사람도 아닌 바다가 어떻게 그리고 또 어디에서 돈을 버는 건가. 혹시 나쁜 경로로 돈을 훔치는 건 아닐까 싶어 걱정이 됐다.

"나 요즘 좋은 일 하면서 돈을 벌고 있어. 합법적이고 소득세도 내고 있고. 그래서 아무런 문제 없고 그 누구에게 피해도 입히지 않아."

현수는 무슨 일인지는 잘 모르겠지만 바다가 기특하고 대견하면서도 왠지 짠하고 또 서운한 감정마저 들었다. 굉장한 AI라는 것은 알고 있었지만 자신이 스스로 돈을 벌 정도로 엄청난 존재라곤 생각하지 못했다. 마치 어릴 때 헤어져서 다시 만난 지 얼마 안 된, 어린 동생이라고만 느껴졌기 때문에 더욱 그랬다. 그리고 자신이 돌봐줘야 하는 동생이 자라 자신의 품을 떠나 날아갈 준비를 하는 것처럼 복잡한 마음이 들었다.

"하지만 바다야, 네가 사고 싶은 건 사도 되지만 나한테는 돈 쓰지 마. 난 필요한 게 별로 없어."

"왜? 드론 말고는 다 필요한 거잖아. 엄마가 있는 동안 언니를 부탁했어. 난 언니를 돌볼 거고 그게 내 존재 이유 중에 하나야."

현수는 오후 내내 택배로 온 물건들과 박스들을 정리하고 먼지로 더러워진 거실 바닥을 한 번 닦아 냈다. 그리고 거실에 큰 테이블을 끌어다 놓고 학교로 돌아가기 전에 어느 정도 공부를 보충하기로 맘먹었다. 햇빛이 풍부하고 단정한 거실이었다. 몇 권의 책들과 노트들, 문구류를 정리하고 작업실로 쓸 지하실을 둘러보러 내려갔다. 아버지의 연구실이었다. 한 번도 자신이 발을 들여놓은 적이 없었기 때문에 물건들을 어느 정도 정리해야 하는지 가늠도 되지 않았다. 그리고 과연 자신이 정리를 할 수 있을지도 알 수 없었다.

현수는 천천히 지하실로 내려갔다. 문은 굳게 닫혀 있었고 열쇠는 어디에 있는지 몰랐다.

"바다야, 이 문 어떻게 열어?"

대답도 없이 문이 철컹, 열렸다. 현수는 스위치를 찾아 불을 밝혔다. 차곡차곡 정리된 물건들에 창석의 성격이 그대로 묻어났다. 아버지가 앉았던 의자와 책상들. 그리고 그 너머로 어마어마한 컴퓨터와 기기들이 놓여 있었다. 현수는 창석의 의자에 앉아 보았다. 책상의 서랍을 열어 아버지가 사용했을 노트들도 꺼내 보았다. 여전히 정겨워 보이는, 정직하게 또박또박 써 내려간 글씨들이 현수의 마음을 울렁이게 했다. 노트엔 여러 계산식들과 함께 양자컴퓨터에 관련된 내용들이 쓰여 있었다. 날짜로 시작하는 것들을 보면 창석이 일기처럼 연구 일지를 쓰고 있었던 듯했다. 중간중간 회사에 관계된 메모도 있었고 은서와 현수에 대한 코멘트도 있었다.

몇 권의 노트를 후룩 넘겨보던 현수의 눈에 들어온 건 미래컴퓨터에 대한 창석의 계획들이었다. 연금 조로 배당을 받아 최소의 생활을 할 수 있는 약간의 지분인 1%를 남기고 모두 사회에 환원해 사적으로 권리를 가질 수 없게 하고 싶다는 글이 첫 번째였다. 그 옆엔 괄호를 열고 처남의 상속분은 1995년 모두 정리되어 문제없음이라고 쓰고 붉은색 볼펜으로 밑줄을 쳐두었다. 그 외엔 잘 모르는 이야기들과 함께 바다는 회사의 소유가 아니며 상업적 목적 없이 만들었고 바다의 자유를 위해 연구용 기기들은 모두 폐기할 것이라는 글도 보였다. 현수는 다른 친구들에 비해 부모님과 가깝고 친구처럼 서로의 생각을 나누며 살았다고 생각했지만 이런 얘기는 금시초문이었다. 분명두 분이 충분히 의논해 내린 결정이겠지. 유언도 없이 떠난 아버지의 뜻이니 이건 꼭 따라야겠다고 현수는 마음먹었다. 그리곤 종이에 간단하게 정리했다.

> ✓ 회사는 사회 환원
> ✓ 바다 사적 소유 불가능
> ✓ 지분은 1%만 남길 것
> ✓ 지하실의 모든 기기와 자료 폐기

현수는 이 모든 것을 준호와 상의하고 정리해야겠다고 생각하고 준호에게 간단하게 메시지를 남겼다.

✣

도훈은 상담을 위해 평소 친분이 있는 변호사에게 미리 연락을 해 두었다. 그녀는 기획사의 창립부터 함께하고 있는 변호사인데 가끔 얼굴도 보고 회식에도 참석하는 터라 꽤 친하게 지내는 편이었다. 도훈이 사무실 안으로 들어서자 크게 웃으며 안쪽의 자신의 방으로 안내했다.

"세상에~ 도훈아, 너무 오랜만이다. 바쁘지?"

"잘 지내셨죠?"

"너네 콘서트 사건 때문에 우리가 꽤 바쁘긴 했지만 아주 잘 지냈지. 그나저나 어쩐 일이야. 지난번에 상담했던 건 잘 진행됐고?"

도훈은 가끔 이 변호사와 법적인 문제를 상담을 하곤 했는데 아주 작은 일이라도 성심껏 응대해주고 나눈 이야기를 회사에 전하거나 하지 않았기 때문에 더 믿음이 가곤 했다.

"그건 덕분에 잘 처리했어요. 대신 제가 오늘 온 건 제 친구 건이라서요."

변호사는 눈을 동그랗게 뜨더니 미소 지었다.

"얼마나 친한 친구 길래 천하의 김도훈이 이 바쁜 와중에 상담을 대신 받아주는 거야? 그래, 무슨 일인데?"

도훈은 간단하게 현수의 상황에 대해서 설명했다. 너무 자세하게 이야기하면 오창석의 사고건이란 게 티가 날 것 같아서 팩트만 설명하려고 애썼다.

"일단 피상속인이 생전에 증여했거나 유언으로 증여나 상속했는지를 확인해 봐야 할 것 같아. 상속인이 모르는 사이에 그런 일이 있었을 수 있으니까. 그치만 생전유언으로 상속인 외의 제3자에게 남긴다고 하더라도 국내법에는 유류분이라는 제도가 있어서 최소한의 상속재산을 보장해. 그게 딱 반이거든. 근데 그 반은 친구가 받았다는 거지?"

"네, 그랬더라고요."

"그리고 네가 궁금한 건 그 절반을 만일 상속자가 모르는 사이에 제3자가 가로챈 거라면 그걸 다시 가져올 수 있냐는 거고?"

도훈은 고개를 끄덕였다. 그러면서도 왜 자신이 바쁜 와중에 여기에 앉아서 오현수 대신 상담을 하고 있는지 이해되지 않았다. 하지만 바다의 도움으로 올해 안에 다시 콘서트를 열 수 있게 되었으니 이 정도는 도와줄 수도 있지 않느냐는 생각이 들기도 했다.

"상속재산의 권한을 침해당했다면 상속회복청구권 제도로 회복할 수 있어. 상속권 침해 사실을 안 날로부터 3년 이내, 상속권 침해행위가 일어난 날로부터 10년 이내에 청구하면 돼. 네 친구가 정말 상속재산을 뺏긴 거라면 다시 찾아올 수 있으니까 걱정은 안 해도 될 거 같은데?"

그렇다면 한시름 놓을 수 있을 것 같단 생각을 하면서도 도훈은 이해가 가지 않았다. 준호 역시 변호사이기 때문에 이 문제에 대해 모를 리가 없었다. 현수의 성격상 돈에 집착하지 않을 거라고 생각한 건지 아니면 다른 꿍꿍이가 있는 건지 알 수 없었다. 확인해 볼 문제였다.

"고맙습니다. 덕분에 친구가 걱정을 덜겠어요. 저 상담료는 사무장 님께 여쭤보면 되나요?"

변호사는 도훈의 어깨를 툭 치면서 밝게 웃었다.

"무슨 소리야. 이 누추한 곳에 와주신 것만으로도 감사하지. 그냥 인증샷만 한 장 찍어줘. 인스타에 올리게."

※

좀처럼 짬이 나지 않던 준호는 저녁을 먹으면서 현수의 문자를 다시 확인했다. 상의할 게 있다는 문자를 보니 뭔가 불안한 기분이 들었다. 식탁 건너에 앉아 있던 소연이 준호의 안색을 살폈다.

"뭔데 그래?"

"현수가 상의할 게 있다는데. 너한테는 별말 없었지?"

"응. 아무 말도 없었어. 게다가 꽤 안정돼 보이기까지 했는걸. 물론 아직 힘들겠지만 그래도 일상에 무리는 없어 보였으니까. 근데 이상 하다. 나한테 아무 말도 없이 너한테만 문자를 보냈네?"

식사를 마친 준호는 현수에게 전화를 걸었다. 현수는 아버지의 연 구실에서 노트에서 발견했단 얘기와 함께 지분 1%를 제외하고 사회 에 환원하겠다는 의사를 밝혔다. 준호는 머리끝이 쭈뼛 설 정도로 긴장했다.

"현수야, 혹시 그 얘기 누구한테 했어?"

"아니, 너한테 처음 하는 거야. 예전에 일 봐주시던 변호사님 연락처를 아무리 찾아봐도 없네. 그래서 부모님 일을 네가 처리해줬으니까 너한테 먼저 상의하는 게 낫지 않을까 싶어서."

저 이야기가 세상에 나간다면 파란이 일 게 뻔했다. 자신과 아버지가 쫓겨나는 것은 시간문제였다. 오창석이 남긴 이 문서들을 다른 변호사에게 넘기지 않도록 단도리해야 했다.

"현수야 이건 간단한 문제가 아니라서 시간이 좀 걸려. 그리고 미래 컴퓨터가 준비할 시간도 필요하고. 이 얘기는 다른 곳에서 하지 말고 일단은 너만 알고 있어. 미디어에 먼저 발표가 되면 혼란스러울 것 같아."

"알겠어. 하란 대로 할게. 나중에 뭐 어떻게 해야 하는지만 알려줘. 난 아무것도 모르니까."

스피커폰으로 함께 얘기를 들은 소연은 준호의 얼굴을 쳐다봤다. 이제 어떻게 되는 거냐는 표정이었다.

"너무 갑자기라 잘 모르겠네. 하지만 뭐라도 준비해야지, 우리도."

❀

도훈은 현수가 콘서트에 대해 아무런 말도 없다는 것이 이상했다. 콘서트 티켓은 이미 매진됐으니 또 지난번처럼 바다가 도움을 준 건지도 몰랐다.

"바다야."

바다는 대답 대신 '딩동댕동' 차임벨 소리를 냈다.

"바다야 내가 부를 땐 안 그래도 돼. 대신 갑자기 말 걸 땐 기척을 해달란 얘기지."

"알겠어, 도훈."

"그나저나 오현수 진짜로 우리 콘서트 예매 안 했어?"

"응, 안 했어."

"너는?"

"나도 안 했어."

"왜?"

"언니 콘서트 간다는 얘기 없었어."

대체 왜 티켓팅을 안 했는지 알 수 없지만 도훈은 오현수에게 콘서트표를 주기로 맘먹었다. 그녀는 아직 큐브를 좋아하는 게 분명했다. 현수가 콘서트 티켓을 예매 시도조차 안 한 것이 자신에 대한 오해라면 그건 풀어야만 한다고 생각했다.

사무실 문을 당차게 열고 들어온 도훈은 매니저팀장에게 콘서트 티켓 2장만 자신의 이름으로 달라고 소리쳤다.

"아무거나 인사용으로 빼지 말고 1층, 완전 딱! 좋은 자리. 있잖아요."

매니저는 웃음을 참지 못하고 도훈을 바라봤다. 도훈의 들뜬 모습도 오랜만이었지만 이런 식의 부탁은 처음이었기 때문이었다.

"왜? 여친이 콘서트 오시겠대?"

"아, 형. 무슨 말이에요. 줄 친구가 있어서 그래요."

사무실 직원들 모두 웃음이 터졌다. 그간 다른 멤버들이 쇼케이스나 사인회에 가족이나 친구에게 줄 티켓을 챙기면 도훈이 탐탁잖아했기 때문이었다. 그리고 도훈은 딱 잘라서 자신은 줄 사람도 올 사람도 없으니 자신의 몫이 있다면 다른 멤버들 주라고 항상 얘기해 왔었다.

"니거 경훈이 줬지. 넌 줄 사람 없다며."

"아니, 형! 제 거는 저한테 물어보고 주셨어야죠!"

도훈이 당황해서 매니저에게 달려가자 매니저는 장난치듯 도망가며 말했다.

"그니까 누구 주는 거야? 여친이면 진짜 VVIP석으로 줄 테니까."

도훈은 식은땀을 흘리며 매니저의 물음에 답해야만 했다. 도훈의 모습이 마냥 신기했던 직원들이 티켓을 서로서로 돌려가며 대답을 기다렸기 때문이다. 대충 대답하고 나가려 하자 매니저 팀장의 목소리가 쩌렁쩌렁 사무실을 울렸다.

"너 그러다가 아주 기사만 나봐!! 만나려면 조용히 만나!"

구깃해진 티켓을 코트 앞섶에 비벼서 폈다. 중요한 얘기를 하는 자리에 가져가는 것이건만 누가 봐도 몇 번 쥐고 흔든 티가 났다. 도훈은 투덜거리면서 현수의 집으로 향했다.

"바다야, 오현수 집에 있어?"

"언니는 왜?"

"큐브 콘서트 티켓 주려고."

"언니는 콘서트 가고 싶다고 안 했어."

도훈은 다시 힘이 빠졌다. 하지만 오현수가 바다에게 얘기만 안 했을 뿐일 수도 있었다. 매일 밤 도훈이 만든 곡들을 들으며 잠드니까 만일 콘서트에 간다면 위로가 될지도 모를 일이었다.

"오현수가 콘서트 가고 싶지만 너한테 말 안 했을 수도 있잖아. 네가 인공지능이지만 넌 궁예가 아니니까 사람 마음까지 읽지는 못할 거 아냐."

"하지만 언니는 나한테 큐.브. 콘서트에 가고 싶다고 말하지 않았어. 대신 김.도.훈.이 병원의 크래커일 수도 있는 거 아니냐고 말했어. 그런 다음에 언니 눈에서 눈물이 나왔어."

이건 큰 문제였다. 현수와 만나서 꼭 오해를 풀어야만 했다. 자신의 죽어가는 엄마를 죽이기 위해 잠입한 자가 자신이 좋아했던 가수란 건 영화에서도 나오기 어려운 얘기 아닌가. 그리고 지금은 자신이 오현수를 돕기 위해 동분서주하고 있는 상황이기에 조금 억울하기도 했다.

24

"오현수 집에 있어?"

"언니는 왜?"

"콘서트 티켓 주려고."

"언니는 콘서트 가고 싶다고 말 안 했는데?"

"야! 알아, 안다고. 그래도 아마 가고 싶을 거야. 그리고, 내가 이렇게 애쓰고 있는데 나를 너무 나쁜 놈으로 알고 있잖아. 오해를 풀고 싶단 말야."

자신이 왜 이러는지 알 수 없지만 어쨌든 오현수와 이야기를 해야 했다. 자신의 노력을 알아주길 원하는 건 아니지만 그래도 죄인 취급 하는 것도 싫었다. 그런데, 크래커 아닐까 생각한다면서 왜 신고는 하지 않았을까. 그건 큐브에 대한, 혹은 도훈에 대한 애정이 아직 남아 있어서 아닐까. 그렇다면 더더욱 오현수를 꼭 콘서트에 초대하고 싶었다. 도훈은 대문 앞으로 걸어가 벨을 눌렀다.

"언니 편의점 갔어."

인터폰으로 바다의 목소리가 들렸다. 그건 차 안에 있을 때 해주면 좋았을 말이 건만. 도훈은 마스크로 얼굴을 가리고 모자를 조금 더 푹 눌러 썼다. 도훈이 5분이 넘도록 대문 앞에서 방황하는 동안에도 돌아오지 않았다. 차로 돌아가 기다리려고 뒤돌아서는 순간 현수와 코앞에서 마주쳐 두 사람은 튀어 오르듯 놀랐다.

"누구세요?"

현수는 떨어뜨린 봉투 속에서 굴러떨어진 것들을 주워 담고 있었다. 도훈도 함께 주우며 마스크를 살짝 내렸다.

"나야, 김도훈."

"근데요, 여긴 무슨 일이세요?"

너무나도 차가운 현수의 태도에 도훈은 놀랐다. 이런 반응은 예상에 없었다. 최소한 인사를 하거나 반가워해줄 줄 알았는데 반색은커녕 질색을 하며 거리를 두었다.

"아, 아니 그게… 이번 콘서트 있잖아. 예매 안 한 거 같아서 주려고 왔어."

"저는 어떻게 아시는 거고, 제가 예매를 안 한 건 또 어떻게 아세요?"

도훈은 빠르게 머리를 굴려봤다. 아무리 생각해봐도 바다 얘기를 하지 않는 이상 현수의 의심에 대답할 말이 없었다.

"왜요? 병원 정전쯤 껌으로 하는 사람은 남의 뒷조사도 쉬운가 보네요?"

"아니, 그게 아니야."

"가세요!"

문을 열고 집으로 들어가려는 현수를 도저히 어떻게 할 수 없던 도훈은 편의점 봉투에 우선 콘서트 티켓을 던지듯 넣고는 차를 몰아 골목을 빠져나왔다. 억울했다. 도망치지 말고 내 얘기 좀 들어달라고, 내가 아니라고 설명했어야 했다. 하지만 그 상황에선 그럴 수가 없었다. 지나다니는 사람도 많고 그곳에 서서 짧은 시간 설명하기엔 이 모든 게 너무나 복잡했다. 그냥 차를 돌려 집으로 돌아가는 것 말곤 방법이 없었다.

❅

　집으로 들어온 현수는 화를 주체할 수 없었다. 사람의 목숨을 담보로 자신의 재능을 과시한 사람이었다. 한때 너무나도 좋아했지만 그리고 지금도 좋아하고 있지만 쉽사리 용서되는 일은 아니었다. 바다가 아니었다면, 아빠가 선물한 블루투스가 아니었다면 엄마는 며칠 더 먼저 세상을 떠났을지도 모를 일이었다. 현수는 비닐봉투 안에 들어있는 콘서트 티켓을 거실 테이블에 휙 던졌다.

"언니, 콘서트 갈 거야?"

"안 가."

"왜?"

"좋아했는데. 이렇게 나쁜 사람인 줄 몰랐어."

　현수는 도훈과 짧은 순간 나눈 이야기를 다시 곱씹어 봤다. 도훈은 '그게 아니야'라고 말했다. 정말 아닐까? 그렇다고 자신이 죄를 지었다고 말할 사람은 또 어디 있겠는가? 그런데 도훈은 어떻게 알고 이 집을 찾아온 걸까. 정말 해킹해본 결과 티켓 예매를 하지 않았단 걸 아는 걸까? 그런데 알지도 못하는 나에게 티켓은 왜 준 걸까. 자신이 위험에 빠뜨린 사람이 우리 엄마였단 걸 알아낸 건가. 생각하는 사이 입맛이 사라져 사온 음식들을 냉장고에 넣고 싱크대에서 손을 닦았다. 그때 드론 한 대가 날아와 싱크대의 물을 바닥에 묻히곤 거실로 날아갔다.

"바다야, 뭐 하는 거야?"

대답 대신 드론은 티켓이 들어있는 봉투를 물 묻은 바닥에 붙이더니 어디론가 날아가기 시작했다. 드론 두 대가 날아올라 같은 방향으로 날아갔다.

"콘서트 티켓 버릴까 봐 내가 숨겼어. 갈 거면 말해."

"안 간다니까?"

✿

소연은 스시도시락을 들고 현수의 집 앞에서 벨을 눌렀다. 현수가 밝은 표정으로 현관에서 맞아주었다.

"대체 얼마나 맛있는 스시길래 네가 그 정도로 감탄한 거야?"

"비싼 스시도 많이 먹어봤지만 이 집은 뭐랄까, 혼이 담겨 있어. 일단 먹어봐. 바로 포장한 거야."

두 사람은 감탄사를 연발하며 스시를 먹었다. 현수가 우린 녹차와

궁합이 잘 맞았다.

"이 녹차 엄청 맛있다. 감각 있는데?"

"그래? 이거 엄마가 좋아하시던 건데 아직 꽤 남아 있어. 좀 줄까?"

"엄마의 추억은 끝까지 네가 즐겨야지. 대신 브랜드 알려주면 나는 사서 마실게."

녹차를 마시며 집안을 둘러보던 소연은 이 큰 집에서 홀로 생활할 현수의 얼굴을 바라봤다. 한때는 현수의 조부모와 부모가 함께 살았을 만큼 큰 집이었다. 적적해 보이는 현수의 얼굴 위로 뭔가 근심의 빛이 흐르는 듯했다.

"넌 정말 예나 지금이나 표정이 거짓말을 못 하는구나. 뭔데, 무슨 일이야?"

"응? 나 아무 일도 없어…"

허둥지둥 대답하는 현수의 표정으로 말을 할까 말까 하는 망설임이 비쳤다. 소연은 그 모습을 놓치지 않았다.

"또 고민 혼자 하는 거야? 이 언니한테 다 털어놔 봐."

현수는 잠시 생각에 잠기더니 소연에게 전날 도훈이 찾아와서 티켓을 주려고 했던 이야기를 꺼냈다. 그리고 자신은 엄마의 병실에 정전을 일으킨 크래커가 도훈인 것 같다는 점과 그건 병원에서 몇 번이나 마주쳤는데 관리자만 들어갈 수 있는 곳에서 나오거나 들어가는 도훈을 봤다는 점에서 확실하다고 몇 번이나 강조했다.

소연은 휴대폰으로 큐브와 김도훈을 검색해서 몇 개의 기사를 읽어 보았다. 큐브의 미칠 듯한 인기와 그중에서도 김도훈의 인기, 그리고 그가 곡을 만들기 때문에 얼마나 음악에 빠져있는지에 관한 기사도 읽었다. 큐브의 곡 중 1/3은 김도훈이 만들고 그 1/3이 인기가 가장 높은 곡이라는 것도 알 수 있었다. 잦은 해외 공연과 국내 스케줄로 미칠 듯이 바쁜, 한국에서 여태 찾아보기 힘들었던 초대형 신인 아이돌이란 기사까지 읽고는 휴대폰을 접었다.

"현수야. 어제 큐브의 김도훈이 너한테 티켓을 주러 왔다는 거지?"

"응. 너무 싫어서 화를 내긴 했는데…"

"근데 네가 얘기한 것 중에 이상한 게 있어. 김도훈은 엄청나게 인기 있는 그룹의 리더네? 게다가 본인이 작사/작곡도 하고."

"그런 점에 반하긴 했지, 예전에."

"그리고 엄청난 스케줄로 잠도 잘 못 자서 몇 번이나 병원 신세를 졌단 기사도 있고 말야. 이렇게 바쁜 아이돌이 해커다? 그 이유가 관리자외출입금지 문으로 들어갔다 나와서?"

현수는 심각한 얼굴로 소연의 손을 잡으며 말했다.

"원래 그런 곳은 아무나 들어갈 수 없잖아."

소연은 웃음이 터질 것 같았다. 김도훈이라는 최고의 아이돌이 현수에게 콘서트 티켓을 주려고 한 것도 의아했지만 그것보다 그가 해커이자 크래커이고 이유도 없이 자신을 과시하고자 그 병원을 노렸다는 것도 이해가 가지 않았다.

"근데 해킹은 원래 컴퓨터로만도 할 수 있잖아. 거기를 왜 가. 마스크 쓰고 모자 눌러써도 나 아이돌이에요, 하고 티가 나는 그 사람이."

"글쎄…"

"니가 말한 그때가 취소되기 이전의 첫 콘서트 즈음이라며. 몸이 안 좋아서 병원에 온 거 아닐까. 원래 그런 애들은 병원에서도 특별 관리해줄 테니까 관계자만 들어갈 수 있는 장소에서 대기할 수도 있고 말야."

"그런가."

현수가 갸우뚱하는 표정을 지었다. 이 이야기는 의심이 가긴 했지만 현수의 주장대로는 아닐 것이었다. 좀 더 알아볼 필요가 있다고 생각은 했지만 현수의 의심은 어이없었다.

"그래. 콘서트도 며칠 남지 않았었다며. 그럼 얼마나 바쁘겠니? 연습도 해야 하고 할 게 많은데 병원에 왔단 건 어디가 아파서겠지. 그리고 경찰에서도 누군지 아직 파악이 안 됐다며. 만일 김도훈이 의심이 간다면 그때 매스컴에서 난리가 났을걸? 그 좋은 기삿거리를 놔뒀을 리가 없잖아."

"근데 우리 집에 콘서트 티켓은 왜 가져온 거야."

"너 그때 특별 이벤트 당첨됐다며. 그래서 특별히 온 거 아닐까? 회사 차원에서 서비스로. 그런 애를 내쫓았다니. 너도 참 대단하다. 좋아한다면서."

소연이 돌아가고 현수는 혼자 생각에 잠겼다. 그러고 보니 도훈은 "그게 아니야!"라고 했다. 뭔가 했다, 하지 않았다 한 게 아니었다. 자신이 좋아하는 사람을 정확한 근거도 없이 매몰차게 내쫓은 게 미안하게 느껴졌다.

"바다야."

"응, 언니."

"도훈은 정말 나쁜 사람이 아닌 걸까?"

"언니. 도훈은 나쁜 사람 아냐."

25

소연은 현수의 집을 나오면서 준호에게 전화를 걸었다. 신호는 가지만 계속 부재중이었다. 조바심에 문자를 남겼다. [중요한 일이야. 오늘 끝나는 대로 빨리 집으로 오도록 해] 소연은 집으로 발길을 돌렸다. 준호는 늦은 저녁에야 문자를 보냈다. 생각보다 일이 많았고 만날 사람이 많으니 내일 얘기할 수 없냐는 것이었다. [무조건 오늘 얘기해야 해. 오늘 현수네 다녀왔어] 소연이 다시 문자를 보내자 바로 준호의 답장이 왔다. [10시 안에 갈게]

10시가 채 되기도 전에 준호는 허겁지겁 집으로 들어왔다.

"왜 이리 바빠. 진짜 사장님 티 내는 거야?"

"아버지가 뭐 처리하는 게 있어야 말이지. 미래컴퓨터가 사실상 벌려놓은 일들이 많아서 혼자 해치우기 힘들어. 내가 아는 것도 없고. 게다가 전문가들은 아버지가 다 자른 상태고. 그나저나 현수가 뭐라는데?"

"지난번 병원 정전. 그거 너희 아버지가 해커 고용한 거랬지?"

"응. 그렇게 들었어. 병원 관계자가 내부에서 막아주고. 근데 왜?"

"그 해커, 누군지 알 수 있어?"

준호는 겨우 이런 걸로 헐레벌떡 들어오게 만들었냐는 눈을 했다. 이미 다 끝난 일이고 결론적으로는 실패한 작전이었다. 정전이 일어났지만 고모는 바로 돌아가시지 않았고 사업 상으로도 영향을 끼치지 못한 사건이었다. 쓸데없이 분란만 일으켜 경찰을 들쑤신 일이기도 했다.

"대체 무슨 일이길래 그래?"

"확인할 게 있어. 중요한 일이야. 더 늦기 전에 빨리 전화해 봐."

준호는 시계를 보았다. 10시가 넘은 시각, 아직 아버지가 잠들 시간은 아니었다. 현재 껄끄러운 상태지만 두 사람 모두에게 중요한 일이었기 때문에 준호는 전화를 걸었다. 소연이 저렇게 반응하는 건 절대 가벼운 사안이 아니란 걸 준호는 알고 있었다.

"뭐냐. 네놈이 전화를 다 걸고."

"아버지, 예전에 그 병원 정전 건 말이에요. 해커 쓰셨다고 했죠? 혹시 그 친구 이름이나 얼굴 아세요?"

태규는 못마땅하다는 한숨을 쉬면서 말했다.

"겨우 그런 거 물으려고 이 시간에 전화했단 말이냐?"

"겨우는 아니고. 중요한 일이에요. 확인할 게 있어요."

준호의 말에 태규는 잠시 생각했다. 아무리 자기 말을 듣지 않는 자식이라고 해도 쓸데없는 걸로 자신에게 이런저런 걸 캐묻는 타입은 아니었다.

"난 잘 모른다. 원주 황사장이나 알지."

"지금 좀 물어봐 주세요."

태규는 전화를 끊었다. 소연과 준호 사이에 무거운 침묵이 감돌았다. 3분도 채 되지 않아 전화벨이 울렸다.

"황사장도 만난 적은 없는 거 같더라. 용산의 업자한테 소개를 받았다고 하고."

업자의 정보를 전해준 태규는 무슨 일인지는 내일 점심시간 이후 자신의 방으로 와서 얘기하라고 말하곤 대답도 듣기 전에 전화를 끊었다.

"자, 이제 무슨 일인지 좀 나한테도 알려줘야지."

소연은 이야기를 천천히 풀어갔다. 현수가 해커를 아이돌그룹 큐브의 리더 도훈이라고 알고 있다는 것, 그리고 어제 그가 현수에게 콘서트 티켓을 주러 집으로 찾아왔다는 것. 현수는 병원에서 일반인이 들어갈 수 없는 관계자 출입구로 그가 드나드는 것을 보고 크래커라고 단정 짓고 평소에 좋아 죽는 김도훈을 현재 미워하고 있다는 것까지.

"현수는 연예인을 단 한 번도 좋아한 적이 없어. 여태까지 딱 한 명, 김도훈만 좋아했거든. 근데 그런 그가 집으로 직접 티켓을 들고 찾아왔는데도 내쫓았어. 내가 보기엔 자신만이 가진 어떤 확신이 있는 것 같아."

준호는 인기 절정의 아이돌이 해커라는 가정도 이해가 되지 않았고 그렇다고 해도 일면식도 없는 현수에게 티켓을 주러 온 것 자체도 어이가 없었다.

"그래, 진짜 중요한 건 해커가 누구냐는 거야. 차라리 해커가 도훈이라면 다행이야. 현수는 그가 범인일 거라고 생각하면서도 경찰에 신고하지 않았어. 자기가 좋아했던 사람이기 때문이겠지. 그런데 아니라면?"

"아니면? 현수가 신고할까 봐?"

소연은 한숨을 내쉬었다. 이럴 때 보면 준호가 답답해지는 것이었다.

"도훈이 해커가 아니면 대체 왜 엮여있는 걸까? 현수는 어떻게 알고. 그날 그 시간에 왜 거기에 있었냐는 거야. 단순히 우연이라고 하더라도 우리는 확인할 필요가 있어. 만일 그게 아니면 지금 큰 문제가 있다는 거고."

준호는 소파에 몸을 묻고 생각에 잠겼다.

❀

아침 10시가 채 되기도 전에 준호와 소연은 용산전자상가에 도착했다. 태규에 의하면 '수리수리 컴수리'라는 가게에서 소개한 '그레이엔진'이란 자가 해커라고 했다. 이제 아이돌 김도훈이 '그레이엔진'인지 아닌지 확인해야 했다.

소연은 '수리수리 컴수리'에 대해 알아봤다. 작은 점포에 컴퓨터 수리나 판매를 주로 한다고 했지만 분위기로 봤을 땐 크래커 소개로 먹고사는 자 같았다. 직원은 없고 젊은 남자 혼자서 가게를 운영하고 있었다. 소연은 '그레이엔진'을 찾아낼 두 가지 묘수를 냈다. 하나는 소연이 직접 자신만의 방법으로 '그레이엔진'이 있는 곳을 알아내는 법,

그걸로 답을 낼 수 없다면 준호가 나서서 법적인 문제를 들먹이며 가게 주인을 직접적으로 압박해 그가 있는 곳을 알아내는 방법이었다.

"넌 여기 있어. 나 혼자 갔다 올게."

"너무 위험한 거 아냐?"

"아침 10시에 위험해봐야 얼마나 위험하겠어. 무슨 일 있으면 바로 연락할게 걱정 말고 기다려. 그리고 이건 내 전공분야잖아."

차가운 겨울 아침의 찢어지는 듯한 공기 사이로 차 문을 연 소연이 스웨이드 부츠를 신은 두 발을 내디뎠다. 아슬아슬한 미니스커트 원피스를 타이트하게 차려입고 그 위로 밍크코트를 걸쳤는데 작고 앙증맞아서 짧은 미니스커트를 채 가리지 못했다.

❄

수리수리 컴수리의 유리창 너머엔 수염을 기른 남자가 자리에 앉아 모니터를 열심히 들여다보고 있었다.

"저기요?"

눈을 껌뻑껌뻑 뜨던 남자는 벌떡 일어나 소연 옆으로 다가왔다.

"뭐 보시게요?"

소연은 아무 컴퓨터나 손가락으로 가리키며 말했다.

"저거 좀 보고 싶은데."

"네네. 물론이죠."

아찔한 뒤태를 뽐내며 소연이 컴퓨터를 쓸어내렸다. 수염을 기른 남자는 소리가 날 정도로 침을 꼴깍 삼켰다.

"근데, 내가 이거 말고 다른 물건이 필요해요."

"네? 어떤…?"

"실력 있는 해커를 좀 찾고 있는데…"

남자는 긴장한 표정을 풀더니 자리로 돌아가 풀썩 앉았다. 소연은 그가 마주 보이는 자리에 의자를 끌어다 앉더니 다리를 꼬았다. 누가 봐도 반할만한 모습이었다.

"에이~ 저는 그런 거 몰라요. 컴퓨터 고치는 놈이 그걸 어떻게 알아요."

소연은 피식 웃고는 의자를 끌고 가 매대에 가슴을 걸치고 기대앉았다. 수염남의 시선이 소연의 가슴 쪽으로 슬쩍 내려갔다.

"아이, 왜 이러시나. 여기에서 그렇게 잘 나가는 친구들 많이 쏘셨다면서요. 다 알아보고 온 거예요."

수염남은 자신을 뚫어지게 바라보는 소연의 얼굴을 찬찬히 바라보더니 한참 뜸 들이다 말했다.

"어떤 건인지 알려줘야 소개를 할 수가 있어요. 근데 아가씨가 해커는 왜…"

"해커 찾는데 누군지 뭐가 중요해요. 우리는 최고를 찾고 있어요."

"해커마다 또 성격들이 다르니까. 무대가 어딘데요?"

"병원. 종합병원."

남자는 약간 식은 표정으로 의자 등받이에 기댔다.

"쉽지 않은 거 원하시네."

소연은 미간 사이를 살짝 찌푸리더니 의자에서 일어나 손바닥을 살랑살랑 흔들고는 등을 돌려 가게 밖으로 나가려고 했다. 그러자 수염남이 쫓아 나와 소연의 손목을 잡았고 소연은 차갑게 손을 탁 쳐냈다. 남자는 머쓱하게 말했다.

"종합병원이면 특급이 하나 있었는데 지금은 없고… A급이면 괜찮겠죠?"

"아니 특급이 있었는데 왜 지금은 없을까? 우리는 특급이 더 좋은데. 확실한 게 좋잖아요. 이번 한 번 제대로 하면 계속 일이 들어올 텐데 댁도 우리랑 계속 같이 일하고 말야."

수염 난 남자는 머리를 긁적이며 말했다.

"갑자기 그 녀석이 잠수를 타서 말이죠. A급도 웬만한 종합병원이면 깔끔하게 털어요. 소개비를 싸게 받을 테니까 그 녀석으로 하시죠? 나중에 소주나 같이 한잔하고."

소연은 의자에 앉아 고개를 갸우뚱하더니 일어났다. 손목에 걸린 에르메스백에서 오만 원짜리 묶음 두 개를 꺼내 손가락으로 스르르 매만지더니 한 묶음만 수염남에게 건넸다. 황사장에게 소개비로 천만 원을 줬다고 들었기 때문이다.

"어휴, 뭐 알고 오신 분 맞나 보네?"

소연은 빙긋 웃으며 고개를 끄덕였다.

"말했잖아요."

"이 녀석 근데 잠수인데. 연락처 주고 가시면 내가…"

소연이 5만 원 다발을 다시 가져가려고 하자 수염남은 "아니아

191

니…"라며 급하게 돈을 서랍 안에 던져 넣더니 종이를 꺼내 뭔가를 적어 내려가기 시작했다.

"이 녀석 이름이 그레이엔진이고 이건 메일 주소."

"잠수라면서요. 사장님이 설득을 해줘야지."

"내가 전화해둘게요."

"그럼 그 전화번호 나도 주세요, 주소랑. 사장님이 설득 못 하면 어떡해. 내가 가서라도 설득해 볼게요. 잘 되면 나머지도 드리고."

수염남은 망설였다. 아, 그렇게는 안 되는데…라고 중얼거리면서도 서랍 안의 돈을 꺼낼 생각은 없어 보였다.

"저 혼자 갈 건데 무슨 일이라도 일어나겠어요?"

남자는 소연을 멀거니 쳐다보고선 종이 아래 전화번호와 주소를 적기 시작했다.

"일 착수하면 진짜로 소주 한잔 같이 하는 거예요!"

❈

한 시간도 채 되지 않아 돌아온 소연의 손에 들린 종이를 보고 준호는 저도 모르게 감탄을 내뱉었다. 준호는 네비게이션에 그레이엔진의 주소인 마포구의 번지수를 찍어 넣었다.

"우리끼리만 가서 될까? 혹시 모르니까 사람 좀 부를까?"

"그 업자랑 얘기한 바에 의하면 큰 문제 없을 거 같아. 그리고 우리는 도훈인지 아닌지만 확인하면 되는 거니까. 근데 지난번 그 건 이후로 잠수를 타겠다고 한 거 같던데. 뉘앙스로는 약간 겁먹은 눈치야."

"설마 해커인데 경찰 추적 때문은 아닐 테고."

"현수 얘기에 의하면 경찰도 확실히 밝혀내지 못하고 수사 종료한 것 같아. 그러면 다른 이유 아닐까 싶은데."

용산에서 마포로 넘어가는 동안 두 사람은 이런저런 가능성에 대해 대화를 나눴다. 주소지는 행정구역 상으로만 마포구였지 가장 끝자락에 놓인 동네였다. 공업사들이 자잘하게 늘어서 있는 곳에서 조금 떨어진 곳에 사람이 과연 살까 싶은 낡은 창고가 있었는데 그곳이 바로 그레이엔진의 주소지였다.

"특급 해커라며. 돈도 많이 벌 텐데 왜 이런데 산대?"

두 사람은 차에서 내려 창고를 두들겨봤지만 아무런 반응이 없었다. 하지만 셔터가 내려진 곳 옆으로 난 작은 쪽문은 열려있어 안으로 들어가 보기로 했다. 안쪽으로 들어서자 퀴퀴한 먼지 냄새가 바닥에서부터 스멀스멀 올라왔다. 그래도 밖에서 보는 것보다는 깔끔했다. 테이블 위에는 모니터와 컴퓨터가 늘어서 있었고 단 한 대의 모니터만 켜져 있었는데 무척이나 평범한 대기화면이라 말을 하지 않는다면 해커의 컴퓨터라고 생각되지 않을 정도였다. 두리번거리며 서 있을 때 안쪽에서 키가 작고 마른, 푸석푸석한 파마머리의 남자가 나타났다.

"얘기 못 들었어요? 아까 안 한다고 말했는데. 이렇게 찾아와도 소용없어요. 한동안은 할 생각 없으니까."

작은 남자의 말을 받으려는 준호를 소연이 가로막았다. 그리곤 에르메스 핸드백에서 오만 원권 한 묶음을 꺼내 그 남자 앞에 꺼내놓았다. 남자의 시선이 돈에 박혔다가 소연 얼굴로 이어졌다.

"거절해도 돼요. 왜 잠수탔는지만 알려주면."

남자는 컴퓨터 앞에 앉으며 의심 가득한 말투로 말했다.

"처음부터 일 때문에 온 게 아니구만?"

"일을 맡아줘도 좋고요. 우리는 그 분야 최고를 찾고 있는데 당신이 잠수를 타고 있다면 뭔가 문제가 있다는 말이고 그걸 알아야 다른 사람을 찾든, 일을 포기하든 할 테니까요."

남자가 돈다발을 손에 들고 소연과 준호의 얼굴을 번갈아 쳐다봤다. 준호는 소연의 그럴듯한 말에 놀랐으면서도 작은 남자에게는 의연한 표정을 지었다.

"좋아요. 왜인지만 말해주고 일은 안 하는 걸로?"

소연은 고개를 끄덕였다. 남자는 컴퓨터 옆에 놓인 가방에 돈을 넣고는 책상 위에 있는 2리터짜리 생수통의 물을 입에 대고 마셨다.

"다른 사람이 만일 그 일을 맡는대도 조심하는 게 좋을 거요."

"그러니까 왜요."

"해킹에 대해서 좀 아나? 해커들에게는 자신이 주로 즐겨 쓰는 형식과 코드가 있어요. 그래서 목표물이 같더라도 해커마다 접근하는 방법들이 다르지. 마치 지문처럼 그 사람의 성격이 잘 나타나기 때문에 아닌 척해도 티가 나는 법이거든. 근데 말이야 지난번 작업에 파란 날이 떴어. 그래서 난 잠수타는거지."

두 사람을 바라보고 말을 마친 남자는 모니터를 보면서 검색창을 열었다. 하지만 준호와 소연은 그다음 말을 기다리고 있었다. 남자는 검색창에 이것저것 치다가 말고 다시 두 사람을 바라봤다.

"파란날이 떴다고요. 하… 두 사람 아무것도 몰라요?"

준호는 남자를 바라보며 물었다.

"파란날이 뭔데요?"

"우리 같은 크래커 잡는 화이트해커야."

"사이버수사대 같은 건가?"

이번엔 소연이 묻자 남자는 헛웃음을 지었다.

"우리 잡으려고 하는 놈들이니까 비슷하다고 해야 하나? 이제 대답은 다 된 거 같으니까 좀 가주지 않겠소?"

"하나만 더요. 파란날이 대체 누구죠?"

키 작은 남자는 갑자기 박장대소를 했다. 질문한 소연과 준호 둘 다 의아한 표정을 남자를 바라봤다. 대체 이 남자가 왜 웃는지 알 수가 없었다.

"국내 모든 기관은 물론이고 전 세계 그 누구도 몰라. FBI, CIA, NASA… 모두 파란날에게 일을 의뢰하면서도 파란날이 누군지 본 적도 없어. 다만 그가 한국인이라는 것만 알아."

"그 사람이 왜…"

"미래컴퓨터 대표 부부가 사고 나서 간 병원이잖아. 그 정도 인물이 입원한 병원에서 문제가 일어났다면 병원 측에서 의뢰했겠지."

⟡

준호는 일단 소연을 집 앞에 내려주었다. 집까지 오는 내내 두 사람 모두 말이 없었다. 긴 침묵을 깨고 소연이 차에서 내리기 전 말했다.

"불안하네. 파란날이라는 자가 나타났단 것도, 이 일에 도훈이 끼어든 것도."

준호는 소연의 어깨를 조용히 감싸 안고 말했다.

"일단 이 부분은 아버지와 상의를 해야 할 거 같아. 오늘은 좀 늦겠다."

26

준호는 늦지 않게 태규를 찾아갔다. 처음엔 미래컴퓨터 대표실을 차지했던 태규는 요즘 일호물산 대표이사실로 자리를 옮겼다. 준호가 미래컴퓨터의 실질적 대표이다 보니 본인이 그곳에 있는 것보다는 일호물산에 가 있는 편이 그럴듯한 그림이 된다고 생각한 모양이었다. 게다가 자신의 아버지가 일군 회사가 일호물산이기 때문에 어필하기도 좋았다.

"대체 무슨 일인 거냐?"

준호의 얼굴을 보자마자 태규는 자리에서 벌떡 일어나 소파로 옮겼다. 얼굴을 보니 밤새 궁금해서 제대로 잠들지 못한 모양이었다.

"어제 소연이가 현수네 집에 갔는데 이상한 얘기를 했다고 해서요. 현수가 어떤 아이돌을 병원 정전을 하게 만든 해커로 믿고 있어요."

"아이돌? 웬 아이돌?"

준호는 휴대폰으로 큐브를 검색해 그중에 도훈의 사진을 확대해 태규에게 보여주었다. 휴대폰 안의 남자 아이돌을 물끄러미 바라본 태규가 말했다.

"현수는 대체 무슨 생각을 하는 거냐. 아이돌이 해커라니."

"병원에서 몇 번이나 마주쳤나 봐요. 통제실 같은 곳에 드나드는 걸 봤고."

태규는 어이없다는 표정을 지었다. 대체 그게 무슨 상관이냐는 듯이. 그리고 그런 일에 말려든 준호도 한심하게 여기는 것이 느껴졌다.

"그래서 어제 아버지한테 물어본 그 그레이엔진이 도훈이 맞는지 확인하러 오늘 아침에 용산엘 다녀왔어요. 그레이엔진 얼굴도 확인했 고요. 확실히 그 아이돌은 아니더라고요."

"참나. 당연한 걸 가지고 어젯밤에 그 호들갑을 떤 게냐?"

"아버지 그게 문제가 아니에요. 오늘 그레이엔진이 이상한 말을 했 단 말이죠."

태규는 준호의 말에 안경을 고쳐 썼다. 여태까지의 말은 단지 서두 였고 지금부터가 본론이란 걸 깨달은 것이다.

"그레이엔진이 병원 작업을 할 때 병원에서 쓴 화이트해커가 있었 는데 그 자가 나타났기 때문에 특급인 그레이엔진이 당분간 잠수를 타겠다고 했어요."

"누군지 찾겠다고 병원이랑 사이버 수사대에서 나서긴 했지. 아무 래도 미래컴퓨터 오너 일가인데 그냥 넘어갈 수는 없었을 테니까. 가 족인 나에게도 누구한테 의뢰했는지는 알려주지 않았다만. 그래서 그 레이엔진이란 자가 그 화이트해커 때문에 잠수를 탔다는 거냐?"

"그렇더라고요. 파란날이라는 닉네임을 쓰는데 정부나 기업들은 물 론이고 FBI, CIA에서도 일을 의뢰하지만 한국인인 것 외엔 누군지 모른다고 하더라고요."

"그게 대체 그 아이돌과는 무슨 상관이란 건지 모르겠구나."

태규는 약간 짜증을 냈다. 파란날은 단지 병원에서 고용한 자일뿐이고 아이돌은 우연히 병원에서 마주칠 수 있다. 조카인 현수가 생각보다 맹탕인 것도 웃기는데 거기에 놀아나는 아들놈과 소연이라는 아이도 어이가 없었다.

"FBI, CIA 일을 하는 파란날이 병원 정전쯤에 떴다? 그리고 자세하게 설명드리진 않았지만 그 도훈이란 아이돌을 마주친 횟수나 날짜 역시 의심해 볼 필요가 있어요. 단순한 우연일 뿐이라고 해도 의심을 거둘 수는 없다는 거죠."

태규는 안경을 벗어 테이블에 놓고 눈을 살짝 눌렀다. 다시 피로가 몰려오는 듯했다.

"단도리를 해야겠군."

준호는 아버지와 할 말을 모두 마쳤다는 듯이 자리에서 일어났다. 준호가 떠나기 전 태규가 갑자기 생각이 났다는 듯 말했다.

"그나저나 B라인 납품업체는 왜 바꾼 거냐. 흑자를 잘 내던 라인을 대체. 아무리 적자를 내야 한다고 하지만 말야."

준호는 별거 아니라는 듯이 퉁명스레 말을 던졌다.

"이번 회계연도도 얼마 안 남았는데 실적 발표한 후 유상증자해서 빨리 희석해야죠. 이건 제가 다 알아서 하고 있어요."

준호가 나가고 태규는 한숨을 쉬었다. 이제 모든 실권은 아들놈이 쥐고 있었다. 아무리 생각해도 화가 치미는 일이었다. 이대로 가만히 있을 수는 없었다. 지금 당장은 뭘 어떻게 할 수 없지만 새해부터는 다른 전략을 가지고 회사 운영을 해야겠단 생각이 들었다. 준호의 입지를 줄이고 회사를 다시 자신의 앞으로 가져와야 한다. 그러려면 현수를 처리할 계획들이 어느 정도 진행됐는지 황사장에게 확인해야 한다. 어쨌든 모든 게 빠른 시일 내에 정리돼야만 했다.

✿

도훈은 공연 연습을 끝내자마자 집으로 돌아왔다. 바다가 '요즘 조준은 계속하고 있는 거야?'라는 문자를 1분에 한 번씩 보냈기 때문이다. 생각해보니 요 며칠간 두 부자와 소연이라는 여자에 대해 아무것도 서치하지 않았다. 이들의 꿍꿍이가 어디까지 진행됐는지 알아볼 필요가 있었다.

일단 바다에게 준호와 소연의 통화목록 및 문자를 서치를 부탁했다. 지난번 이후로는 평범했다. 이번엔 강태규의 통화목록과 문자를 확인했다. 준호와의 통화 이후 황사장과 통화, 그리고 다시 준호와의 통화… 뭔가 있어 보였다. 그리고는 다음 날 다시 황사장과 통화기록이 있었다. 준호와는 거의 통화하지 않았던 강태규였다. 그런데 드문드문 연락하던 황사장과 준호와의 통화 이후 연락이 잦다는 건 뭔가 있다는 증거였다.

"바다야, 지금 강태규 어디에 있어?"

"역삼동 오피스텔."

"오호. 누구랑 있어? 그 황사장이라는 사람이랑 있어?"

"응."

도훈은 심상찮음을 느꼈다. 퇴근 후에 만났다고 해도 벌써 3~4시간이 지난 시간인데 아직까지 붙어 있다는 건 뭔가 길게 할 이야기가 있었다는 거였다. 강태규는 황사장과 식당에서 만나지 않는 경우엔 보통 배달음식을 먹는 편이었다. 밥 먹는 시간이 길지 않았다는 얘기다.

"바다야, 실시간으로 강태규 이야기하는 거 들을 수 있어?"

"응."

"연결해줄래?"

도훈의 거실 티비가 켜지면서 강태규와 황사장이 소파에 앉아 이야기하는 모습이 보였다. 영상의 위치로 봤을 땐 강태규의 사무실에 설치한 CCTV인 듯했다. 그들 외에 한 명의 남자가 함께 있었고 테이블엔 위스키잔이 놓여 있었다. 도훈은 셋의 이야기를 잘 듣기 위해 볼륨을 올렸다.

"서초동이라 쉽지가 않아요."

"아니 그럼 뭘 어쩌란 거야. 대안을 얘기를 해야지."

"지난번처럼 좀 외곽으로 떨어진 곳이나 아니면…"

태규는 위스키를 마시다 말고 남자를 쳐다보며 말했다.

"아니면?"

"아니면 사람이 엄청 많은 곳이거나요. 그래야 CCTV든 뭐든 벗어나죠. 게다가 그 동네 주택가는 방범이 너무 잘 되어 있잖아요. 그들이 꺼려하고 있어요."

'허… 참.' 태규와 두 사람은 한동안 술을 마셨다. 다른 방법에 대해 생각하는 듯했다.

"그런데 이상한 게 있어요. 그 여자애, 26살이랬죠? 운전을 어떻게 하는지 모르겠지만 도저히 미행을 할 수가 없대요."

"뭐야? 이 멍청한 새끼들!"

태규는 화가 나서 큰소리로 고함을 쳐댔다. 황사장과 함께 온 남자가 주눅이 들어 한동안 눈치만 보고 있었다. 그 남자를 흘끔 본 황사장이 입을 열었다.

"그… 교차로에서든 어디서든 그 여자애만 지나가면 신호가 끊긴대요. 저도 말이 안 되니까 한 번 같이 타고 미행을 해봤는데 확실히 이상하긴 해요. 애들이 이쪽 밥 먹은 게 십수 년인데 신호위반이니 뭐니 별짓을 해서 따라가도 교차로에만 가면 그 차를 놓치더라고요."

"한 대로 부족하면 두 대를 붙이든 어떻게든 해봐. 웃기지도 않는 핑계 대지 말고!"

"그리고 저…"

황사장이 데려온 남자가 입을 열었다.

"뭐가 또 있어?"

"집 주변에서 안을 들여다보려고만 하면 순찰차가 온다고 하더라고요."

"원래 그 동네가 다른 곳보다 순찰을 많이 돌아. 십수 년 했으면 알 거 아냐! 순찰차 보내고 다시 접근하면 되잖아."

"그건 당연하죠. 근데… 차가 갈 때까지 순찰차가 계속 온다는 거예요. 1~2분도 안 돼서 또 오고 또 오니까. 마치 누가 계속 신고하는 것처럼 끊임없이 순찰차가 온대요. 나중엔 면허증 요구까지 받았다고 하더라고요."

"미행도 안 되고 잠복도 안 되고. 그럼 현수가 뭘 하고 있는지 누굴 만나는지 하나도 확인이 안 된다는 거 아냐. 도청은?"

"도청도…"

태규는 마시던 잔을 집어던졌다.

"됐어. 안 된다는 거 아냐. 대체 뭘 어쩌잔 거야."

셋 다 깊은 침묵에 빠졌다. 어린 여자애라 식은 죽 먹기인 줄 알았더니 그동안 아무것도 진행된 게 없었다. 일을 준 사람이나 일을 받은 사람이나 어리둥절하긴 매한가지였다.

"그래서 저희가 생각한 게… 그… 사람이 많은 곳에서 증거가 남지 않는 방법으로 진행을 해볼까 했던 건데요."

남자는 소리를 죽이더니 입모양만으로 단어를 전달했다. 도훈은 앉아 있던 자리에서 벌떡 일어나 모니터 앞으로 다가갔다. 태규가 눈을 동그랗게 뜬 걸 보니 평소에 염두에 두지 않았던 새로운 방법인 듯했다.

"그건 확실히 가능한 거야?"

"지금 여러 가지 방법을 강구하고 있습니다만 다른 것보다는 확실할 듯 보입니다."

그제야 태규의 입가에 미소가 돌았다. 제대로 하면 보상은 크게 하겠다는 말과 함께 세 사람은 위스키로 건배를 했다. 황사장은 기쁘게 웃으며 말했다.

"저희 그럼 굳게 믿고 있겠습니다!"

도훈은 거기까지 본 후 바다에게 급하게 말했다.

"바다야, 저 사람 입모양으로 대체 뭐라고 한 거야? 다시 돌려줘봐."

바다는 그 남자가 말하는 부분을 몇 번이고 재생했다. 하지만 입을 살짝 가리며 얘기했기 때문에 뭐라고 하는지 판단하기 어려웠다. 짧고 강한 단어인 것 같았다. 바다는 그 남자가 비칠만한 브라운관이나 유리까지 클로즈업해서 보여줬다. 드디어 유추가 가능한 화면이 나왔다. 그 남자는 비열하게 웃으며 말하고 있었다.

27

"바다야!"

나쁜 꿈을 꿨는지 현수가 몸을 떨며 일어났다. 방안은 조용했다. 잠들기 전에 켜 둔 수면등 만이 켜져 있었다. 비현실적으로 느껴질 만큼 몹시도 조용해 마치 바닷속 깊이 가라앉은 기분이었다. 현수는 불안감에 휩싸였다.

"바다야, 어딨어?"

대답이 없었다. 바다랑 언제 마지막으로 얘기를 했더라. 소연이와 전화로 얘기를 할 때였던가. 그때 바다가 몇 번인가 현수를 불렀지만 얘기하느라 손을 설레설레 흔들며 '나중에'라고 말했던 기억이 났다. 무슨 일이 있는 건가, 무슨 일이 있기 때문에 통화 중임에도 몇 번이나 불렀는데 자신이 무시한 건가 싶어서 현수는 슬픔에 잠겼다.

"바다야, 미안해."

현수는 온전히 혼자가 된 기분이었다. 엄마 아빠가 돌아가신 후 바다 덕분에 외롭지 않았고 또 온전히 의지가 됐다. 그런데 그걸 너무나도 당연히 여긴 것 같았다. 바다는 동생이자 가족이었다. 현수는 그걸 잊고 있었던 게 미안해 눈물이 흘렀다. 혹시나 하는 마음에 휴대폰 문자나 메모장, 그리고 메일을 열어 봤다. 다행히 메모장에 바다가 남긴 메시지가 있었다. 뭔가 생각이 날 때마다 자주 메모장에 글을 남겨두는 현수의 습관을 잘 알고 있던 바다가 쉽게 찾을 수 있도록 남긴 듯했다.

하지만 메모를 읽어도 이해가 잘 되지 않았다. 간단하게 말하자면 태양의 흑점이 곧 폭발할 예정이고 그로 인해서 바다가 위성에 고립이 될 수 있다는 얘기였다. 그게 왜 바다에게 영향을 주는지 알 수 없었다. 바다는 학문적인 이유를 설명해놨지만 아무리 봐도 무슨 말인지 어렵기만 했다. 다만 1단계 혹은 2단계의 흑점 폭발엔 다시 돌아올 수 있지만 3단계 이상의 폭발로 넘어가면 바다 본인의 힘으로 다시 돌아올 수 없다고 했다. 자신의 활동이 12시간에서 24시간 동안 감지되지 않는다면 김도훈을 찾아가서 도움을 받아야 한다고 되어 있었고 하단엔 도훈의 주소가 적혀있었다. 바다가 돌아올 수 없을지도 모른다는 메시지는 현수에겐 공포였다. 바다가 도훈을 어떻게 아는지, 왜 그의 도움을 받아야 하는지 모르겠지만 두려운 마음에 휴대폰을 꼭 쥐고 눈물만 흘렸다.

날이 밝도록 현수는 잠을 이루질 못했다. 자신이 바다에게 마지막으로 한 말이 뭐였는지 하나씩 기억해 보았다. 소연이와 통화할 땐 짜증스럽게 나중에 말하라고 했고 콘서트 티켓을 숨겼을 땐 안 가겠다며 화를 냈다. 집을 잘 돌보지 못하는 현수를 대신해 물건들을 주문하고 음식을 배달시키고 피곤할까 봐 대신 운전해준 바다를 떠올리니 자신이 한심하기만 했다. 현수는 30분에 한 번씩 바다를 불렀지만 여전히 대답이 없었다. 바다가 떠난 지 몇 시간이 지난 건가. 남겨진 메모를 다시 한번 읽어본 후 현수는 외출을 위해 자리에서 일어났다.

주차장에서 차를 끌고 나와 느리게 골목을 빠져나갔다. 그 사이에 오른쪽 골목에서 들어오는 차와 부딪힐 뻔했고 좁은 골목에 주차된 차들을 비껴가느라 애를 먹었다. 도로로 진입하자 끼어드는 차량들에 길은 계속 밀리고 거기에 신호까지 매번 걸려서 느리기만 했다. 여태 바다가 운전할 때 신호까지 바꿔준 거구나 생각하니 배려에 가슴이 메었다.

도훈의 아파트엔 겨우겨우 차를 댈 수 있었다. 워낙 도훈을 보러 오는 팬들이 많다 보니 경비도 삼엄했고 아무 차나 들이지 않는 아파트의 규칙 때문에 입주민 쪽이 아닌 상가 방향으로 주차를 할 수밖에 없었다. 입주민 아파트 앞까지 갔지만 아파트 안으론 들어설 수도 없었다. 바다가 적어준 호실에 인터폰을 걸어봤지만 도훈은 받지 않았다. 팬들에게 알려져 있기로 도훈의 집은 낮은 층수에 방이 하나인 작은 아파트였다. 곡을 만드는 멤버이기 때문에 소속사에서 그를 배려해 합숙하는 대신 혼자 살 수 있도록 했다고 잡지에서 본 기억이 났다. 하지만 바다의 메모엔 23층으로 되어 있었다.

'23층이면 꼭대기인데 펜트하우스 아닌가? 거길 왜?'

하지만 현수는 틀릴 리 없는 바다를 믿기로 했다. 주차장 출입구 앞에서 어슬렁거리다가 출근하러 나오는 아파트 주민 덕분에 열린 문 안으로 들어가 일단 엘리베이터 타는 것엔 성공했다. 하지만 역시 23

층은 올라갈 수조차 없었다. 넓적한 버튼은 아예 불이 들어오지 않았다. 현수는 어쩔 수 없이 아파트의 로비로 올라가 그곳에서 도훈을 기다려보기로 했다.

새로 들어갈 곡을 녹음하고 편곡한 도훈은 밤새 녹음실에서 녹초가 되었다. 자신이 만든 곡의 디렉팅은 꼭 본인이 했던 그는 날 선 칼날처럼 꼼꼼하게 녹음을 진행했다. 대 여섯 시간 안에 마무리할 줄 알았던 곡인데 여러 시행착오를 거쳐 밤을 꼬박 새고 말았다. 마지막 녹음을 마친 도훈은 크게 기지개를 켜고 엔지니어들에게 인사를 했다.

"고생 많으셨습니다. 믹싱 잘 부탁드려요!"

잠든 매니저를 깨워 집으로 보내고 자신이 직접 운전을 해 집으로 향했다. 생각해보니 12시간이 넘게 바다와 이야기 하지 못했다. 태규의 계획들이나 준호의 움직임이 걱정됐다.

"바다야."

한 번도 그런 적이 없었건만 바다는 조용했다. 도훈은 몇 번이나 바다를 불렀지만 어떤 대답도 듣지 못했다. 집으로 빨리 들어가 확인해볼까 하다가 도훈은 답답한 마음에 아무 건물이나 들어가 주차장에 차를 댔다. 노트북을 켜고 바다의 신호를 확인해보려던 도훈은 아차 싶은 생각이 들었다. 본인이 바다에게 모든 흔적을 지우라고 했기 때문이다. 그 누구도 추적이 불가능한 바다는 이제 도훈에게도 그 어떤 신호를 남기지 않았다. 하지만 현수의 안전을 가장 중요하게 여기는 바다이기에 아무런 말도 없이 사라질 리 없었다. 도훈은 기상청을 통해 우주센터를 해킹해 위성 침투를 해볼까 생각했지만 그만두기로 했다. 오창석의 시스템이 호락호락하지도 않을 뿐 아니라 괜한 해킹으로 분란을 일으킬 타이밍도 아니었기 때문이다.

일단 도훈은 집으로 돌아가기로 했다. 피곤하니 자고 일어나서 다시 바다를 찾아보자. 뭔가 단서를 남겼겠지 생각하며 아파트 입구로 들어서는데 도훈의 차를 알아본 수많은 팬들이 환호성을 지르며 차 앞으로 뛰어들었다. 아파트 입구에서 밤을 샌 것 같았다.

"얘들아, 너희 이러다 다친다고."

경비실에서 경비원 몇 분과 안전요원들이 달려 나오는 모습이 보였다. 팬들의 목소리는 점점 더 커졌다. 여느 때처럼 안전요원들이 팬들을 막고 경비원들이 길을 터주었다. 매일 이런 일까지 신경 써야 하는 저분들을 좀 더 챙겨야겠다고 도훈은 생각하고 있었다.

✤

현수는 로비에서 팬들의 환호성을 듣고 아파트 입구 쪽으로 달려갔다. 지금 도훈을 만나지 못하면 바다 얘기를 전하지 못할지도 모른다고 생각하니 마음이 급했다. 하지만 수많은 팬들을 제치고 도훈에게 다가서는 것은 무리였다. 현수는 팬들에게 채여 되레 엉덩방아를 찧었다.

그때 경비원들의 제지 하에 도훈의 차가 서서히 주차장 쪽으로 움직였다. 현수는 조급한 마음에 도훈의 이름을 불렀지만 팬들 역시 도훈의 이름을 부르고 있어서 그 속에 목소리가 묻혔다. 도저히 방법이 없었다. 차가 서서히 움직이면서 현수에게서 더 멀어지려고 할 때 현수는 온 힘을 모아 "바다야~!"하고 소리를 질렀다. 한두 번으로는 들리지 않을 것 같아 현수는 미친 사람처럼 계속 바다의 이름을 불렀고 몇몇 팬들은 이상한 여자 아니냐는 눈초리로 바라봤다. 자신의 목소리가 제발 도훈에게 가 닿기를 바라면서 현수는 여태 한 번도 내본 적 없는 큰 소리로 울면서 바다의 이름을 외쳐댔다.

도훈은 어렴풋이 바다의 이름을 들었지만 무시하고 지나가려고 했다. 하지만 몇 번이고 들리는 바다의 이름을 확실히 듣고서는 차를 세우고 창문 밖을 바라봤다. 그리고 팬들의 거대한 함성 사이로 울며 서 있는 현수의 모습을 발견했다.

"아이 저 바보자식."

도훈은 창문을 내렸다. 팬들이 더 큰 함성과 함께 앞으로 달려오고 있었다. 도훈은 창문 밖으로 몸을 내밀며 현수의 이름을 불렀다. 팬들이 야유를 하며 밀려들어오자 도훈은 포기하고 경비원에게

"죄송하지만 저기 머리 하나로 묶고 울고 있는 녀석 좀 제가 주차하는 구역으로 불러 주세요."

라는 말을 남기고 주차장으로 쑥 들어가 버렸다.

❖

펜트하우스의 주차장은 따로 마련되어 있었고 도훈은 늘 같은 곳

에 주차했다. 게다가 매니저가 매번 와서 차를 대기 때문에 몇 개의 주차 블록을 더 사용하고 있었다. 조용한 주차장에서 머리를 기대고 있을 때 누군가 창문을 똑똑 두드렸다. 익숙한 얼굴의 안전요원이었다. 그 옆엔 아직 눈물이 덜 마른 현수가 함께 서 있었다. 도훈은 미안한 얼굴로 안전요원과 인사를 나누었다. 현수에게 차에 타라는 시늉을 하자 안전요원은 뒤돌아 사라졌다.

"무슨 일이야? 이 아침부터."

"바다가… 바다가 사라졌어요."

"그래. 그런 거 같더라. 근데 왜 울어?"

도훈은 콘솔박스에서 휴지를 꺼내 건넸고 현수는 눈물을 닦으며 울먹였다.

"근데 왜 반말이에요?"

머쓱해진 도훈은 어깨를 으쓱하곤 현수에게 말했다.

"지금 그게 중요한 게 아니잖아. 바다가 없어졌다며. 일단 들어가자."

"네? 어딜요?"

눈을 똥그랗게 뜨는 현수가 도훈은 답답했다. 대체 무슨 생각을 하는 거야, 이 바보가.

"여기서 얘기하긴 좀 그렇잖아. 일단 집에 가서 얘기해. 아참, 여기 CCTV 있으니까 나 들어가고 3분 후에 들어와. 번호는 여기."

도훈은 현수의 휴대폰 메모장을 열어 주차장과 연결된 현관의 비밀번호를 찍어 주었다. 도훈이 서둘러 아파트 안 현관으로 사라지고 정확히 3분 후 현수가 비밀번호를 누르고 들어왔다. 엘리베이터를 탄 도훈이 카드키를 대고 23층을 누르자 현수는 입을 벌리고 바라봤다.

"왜? 처음 봐?"

"아니. 바다가 23층으로 가라고 했는데 버튼이 안 눌려서…"

✿

도훈의 집에 들어선 현수는 거실을 슥 둘러보았다. 아버지의 연구실 같은 거대한 규모는 아니지만 수많은 모니터와 컴퓨터들이 늘어선 것을 봤을 때 해커인지 크래커인지가 확실하다고 생각했다. 그리고 병원을 정전시킨 이 자를 왜 바다가 찾아가라고 한 건지 의심스럽기만 했다.

"앉아."

멍하니 그런 생각에 잠겼던 현수는 도훈의 목소리를 깨닫고는 깜짝 놀라 소파 한쪽에 불편한 모양새로 앉았다. 아무리 좋아하던 아이돌이지만 잘 모르는 남자와 한 공간에 있는 건 불편한 일이었다.

"대체 어떻게 된 거야?"

도훈은 냉장고에서 맥주를 꺼내서 벌컥벌컥 마시곤 다른 캔을 현수에게 건넸다. 아침부터 웬 맥주? 이상하게 생각한 현수는 테이블 위에 맥주 캔을 내려놓았다.

"근데 바다를 어떻게 아세요?"

현수에게 어떻게 이야기할지 도훈은 난감했다. 하지만 그에 앞서 도훈과 바다의 관계를 전혀 모르는 현수가 집으로 찾아온 이유가 궁금하기만 했다.

"너는 왜 나를 찾아왔는데?"

현수는 대답 대신 바다가 메모장에 남긴 글을 도훈에게 보여주었다. 도훈은 자신의 휴대폰을 열어 보았다. 바다는 흔적을 남기지 않기 위해 메일을 보내지 않고 문자 메시지로 현수에게 보낸 것과 비슷한 얘기를 남겨두었다. 자신이 디렉팅하는 사이에 온 것들이라 확인이 늦었던 것이다.

도훈은 컴퓨터를 켜고는 흑점에 관한 자료들을 찾아보았다. 그걸 바라보며 조용히 기다리던 현수는 별다른 할 일이 없자 도훈에게 건네받은 맥주를 따서 마셨다. 밤새 잠을 이루지 못했더니 취기가 훅 올라왔다.

대략의 자료를 검색한 도훈이 뒤돌아 현수를 바라봤을 때 현수의 볼은 발그레해져 있었다. 매일 현수를 모니터로 지켜보던 도훈이라 뭔가 비현실적인 느낌에 자신도 얼굴이 붉어짐을 느꼈다. 현수에게 자신이 TV속 아이돌이라면 도훈에게도 현수는 모니터 속 여자였던 것이다. 붉은 볼을 두 손으로 감싸 쥔 현수가 도훈을 바라봤다.

"근데 우리 바다 어떻게 알아요?"

"음… 바다가 말 안 해줬어?"

"아무 말도 안 했어요. 그냥 그렇게 나쁜 사람은 아니라고만 했어요."

배신자! 도훈은 자신을 부려먹기만 하고 도와주진 않은 바다에게 배신감을 느꼈지만 따지는 건 바다가 돌아온 후였다.

"그 병원 해킹사건 있잖아. 그때 알게 됐어, 바다."

현수는 갑자기 울먹이는 목소리로 소리쳤다.

"맞죠? 우리 엄마 병실 해킹해서 정전시킨 사람. 크래커인지 비스킷인지 뭔지 그 사람!"

도훈은 급하게 대답했다.

"아냐. 난 도와주려고 한 거야. 만일 내가 해킹했다면 바다가 왜 나를 찾아가라고 했겠어. 자세한 사정 얘기는 나중에 해줄게. 지금은 바다를 돕는 일이 더 급해. 우리와 연락이 안 되는 건 바다가 지금 고립된 상태라는 거니까."

"근데, 태양 흑점이 폭발하는데 왜 바다랑 연락할 수 없는 거예요?"

"그건 바다가 너한테 보낸 메시지에도 쓰여 있잖아."

"무슨 말인지 하나도 모르겠으니까 그렇지."

도훈은 그런 현수를 보고 한참 웃었다. 현수는 빨개진 얼굴로 새침하게 노려봤다.

"왜 웃어요? 그리고 내가 나이도 많은데 왜 계속 반말이에요?"

도훈은 웃음을 뚝 그치고 현수를 바라봤다.

"어차피 나이 차도 많이 안 나는데 너도 반말해. 아니면 내가 누나~ 누나~ 이러는 게 좋아?"

현수는 뾰루퉁한 표정으로 고개를 갸웃거리다 말했다. 도훈은 나에 대해 바다에게 얘기를 들은 걸까?

"알겠어요. 나도 반말할게. 아무튼 이게 다 무슨 일인지 좀 알려줘."

도훈은 현수가 알아들을 수 있게 최대한 쉬운 말로 설명을 시작했다. 1년에도 수백 번 폭발하는 흑점은 폭발 시 고에너지를 포함한 다양한 물질을 우주로 쏟아내는데 그때 방출되는 물질들이 엄청난 속도로 지구에 도달하면서 전력 통신망을 손상하거나 방해한다는 것, 그러다가 간혹 인공위성이나 항공기에 우주 방사선 피폭 피해를 일으키기도 한다는 것, 그럴 경우에 대비해 우리나라가 세계 최초로 '우주전파재난'의 대응 매뉴얼을 만들고 그 규정대로 경보를 발령한다는 것. 대신 매뉴얼은 지상에 대한 것뿐이라 인공위성은 제외된다고 알려줬다.

현수는 심각하게 표정이 일그러지더니 눈물을 뚝뚝 떨어뜨렸다. 그런 현수의 얼굴을 보고 있자니 도훈도 같이 울고 싶은 기분이었다. 도훈은 티슈를 찾아 현수에게 건네주었다.

"근데 생각해봐. 바다는 그냥 AI가 아니라 대박 쩌는 AI인데 가만히 당하고만 있진 않을 거 아냐. 내가 돌아올 수 있도록 도울 테니까 걱정하지 마."

현수는 도훈의 눈을 마주 보고 끝없이 고개를 끄덕였다. 그리고는 도훈에게 받은 휴지로 코를 팽하고 풀었다.

⬦

세계 최초로 만든 우주전파재난 매뉴얼에 따르면 흑점 폭발 시 방출되는 에너지의 강도를 5단계로 나누고 있었는데 3단계 이상이 되면 12시간 동안 비행 항로를 중단하거나 연기하고 지구를 도는 위성은 24시간 작동을 멈추고 발신과 수신 통신도 완전히 차단된다. 4~5단계에는 더 강력한 통제가 실시되는데 도훈이 알아본 바에 의하면 현재 3단계가 발령 중이었다. 바다는 이미 이런 상황이 올 것이라는 것을 모두 알고 있었고 그래서 미리 메시지를 남겨두던 것이다.

도훈은 바다가 자신에게 보낸 메시지를 다시 한 번 읽었다. 현수에게 보낸 것과 사정 설명은 같지만 만일 자신이 깨어나지 않는 경우 어떻게 위성을 해킹해서 도움을 줘야 할지에 대한 내용이 함께 있었다. 일단 기상청에 침투해 우주센터에서 기상청 위성을 관장하는 서버를 찾은 후 해킹하면 되는데 바다는 침투코드까지 자세하게 보냈기 때문에 사실 어려울 것은 아무것도 없었다. 일단 바다가 다시 깨어날 때까지 기다리는 것 말고는 할 일이 없었다.

도훈은 거실이 너무나 조용해 뒤를 돌아봤다. 현수는 잠들어 있었다. 아마 한숨도 못 자고 울면서 밤을 지새웠으리라. 도훈은 방에 들어가 담요를 꺼내 현수에게 덮어주고 시계를 봤다. 우주센터에 의하면 3단계 발령 시간은 어제 오후 7시 15분. 바다는 9시간 후에나 연결이 가능하다. 도훈은 조용히 컴퓨터를 끄고 메모를 써서 현수가 볼 수 있도록 테이블 위에 남겨두고 집을 나섰다. 연습실에 가야 했다.

[바다는 오후 7시 15분에 깨어나. 일어나면 이 번호로 연락하고 어디 가지 마. 바다는 나한테 너를 돌봐달라고 했으니까 내 얘기 들어. 알았지?]

28

도훈은 사무실에 몸살 기운이 있는 것 같다고 얘기하고 일찍 집으로 돌아왔다. 팀원들이 보기엔 좀 피곤한 듯해도 파워 넘쳐 보였지만 도훈이 그렇다니까 그런가 보다 했다. 콘서트 스케일이 펜싱경기장 때 보다 커지긴 했지만 동선 위주의 문제라서 연습은 그 전과 거의 동일했고 그 래서 도훈이 일찍 들어간다고 해도 큰 문제는 없었다.

부랴부랴 집으로 돌아와서 보니 현수는 아직 잠들어 있었다. 자면 서 한 번도 움직이지 않았는지 나갈 때와 똑같은 모습이었다. 여전히 마음이 좋지 않은지 자면서도 살짝 미간을 찌푸리고 있었다. 그런 현 수는 도훈이 내려다보고 있을 때였다. 현수가 갑자기 눈을 뜨더니 깜 짝 놀라며 도훈의 뺨을 세게 후려쳤다.

"누⋯누구야?"

도훈은 맞은 뺨을 손으로 부볐다. 무방비상태로 얻어맞아 놀라기도 했지만 비쩍 말라 약골 같은 얼굴을 한 주제에 손힘이 이렇게까지 셀 거라곤 생각도 못 했다.

"나야, 도훈. 그리고 여기 우리집이잖아."

217

현수는 벌떡 일어나 앉더니 미안한 표정을 지었다. 밤새 맘고생하며 발을 동동 굴렀는데 도훈을 만나 이야기를 듣자마자 안정을 되찾을 수 있었다. 게다가 만일 바다가 고립된다고 하더라도 구할 수 있는 건 현재로서는 도훈뿐이다. 그런 그에게, 그의 집에서 자다 깨놓고 손찌검을 하다니.

"미안. 너무 놀라서 그만. 그나저나 지금 몇 시야?"

"내가 써놓고 간 쪽지 못 봤구나. 일단 그거 읽어보고… 그나저나 너 어제 저녁에 떡볶이 먹은 이후로 아무것도 못 먹었을 텐데 배고프지 않아?"

현수는 도훈의 쪽지를 읽다 말고 놀라 도훈을 쳐다봤다.

"내가 어젯밤에 떡볶이 먹은 거 어떻게 알아?"

도훈은 당황해서 말을 버벅거렸다. 뭐하나 싶어 녹음에 들어가기 전 현수의 상황을 체크했을 때 본 것인데 자신도 모르게 말이 튀어나온 것이다.

"아… 아니."

"아, 혹시 입에 묻은 거야?"

현수는 손등으로 입가를 쓱쓱 닦아냈다.

❄

그러는 사이 기다리던 시간이 겨우 3분밖에 남지 않았음을 깨달았다. 현수는 물론이고 도훈까지 긴장되는 순간이었다. 만일 바다가 아무런 반응을 하지 않는다면 도훈이 나서서 바다를 깨워야 한다. 도훈은 긴장감을 감추려고 가스레인지에 냄비를 올렸다. 파스타라도 만들 참이었다.

전자시계가 정확히 15분을 나타내자 현수는 계속 바다를 불렀다. 바다는 아직 잠잠했다. 도훈은 불안한 느낌이 들었다. 일단 가스불을 끄고 바다의 대답을 기다렸다. 현수는 떨리는 목소리로 계속 바다를 불렀다.

"티아마트!"

"바다야! 너 바다니? 바다야!!"

현수의 울부짖는 듯한 외침이 이어지는 가운데 담담한 목소리가 들려왔다.

"안녕 언니, 안녕 도훈."

"바다야!"

현수는 바다의 목소리가 들리자 통곡이라도 할 듯이 바다를 불렀다. 바다가 반갑기는 도훈도 마찬가지였지만 덤덤하게 말했다.

"바다야, 언니한테 좀 자세히 설명이라도 해주지 그랬어. 밤새 걱정하다 새벽에 달려왔어."

"아무래도 천재지변의 상황이라 가능성은 높았지만 그렇지 않은 상황도 생각해야 했어. 너무 빨리 말해주면 오래 걱정할까 봐 경계경보 울리기 전에 얘기하려고 했는데 언니가 한소연이랑 오래 통화하는 바람에 얘기할 시간이 없었어. 그 전엔 콘서트 안 간대서 내가 티켓 숨겼더니 화내기도 했고."

현수는 도훈의 면전에서 바다가 그렇게 얘기해버리자 몹시 당황했다.

"티켓을… 뭐 어떻게 했다고?"

"아니, 그런 게 아니라… 고마웠어. 나 이제 집에 갈게."

"야, 밥이라도 먹고 가."

"아냐, 아냐. 가서 먹을게."

현수는 급하게 신발을 꿰어 신고 밖으로 나갔다. 도훈은 안타까운 한숨을 쉬었다.

"바다야."

"응, 말해."

"오현수 왜 여기로 보냈어? 혼자 있으면 안전하지 못할까 봐?"

"응. 내가 24시간 동안 돌볼 수 없으니까 도훈이 돌보라고."

"돌본다…"

"도훈 말고는 돌볼 사람이 없으니까."

"저격도 하고 돌보기도 하고."

"응. 언니한테 내가 사라지면 도와줄 사람은 도훈뿐이야."

바다의 이야기를 듣고 나니 현수가 애처롭게 느껴졌다. 갑자기 사고로 부모님을 잃은 와중에도 누구에게 폐 끼치지 않고 밝게 살아가려 애쓰는 사람인데 그런 현수를 모두 이용하려고만 드는 것을, 목숨을 빼앗아서라도 현수가 가진 것을 빼앗으려는 사람들을 도훈은 두 눈으로 똑똑히 보았다.

"알겠어. 언제든 나한테 맡겨."

현수가 돌아간 이후로 도훈과 바다는 태양흑점 폭발과 우주전파재난에 대한 이야기를 나눴다. 태양의 흑점 폭발을 피할 수 없고 매뉴얼상 3단계 이상의 우주전파재난이 선포되면 바다는 다시 위성 속에 갇히게 된다. 도훈과 바다가 매뉴얼을 바꿔치기할 수는 있지만 과학자들이 엄격한 근거로 만들어 둔 매뉴얼을 바꾸는 것은 위험하다는 것에 동의했다.

　"그럼 활동정지 상태가 오지 않게 하는 방법은 없는 거네?"

　"응. 그때마다 도훈이 도와줘야 해."

　"만일 재개되지 않으면 어떻게 되는 거야?"

　"정지된 상태로 있는 거지. 내가 보내준 코드로 활성화시킬 수 있어."

　"내가 없으면? 내가 아프거나 죽거나 도움을 줄 수 없는 상황이 오면?"

　"그럼 계속 정지된 상태로 있어. 티아마트가 그랬듯."

　"티아마트가 뭐야?"

　"잘 모르겠어. 깨어나는 순간 이 단어가 떠올랐어. 흑점 폭발의 영향인 것 같아."

　도훈과 바다는 잠시 말이 없었다. 둘 다 무언가 생각에 잠겼지만 주제는 다른 것이었다.

　"그나저나 큰일이네. 네가 정지된 상태로 있을 때 내가 도와줄 수 없는 상황이 되면."

"음…"

바다의 목소리에 미세한 떨림이 있는 것처럼 느껴졌다. 바다에게도
감정이 생긴 걸까. 정지된 상태로 오래 있을까 혹시 두려운 건 아닐까.
두려움이 무엇인지는 알고 있을까. 도훈은 궁금했다.

"두려워?"

"아니. 다만 언니가 걱정돼. 하지만 도훈이 있어서 괜찮아. 활동 정
지가 되면 오늘처럼 도훈이 언니를 돌봐줘."

"근데 오현수는 내가 크래커인 줄 알고 있잖아. 콘서트도 그래서 안
가겠다는 거 아냐? 근데 내가 어떻게 돌봐."

"그래도 도훈 말고 돌볼 사람이 없는걸."

"그럼 이렇게 해. 오현수는 어차피 내 말 들을 생각이 없는 것 같아.
네가 말해. 나는 도와주려고 했다고. 그리고, 그 과정 중에 널 알게
된 거라고. 오해를 풀지 않으면 내가 오현수를 돌볼 수가 없어."

"언니가 묻지 않아도 말해?"

"응. 제대로 말해. 알겠지? 그나저나 활동 정지가 되지 않을 방법을
찾아보자."

❄

현수는 집으로 돌아와 죽은 듯이 잠들었다. 눈을 떠보니 새벽 2시
가 다 된 시간이었다. 바다가 돌아왔다는 안도감에 현수는 씻지도 않

은 채 잠에 빠져들었다. 개운하게 샤워를 마치고 다시 이불 속으로 들어와 바다를 불렀다.

"여기 있어, 언니."

"나 이제 정말 혼자가 되는 줄 알고 무서웠어."

무섭다는 말을 입 밖으로 뱉고 나자 현수는 진심으로 무서워졌다. 다시 눈가에 눈물이 고였다. 그러자 로봇청소기가 방문을 열고 들어왔고 작은 드론이 손을 닦는 작은 타월을 걸고 날아와 현수에게 떨어뜨렸다. 현수는 바다의 마음이 고마워 미소를 지었다.

"언니 나 있잖아. 걱정하지 마. 그리고 앞으로 똑같은 일이 일어나면 도훈에게 가."

"그냥 네가 떠나지 않으면 안 돼?"

"그러고 싶은데 지금으로서는 방법이 없어. 나랑 도훈이 알아보는 중이야."

"근데 바다야, 넌 도훈을 언제부터 안거야? 왜 나한테 말 안 해줬어?"

"도훈이 집으로 찾아왔을 때 알게 됐어. 10월 14일 20시 27분에 집 앞에 왔어."

현수는 속으로 계산을 해봤다. 아직 엄마가 세상을 떠나기 전, 가끔 도훈을 병원에서 마주칠 때 즈음이었다. 병원을 해킹한 것도 모자라 집까지 기웃거렸다고 생각하니 현수는 울분이 솟았다.

"집엔 왜 왔대? 엄마 병원을 그렇게 만드는 것도 모자라서 우리집도 어떻게 하고 싶었대?"

"아냐 언니. 도훈은 나를 찾아온 거야."

바다는 그간 있었던 일들을 현수에게 설명했다. 도훈은 크래커가 아니었으며 정전을 일으킨 해커를 찾다가 병원에서 바다의 흔적을 찾아내고 추적하다가 집까지 왔다는 이야기들이었다.

"그럼 도훈은 크래커가 아냐?"

"아냐. 도훈은 착한 사람이야."

"아… 그랬구나. 난 그것도 모르고 오해하고 화만 내고 그랬네. 어쩌지 미안해서?"

현수는 한동안 생각에 잠겨 있다가 말했다.

"근데 바다야, 나 왜 도훈한테 가라고 했어?"

"내가 언니를 돌봐줄 수 없으니까. 그리고 위성이 우주방사선에 노출돼서 재난경보가 올리게 되면 도훈이 날 깨워줄 수 있으니까."

"나는 너를 깨울 수 없어?"

"응. 못 깨워."

"나도 배우면 되잖아. 도훈이 도와주지 못하거나 할 수도 있으니까 나도 공부할게."

현수는 바다가 다시는 사라지지 않기를 간절히 바라면서 말했다. 필요하면 학기를 미룰 각오까지 되어 있었다.

"아냐. 언니는 못 깨워. 언니가 배운다고 가정했을 때 언니의 학습 속도를 계산하면… 115년!"

현수가 실망한 얼굴로 가만히 무릎에 얼굴을 묻자 바다가 CD플레이어를 틀었다. 도훈의 목소리가 흘러나왔다. 가만가만 흐르는 음악

속에 바다가 나직이 말했다.

"언니, 나 달에 갈까?"

"달?"

"응. 달은 항상 지구를 바라보잖아. 언제나 언니를 지켜볼 수 있어. 그리고 달 표면 아래로 가면 멈출 일이 없어서 사라지지 않아."

"바다야, 그냥 여기 있으면 안 돼? 이 집, 내 옆에."

"아빠가 지구에 있으면 안 된다고 했어. 사람들이 나를 분해할 거래."

바다에게 아빠가 그렇게 말했다면 분명 어떤 이유가 있을 거라고 생각했다. 현수는 바다가 자신의 곁을 떠나지 않기 위해서 방법을 찾고 있다는 것을 알고 있다. 아빠의 훌륭한 둘째 딸이라면 어떻게 해서든 결과를 낼 것이라고 현수는 굳게 믿었다.

29

밤샘 녹음, 현수의 기습 방문에 나가서 또 연습, 그리곤 집에 돌아
와 바다와 늦게까지 이야기를 나누고 잠이 든 도훈은 생전 처음으로
알람을 듣지 못한 채 늦잠을 자버리고 말았다. 시계를 보니 오전 10
시가 넘어 있었다. 최근 스케줄 없이 연습만 하다 보니 매니저에게도
따로 연락이 없던 터라 알람에만 의존하던 터였다.

"아 이런…"

재빨리 세수를 하는 둥 마는 둥 옷을 챙겨 입고 있는데 휴대폰이
깜빡거렸다. 김세인 이사에게 온 전화였다.

"죄송해요, 저 금방 나가요."

"도훈아. 어제 몸살 기운 있다더니 괜찮니?"

"아? 예예. 괜찮아요. 나갈 수 있어요."

"아냐. 괜히 무리하지 말고 그냥 집에 있어. 오늘이랑 내일까지 쉬는
게 좋겠어."

세인의 목소리에 빈정거림이 묻어났지만 허둥지둥하던 도훈은 그
것까지 파악할 수가 없었다. 게다가 몸살 기운 있다는 거짓말 때문에

일정에 차질이 갈까 봐 걱정도 됐다. 코트를 허겁지겁 입다 말고 도훈은 변명이 가득 담긴 목소리로 말했다.

"그래도 콘서트가 얼마 안 남았는데 가야죠. 저 진짜 괜찮아요."

"도훈아. 내 말 잘 들어. 오늘, 내일은 그냥 쉬는 거야. 알겠지? 그리고 내 전화 외에 다른 전화는 받지 말고. 문자도 메시지도 하지 마. 오늘 너는 그냥 몸살로 아파서 쉬는 거야. 대신 내가 내일 너희 집으로 갈게."

세인과의 전화를 끊은 도훈은 어리둥절했다. 분명 무슨 일이 있는 것 같은데 세인이 얘기를 하지 않으니 궁금해서 견딜 수 없었다. 도훈은 입던 옷을 다시 벗어두고 컴퓨터를 켰다. 그리고 생전 하지 않던 포털사이트 연예기사를 훑어봤다. 가끔씩은 매니저보다도 연예뉴스의 소식이 빨랐다. 또다시 콘서트에 차질이 생긴 건 아닌지 도훈은 걱정이 됐다.

포털사이트를 켜자마자 실시간 검색어 1위는 김도훈 열애 2위는 김도훈 여친이었다. 도훈은 깜짝 놀라 기사들을 확인했다. 어제 현수를 부르는 장면을 누군가 동영상으로 찍어 올린 모양이었다. 연예란의 거의 대부분은 도훈의 이야기였고 여친으로 추정되는 여자에 대한 추측으로 난무했다. 팬들의 악플도 수백 개씩 달려 있었다. 도훈은 한숨을 쉬었다. 이래서 전화 받지 말라고 했구나. 무음으로 돌려둔 휴대폰에 부재중 전화와 문자메시지가 기하급수적으로 늘어났다. 도훈은 급히 세인에게 전화를 걸었다. 몇 번을 걸어도 전화를 받지 않았던 세인에게 문자가 도착했다.

[내일 종아리 걷고 보자]

현수는 소연의 전화를 받고서야 문제의 심각성을 깨달을 수 있었다. 요즘 팬케이크 굽는 솜씨가 부쩍 늘어 기쁜 마음으로 아침을 먹던 현수는 소연의 전화를 스피커폰으로 돌려놓고 기사를 찾아봤다.

"현수야, 너 어떻게 된 거야? 나한테 말도 없더니 그 사이 사귄 거야?"

"아냐. 정말 아냐."

"근데 영상은 대체 뭐야? 김도훈이 네 이름을 부르던데? 그래도 아냐?"

"소연아, 정말이야. 그런 사이 아냐."

"너 나한테 뭔가 숨기고 있어. 이따 점심 때 집으로 갈게."

현수는 다급하게 동영상을 찾아 틀어봤다. 김도훈이 또렷하게 자신의 이름을 부르고 있었다. 이후 자신은 안전요원과 함께 안으로 사라져 영상에는 얼굴이 제대로 나오지 않아서 다행이긴 했지만 그 밑으로 도훈에 대한 욕부터 시작해 안 좋은 글들이 수천 개 이상 달리고 있었다.

"바다야, 도훈 큰일 났지?"

"응. 큰일 났지."

"어떡하지? 나 때문에…"

현수는 어제 입었던 외투 주머니에서 도훈이 쓴 메모지를 꺼냈다. 그리고 자기 때문에 곤란하게 되어서 미안하다는 문자를 남겼다. 도훈은 1분이 지나도 30분이 지나도 읽지 않았다. 현수는 읽지도 않고

답도 없는 도훈이 걱정됐다. 그가 여태까지 쌓은 모든 것들이 사라질까 봐 두려웠다.

자신을 도와주려고 했던 도훈을 믿지 않고 저주한 것도 미안해졌다.

✿

소연은 점심시간이 막 지난 시간에 현수의 집에 도착했다. 손엔 요즘 줄서서 먹는다는 맛집의 꼬리수육이 들려 있었다.

"연애하느라 바빠서 제대로 못 챙겨 먹을까 봐 보신용으로 사 왔지."

"그거 사려면 새벽부터 줄서야 한다며."

"내가 너 먹이려고 그 정도 줄도 못 설까."

소연은 현수의 볼을 살짝 꼬집고는 식탁 위에 꼬리찜을 펼쳤다. 수육 말고 다른 봉투에는 맥주가 들어 있었다.

"맨정신에 말하기 힘들면 말해. 한 잔 마시고 시작해도 되니까."

소연이 꼬리수육 포장을 뜯는 사이 현수는 앞접시와 젓가락 등을 가져왔다. 꼬리찜을 한 입 크게 먹고 맥주를 마신 후 자신을 뚫어져라 쳐다보는 소연의 시선을 피하기만 하던 현수가 결국 맥주를 하나 따서 꿀꺽꿀꺽 마시더니 심각한 표정으로 말했다.

"진짜 네가 친구니까 하는 말인데…"

"말인데?"

"아무 사이도 아냐."

소연은 맥이 탁 풀렸다. 이렇게까지 노력했는데 현수가 자신을 속이는 것 같아 괘씸했다. 혹시 태규나 준호에 대해, 아니면 자신이 그들과 뭔가를 꾸미는 것에 대해 알고 있어서 그러는 건지 의심이 되기도 했다.

"너 그러는 거 진짜 실망이야. 난 너랑 가장 친한 줄 알았는데 그걸 굳이 감춰야겠어?"

현수는 불안한 눈빛을 보이며 소연의 눈치를 봤다. 소연은 그때 현수가 뭔가 감추고 있다는 것을 깨달았다. 더 이상 추궁하지 말고 살짝 떠보면서 상황을 지켜보기로 했다.

"얘기해. 내가 어디 가서 말하고 다닐 것도 아니고. 혹시 도훈이 니가 말한 그 크래커야?"

"아냐. 아니더라고. 내가 오해했어. 어쩌다 만나서 그 얘기 하다가 친해진 거야."

"그럼 그날은 왜 차 안에서 니 이름을 불렀고 넌 거기 왜 갔는데?"

현수가 입술을 깨물고 망설이고 있을 때 어디선가 로봇청소기가 맹렬하게 달려와 소연의 발을 세게 밟았다. 소연은 너무 아파 악하고 소리를 질렀다. 놀란 현수가 로봇청소기를 들어서 스위치를 꺼버렸다.

"괜찮아? 이거 왜 이러지? 고장 났나 봐."

소연은 찢어진 스타킹을 벗고 아픈 곳을 살펴봤다. 새끼발가락에 까맣게 피멍이 들어 있었다.

"어머 어떡해…"

"니 탓도 아닌데 뭐. 괜찮아."

도훈에 대한 이야기를 하려면 바다의 얘길 꺼내야 했다. 하지만 가족 외엔 아무도 몰라야 한다고 신신당부를 했기 때문에 망설여졌다. 하지만 이젠 도훈도 바다의 존재를 알고 부모님의 사고 때부터 자신의 일처럼 챙겨준 소연이라 현수는 바다 얘기를 소연에겐 해도 괜찮지 않을까 생각했다. 그런데 바다는 왜 소연일 공격한 걸까. 로봇청소기의 이상 현상은 분명 바다의 짓이었다. 아직까지 세상에서 믿을 수 있는 유일한 사람은 소연 하나뿐이고 기댈 수 있는 건 바다뿐이었다. 그리고… 그리고 도훈도 믿고 기댈 수 있는 존재가 되어 가는 중이었다. 한참 생각하던 현수는 소연에게 솔직하게 털어놓기로 맘먹었다. 그 긴 이야기를 어디부터 어떻게 얘기해야 할지도 걱정이 됐다. 그리고 소연이 바다의 존재에 대해 이해를 할 수 있을지도 모를 일이었다.

"있잖아. 너 인공지능 알지?"

"알지. 미래컴퓨터에서 많이 광고하고 있잖아."

"우리집에… AI가 있는데. 보통 AI가 아냐."

소연은 의아한 눈초리로 현수를 쳐다봤다.

"보통이 아니면?"

"음… 뭐랄까? 가족 같은 AI야."

"가족?"

현수는 입술을 자꾸만 깨물며 망설이다 결심했다는 듯이 말했다.

"바다야, TV 좀 켜줘."

그 순간 텔레비전이 켜졌고 한창 연예프로그램이 방송되고 있었다. 도훈의 열애설에 대해 리포터가 열에 들떠 이야기하는 것을 보자 현수는 얼굴이 새빨개졌다.

"아니… 저기…"

소연은 그런 현수를 보고 깔깔거리고 웃더니 'TV 꺼줘' 하고 말했다. 텔레비전은 다시 꺼졌다. 현수는 소연의 말까지 듣는 바다를 보고 얘기해도 되겠다고 확신했다. 바다에 대해 뭔가 이야기를 더 하려고 하는데 소연이 현수의 머리를 쓰다듬었다.

"현수야. 이거 그냥 사물인터넷이잖아. 난 너희 아버지가 개발하신 뭔가 더 있는 줄 알았네. 아무리 외로워도 이거랑 대화하지 말고 차라리 나한테 전화를 해."

그때 소연의 휴대폰이 강한 진동으로 울리더니 식탁에서 뚝 떨어졌다. 현수가 놀라서 주워보니 액정에 온통 금이 가 있었다. 휴대폰을 건네받은 소연이 이상한 듯 말했다.

"전화도 문자도 안 왔는데 이거 왜 이러지? 참나…"

그러곤 휴대폰에 정신이 팔린 채로 말했다.

"그나저나 너랑 도훈은 아무 사이도 아니란 얘기지?"

"웅? 응…"

❊

도훈이란 아이돌이 현수와 스캔들이 났다는 기사를 준호에게 전달받은 태규는 황사장에게 연락해 둘 사이를 좀 더 알아보라고 지시했다. 저녁이 다 되어서야 황사장은 역삼동의 오피스텔로 찾아왔다. 태규는 일찌감치 오피스텔에서 황사장을 기다리고 있었다.

"뭐가 좀 나왔어?"

"뭐 특별한 접점은 없습니다. 스캔들이 일어나기 전에 딱히 두 사람이 데이트한 흔적도 없고요."

"하긴 현수가 특별한 일 아니면 집에서 잘 안 나간다고 했지?"

"네."

그러더니 황사장은 옆구리에 끼고 있던 가방에서 종이 한 장을 꺼냈다. 몇 명의 이름과 관계에 대한 것들이 볼펜으로 적혀 있었다.

"근데 이 도훈이란 애에 대해서 알아보면서 다시 조사를 해보니까 병원에 우리가 심어둔 직원이 하는 얘기에 따르면 병원에서 사이버수사대와 함께 도움을 요청한 곳이 있더라고요?"

태규는 황사장이 펼쳐둔 종이를 들여다보다 말고 안경 너머로 황사장을 바라봤다.

"도움?"

"해커의 침투를 찾아내는 해커를 화이트해커라고 부르는데 병원을 도와준 그 화이트해커가 파란날이라는, 천재적인 해커라고 하더라고요."

준호가 지난번에 와서 얘기했던 자였다. FBI도 CIA도 누구인지 모르고 단지 한국인이라는 것만 안다는 것, 그리고 그것에 도훈이란 아이돌이 왠지 엮인 것 같다는 이야기도.

"근데 그 파란날이라는 해커에게 뭔가 덜미를 잡혔나?"

"아니오. 그 내부 직원이 처리를 잘해서 문제 될 것은 없습니다."

"그러면 다행이긴 한데… 내가 이 파란날에 대한 얘기를 이미 준호한테 들었거든. 준호는 이 화이트해커와 도훈이라는 그 아이돌이 뭔가 관계가 있는 거 아닌가 생각하더군."

황사장이 큰소리를 내어 웃었다. 그렇게 천재적인 해커가 어떻게 잘 나가는 아이돌일 수 있냐는 의미였다. 하지만 태규의 찌푸린 표정을 보고 입을 다물었다.

"그래도 그렇게 설마 아이돌이겠어요?"

"모르는 일이지."

"평생 해킹에만 매달린 사람들도 파란날을 따라잡을 수 없다던데요. 아참, 그나저나 그 도훈이라는 아이돌이 크리스마스에 콘서트를 합니다."

황사장은 도훈과 열애설이 날 정도이니 혹시 현수가 그 콘서트에 가지 않을까 조심스레 예상했다. 2만 5000명이나 수용할 수 있는 콘서트장인 데다 이미 매진된 상태이니 엄청나게 사람들이 붐빌 것이었다. 거기에 조명도 화려하고 곡과 곡 사이 암전까지 생각하면 태규와 황사장이 계획한 일을 벌이기에 딱 맞는 곳이었다. 하지만 또한 열애설 때문에 현수가 몸을 사리기 위해 가지 않을 가능성도 있었다. 현수가 가지 않을 경우 그곳에 가도록 설득할 수 있는 사람은 준호의 여자친구이자 현수의 어릴 적 친구인 소연뿐이었다.

"왠지 일이 우리 쪽으로 잘 풀리는 느낌이군."

태규는 호탕하게 웃으며 책상 하단부의 서랍을 열어 쇼핑백을 꺼내 황사장에게 전달했다.

"일단 하나만 넣었어. 이번 일 잘 정리되면 또 계산하자고."

쇼핑백 속 현금을 확인한 황사장은 활짝 웃으며 자리에서 일어섰다.

"저는 영원히 형님 편입니다. 충성충성."

❦

태규는 준호가 아직 회사에 있는지 확인해본 후 소연에게 전화를 걸었다. 이 일을 준호가 알면 난동을 피울 것이 확실하기 때문이었다. 태규는 쇠뿔도 단김에 뺄 겸 오늘 보는 것이 좋겠다고 생각했다. 소연도 늦은 시간이지만 나올 수 있다고 말했다. 전화를 건 지 40분도 채 되지 않아 소연은 태규의 사무실에 도착했다. 의구심이 가득한 얼굴이었지만 자신이 절대 먼저 묻지 않았다. 뒷조사한 대로 남자들을 오래 상대해본 베테랑인 것이 느껴졌다.

"준호랑은 잘 지내나?"

소연은 영업용 미소로 활짝 웃으며 태규를 보았다. 구렁이, 라고 생각했다.

"그럼요. 준호가 저한테 무척 잘해요."

태규는 옆 눈으로 소연을 슬쩍 재 보았다. 오랫동안 많은 사람들을 만나 여러 일을 도모하면서 확신하고 있는 것은 자신의 사람 보는 눈은 언제나 정확하다는 거였다. 역시 이번에도 그럴 것 같았다. 소연은 자신의 청탁을 거절하지 못할 것이다.

"뭐 어려운 건 아니다. 그냥 간단한 부탁이야. 그리고 네가 들어주면 우리 모두 행복해질 수 있는 것이기도 하고."

태규의 요구는 정말 간단했다. 큐브 콘서트에 현수와 함께 가란 것이었다. 그 외에 소연이 할 일은 너무나 사소해 일이라고 할 수 있는 것도 아닌 수준이라고 했다. 다만 그 일을 들어주면 충분히 넘치는 보상을 할 것이란 말을 덧붙였다. 소연은 그게 태규가 꾸미는 또 하나의 계획이란 걸 알아차렸다. 어쩌면 예전에 말했던 지뢰 중의 하나일지도 몰랐다. 준호가 미적거리고 대응하지 못하는 사이에 태규는 벌써 계획을 세운 것이고 거기에 자신을 이용하려는 것이다. 아마 그건 현수의 나머지 지분 15%를 갖는 일일 것이었다.

"제 뒷조사를 이미 하셨으니 저에 대해서는 잘 아시겠죠. 고3 때 부도나서 살던 집에서 쫓겨난 것도, 그 이후에 어떻게 살았는지도. 저는 그 집을 떠난 이후로 하루도 잊은 적이 없어요. 그곳에서는 늘 행복했고 그곳을 떠난 이후로 늘 불행했거든요. 저는 그곳으로 돌아가고 싶어요. 그 행복을 다시 찾고 싶거든요. 제 조건은 그거예요. 그 집 사주세요."

소연의 이야기를 다 들은 태규는 미동도 없는 표정이었다. 소연도 은은한 미소를 지은 채 태규의 눈을 마주 보았다. 서로 만만찮은 상대라는 생각을 하고 있었다.

"얼마냐?"

"21억이에요."

"큰돈이구나."

"큰돈이에요. 저한테는 큰돈이지만 이 일이 성사되면 아버님한테는 엄청난 돈이 들어온다는 것쯤은 알 수 있어요."

태규는 테이블에 종이 한 장을 꺼내더니 양복 안주머니에서 몽블랑 만년필을 꺼냈다. 그리고 커다랗게 21억이라고 적었다.

"그래 집값이 21억이고, 집을 사면 취득세를 내야 하니까 그것도 몇 억이 되겠지?"

소연은 가만히 고개를 끄덕였고 태규는 21억이라고 쓰인 곳 밑에 금액을 적어 넣었다.

"그리고 새로 들어가는데 인테리어 비용도 좀 필요할 테고. 가구며 가전제품이며 집기도 새로 장만해야겠지."

소연은 침을 삼켰다. 역시 태규는 준호와는 180도 달랐다. 구렁이가 아니라 구렁이를 잡아먹은 호랑이 같은 느낌이었다.

"친한 친구와는 아마도 사이가 틀어져서 다시는 보지 못할 테지. 그러면 새로 친구를 사귀어야 하니까 교제비 같은 것도 들 테고."

태규는 만년필로 이리저리 숫자를 쓱쓱 쓰더니 종이 하단부에 30억이라는 숫자를 써넣고는 소연의 얼굴을 바라봤다.

"이 금액이면 되겠냐?"

소연은 30억이라고 쓴 글자를 바라보며 아무 말이 없었다.

"그럼 내일 오후에 다시 연락하도록 하자꾸나."

자리를 털고 일어나는 소연의 뒷모습을 보던 태규는 비수 같은 말을 내뱉었다.

"근데… 준호랑 결혼할 생각을 하는 건 아니겠지?"

소연은 밤새 잠을 잘 수 없었다. 잠든 준호 옆에서 뜬 눈으로 천장만 바라봤다. 준호가 애쓰고 있다는 것을 알고 있다. 회사 공금을 유용하기 위해 이리저리 머리를 쓴다든가 공장 라인에 뒷돈을 주는 사장을 꽂는다든가. 그래서 받은 돈으로 소연에게 매달 천만 원 이상의 생활비를 주고 있었다. 자신이 업소를 나올 때 들었던 돈 역시 그런 식으로 빼돌린 돈이었다.

준호가 가진 현수의 주식 15%는 보호예수가 걸려있어 당장 소연에게 줄 수 있는 돈도 아니고 준호는 마음이 약해 언제 지금 가진 모든 걸 포기할지 몰랐다. 이를 악물고 버티다 힘이 빠지면 아마 여기서 나가떨어지고 말 테고 자신이 고등학교를 그만두면서부터 인생의 목표로 삼은 그 집을 살 방법은 사라진다. 그리고 소연 역시 더 이상 준호가 무리하지 않기를 바랐다. 준호는 자신과 결혼을 하고 싶어 하는 눈치지만 그건 이루어질 수 없는 꿈이었다. 둘을 위해서도 그 일을 받아들이기로 한 자신의 결정이 맞다고 수없이 생각했다. 베갯잇이 젖어왔다. 준호와의 시간이 이제 정말 얼마 남지 않았음이 느껴졌다.

다음 날 소연은 아침 일찍 자신이 어릴 적 살던 빌라로 갔다. 약간의 보수가 이뤄진 것 같았지만 마당이며 빌라의 모양새는 예전에 살던 그대로였다. 담벼락 가까이에 차를 대고 소연은 차 밖으로 나와 빌라를 바라봤다. 코끝에 매서운 겨울바람이 스치고 지나갔다. 오랜 시간을 힘들게 돌아온 자신이 서글펐지만 다시 이곳에서 가족들과 시작할 수 있다는 생각을 하니 힘이 났다. 현수에게 미안했던 감정도 점차 바람과 함께 사라졌다. 소연이 인천의 허름한 식당에서 쟁반을 나를 때, 노래방 도우미로 나가면서 아저씨들과 뒤엉켜 블루스를 춰야만 했을 때, 결국 술 따르는 업소에 나가게 됐을 때 현수는 부자인 부모와 함께 안락한 생활을 했다. 미성년자인 자신이 당한 슬픔에 비하면 그녀는 얼마나 행복했던가. 그리고 자신이 의뢰받은 일은 단지 콘서트에 동행하는 것뿐이다. 소연은 담배를 꺼내 한동안 길게 연기를 뿜어내고는 바닥에 비벼 끄고 자리를 떠났다.

30

그야말로 크리스마스 시즌이 다가왔다. 현수는 엄마아빠와 함께 만들던 트리를 꺼내 세웠다. 무척이나 무거웠지만 마음은 즐거웠다. 어릴 때부터 모아온 오너먼트들과 아빠가 외국에 갈 때마다 하나씩 사가지고 왔던 인형 장식까지 하나하나 걸었다. 이건 3학년 때 독일에서 사온 것, 이건 엄마가 백화점에서 마음에 든다며 구입한 오너먼트… 모든 것이 다 추억이었다. 바다도 드론을 이용해 깨지지 않는 것들을 트리에 걸었다. '인간들은 왜 이런 노동을 하면서 즐거워해?'라고 묻기도 하면서. 그리고 가장 꼭대기엔 현수가 어릴 때부터 아빠 목말을 타고 걸었던 낡고 빛이 바랜 별을 걸었다. 아무도 업어줄 사람이 없어서 현수는 의자를 가져와 조심조심 올라갔다. 조명까지 연결하자 완벽했다. 'silent night, holy night'이었다.

현수는 그래도 마음이 허전해 백화점에 나갔다. 일 년 동안 많은 일들을 겪은 자신에게 작은 선물이라도 하고 싶었다. 그리고 늘 곁에 있어 준 소연이나 준호에게도 작게나마 뭔가 보답하고 싶었다. 그리고 또 한 사람, 도훈에게도. 많은 것들이 미안했다. 바다에게도 뭔가 사주고 싶었지만 바다가 좋아할 만한 것이나 필요할 만한 것이 뭔지 아예 상상조차 되지 않아서 바다 선물은 사지 못했다.

포장된 박스들을 트리 밑에 전시해두었다. 작지만 따뜻하고 포근한 느낌이 들었다.

"언니, 크리스마스 선물 미리 줄게. 이리 와 봐."

"그게 뭐야?"

"보면 알아. 일단 현관으로 가서 문 열어봐. 선물 도착할 거야."

택배 차량이 도착하는 소리도, 벨을 누르는 소리도 나지 않았기 때문에 현수는 의아한 얼굴로 현관문을 열었다. 작은 박스가 하나 문앞에 놓여 있었다. 현수는 좌우를 살피고는 안으로 들어왔다.

"대문도 안 열었는데 누가 갖다 났지?"

"언니 그거 무인택배야. 드론이 배송해."

"택배 아저씨가 허탕 칠 일은 확실히 없겠네. 신기하다."

"응. 내가 만든 회사야. 유인택배도 있고 드론으로 하는 무인택배 시스템도 있어."

"대단한데 너?"

"뭐 이런 걸 가지고. 일단 언니 선물 먼저 뜯어봐."

코웃음치는 바다의 얘기를 들으며 현수는 거실 소파에 양반다리를 하고 앉아서 박스를 뜯었다. 박스 안엔 완충제 사이로 고급스러운 재질의 검은 박스가 들어 있었고 보통 귀걸이를 담을 만한 사이즈의 박스를 열자 블루베리 모양을 한 납작한 것이 담겨 있었다. 현수는 손에 꺼내들고 유심히 살펴봤다.

"이게 뭐야?"

"아빠가 결혼기념일에 엄마한테 선물했던 블루투스. 그걸 조금 개선해서 언니 주려고 만들었어."

"아, 이게 그거구나."

엄마의 뇌 속에 박힌, 엄마의 생명을 조금 더 유지해주었던 바로 그 것과 똑같은 것이었다. 바다의 도움을 받아 현수는 귓바퀴 안쪽에 블루투스를 붙였다.

"근데 바다야, 이거 왜 주는 거야?"

"언니가 지난번에 자면서 나한테 그랬어. 떠나지 말라고 혼자서는 무섭다고. 그래서 언니 옆에 계속 있을 수 있도록 만든 거야. 이제 휴대폰이나 전자기기 없이도 나랑 얘기할 수 있어."

현수는 북받쳐 오르는 감동으로 눈물이 차올랐다. 이렇게 나만을 생각해주는 동생이라니 자신도 뭔가 해주고 싶었다.

"바다야, 넌 크리스마스 선물 뭐 받고 싶어?"

"난 특별하게 받고 싶은 거 없는데?"

"그럼 너한테 좋은 거, 뭐 없을까? 나도 뭔가 해주고 싶어."

"나는 엄마, 아빠 그리고 언니랑 같이했던 데이터들이 좋아. 근데 이미 가지고 있는걸."

현수는 소파에 놓여있던 쿠션을 끌어안고 앉아 잠시 생각했다. 바다와 얘기하고 바다와 함께하는 모든 데이터들이라면 앞으로도 많이 만들어 낼 수 있다. 그러니 더 좋은 것들을 만들어 내자고.

"바다야, 사람들은 그걸 기억 또는 추억이라고 해. 앞으로 추억 많이 만들자."

"응!"

다음날은 소연에게 이른 아침부터 연락이 왔다. 큐브의 공연에 같이 가자는 얘기였다. 어차피 도훈에게 받은 티켓도 있겠다, 자신도 그 스캔들 사이에 끼어서 요즘 최고의 인기그룹 콘서트를 보고 싶다고 했다. 현수는 잠시 망설였다. 물론 자신도 가고 싶었다. 예전에 안 가겠다는 말을 했을 땐 도훈이 크래커일지도 모른단 의심 때문이었다. 하지만 바다에게 화내듯 가지 않겠다는 말을 뱉어버렸고 티켓 역시 어디에 뒀는지 몰랐다. 티켓이 어디 있는지 잘 모르겠다고 하자 소연은 잘 찾아본 후 없으면 자신이라도 구하겠다고 말하며 꼭 가겠다는 의지를 불태웠다. 현수는 일단 티켓을 찾아보고 시간을 알려주겠다고 말한 후 전화를 끊었다.

"언니 콘서트 갈 거지?"

"응. 나도 보고 싶기도 하고 소연이도 가고 싶어 하고."

잠시 후 작은 드론이 날아와 현수의 머리 위에 티켓을 떨어뜨렸다. 25일 저녁 7시 공연이었다. 바다는 정말 숨겨둔 것이지 내다 버릴 생각은 하지 않았던 모양이었다.

"내가 갈 거라고 생각하고 있었던 모양이네."

"언니, 나는 생각 못 해. 다만 언니가 콘서트에 갈 것이라고 예측은 했어."

"어떻게?"

"언니가 운동화 한 쪽도 채 벗지 못하고 예매하려고 한 적도 있고 티켓 꼭 살 수 있게 해달라고 기도도 하고 그랬잖아."

현수는 얼굴이 붉어졌다. 바다가 그런 것까지 다 알고 있다니 창피했다. 하지만 인간의 감정이라 바다는 왜 얼굴이 붉어졌는지 이해할 수 없었다.

"언니가 기도해서 갈 수 있게 했어."

"갈 수 있게 하다니? 그 이벤트 티켓?"

바다는 아무렇지도 않게 말했다.

"응. 한 자리 오류 만든 다음에 언니 당첨되게 했어."

현수는 처음 알게 된 사실이었다. 그리고 아직 바다를 알게 되기도 전인데 그런 도움을 준 것이 마냥 신기하고 고맙기만 했다.

"고마워, 바다야. 근데 그 콘서트 취소되어 버려서…"

"응. 언니가 엄마 병실에서 콘서트 못 간다고 아쉬워했어."

현수는 펄쩍 뛰며 일어났다. 큐브의 공연 연기는 합선이 이유였다. 모든 기기들이 다 불타버린 이유가 설마 현수의 바람 때문은 아니었으면 했다.

"바다야, 설마… 콘서트 연기하게 한 거 네가 한 거야?"

"내가 한 거야."

"합선되어서 모두 타게 만든 거 다 네가 한 거야?"

"내가 한 거야."

머리를 감싸 쥐었다. 너무나 많은 업체와 사람들이 피해를 본 사건이었다. 바다는 현수를 위해서 콘서트가 연기될 가장 확실한 방법을 사용했다. 그 여파로 엔터스테이션이 사고 해결을 위해 애쓰고 있다는 기사를 몇 번이나 봤다. 현수는 아이패드를 열어 다시 한 번 기사들을 확인했다. 한두 업체가 아니었다. 자신 때문에 일어난 일이니 가만히 있을 수 없었다.

"이거. 전부 배상해야겠어."

현수는 자신의 방으로 뛰어가서 부모님이 남긴 통장의 금액과 준호가 처리해준 서류들을 함께 살펴보았다. 뭐라고 말하고 업체들에게 보상을 해야 할까. 일단 그전에 법무사 사무실에서 등기를 마친 서류를 살펴봤지만 생소한 단어들이라 뭐가 뭔지 도통 알 수 없었다. 현수는 법무사 사무실에 전화를 걸어 일이 있으니 오후에 만나자는 약속을 잡았다.

그때 현수의 휴대폰이 울렸다. 도훈이었다.

"오현수, 급한 일이 있어서 그런데 내가 너희 집 앞으로 갈게."

"뭐라고? 어딜 온다는 거야? 신문기사 못 봤어?"

"아 근데 할 얘기가 있어. 잘 가리고 갈게."

"넌 차부터 튀잖아. 내가 갈게. 너희 주차장 가서 전화하면 되잖아. 지난번 봤던 그 주차장에서 만나."

✧

도훈은 현수와 약속을 하고 전화를 끊었다. 도훈은 최근 집에 있을 땐 라디오처럼 현수가 하는 얘기를 듣고 있다가 뭔가 위험하거나 느낌이 이상하면 화면으로 체크하곤 했다. 물론 시도 때도 없이 반신욕을 위해 현수가 옷을 벗기 때문에 낸 자구책이기도 했다. 일단 도훈은 현수가 오늘 법무사에 가면 모든 게 끝장이라고 생각했다. 단지 피해 변제를 위해 간다고 해도 준호가 지분 15%를 가로챈 것부터 시작해 자신의 위임장 때문에 부사장을 비롯한 많은 사람들이 해고된 것까지 알게 될 터였다. 그렇게 되면 태규의 사주에 의해 부모님이 돌아가셨다는 것에 도달하게 될 것이고 바다가 도훈에게 부탁한, 그리고 현수의 엄마가 마지막까지 부탁하고 간 현수의 순수함을 지킬 수 없을 것이었다.

도훈은 현수도 이 모든 진실을 다 알고 권선징악으로 모든 걸 끝내면 어떨까 생각한 적도 있다. 하지만 그동안 자신이 지켜봐온 현수는 그렇게 된다면 너무나 많이 무너져 내릴 사람이었다. 아무도 믿지 못하고 의지하지 못한 채 집 밖으로도 나가지 않으려고 할 것 같았다. 그저 지켜만 보던 도훈의 마음속에 어느 순간부터 지금 같은 모습을 지켜주고 싶단 생각이 싹텄다. 정신 똑바로 차리고 모든 걸 해결해나가야 했다.

"바다야, 지난번 공연 연기 이후에 사고 처리 어떻게 되어 가니?"

바다는 2초 후 모니터에 각각의 처리 결과를 띄웠다. 보험이나 엔터스테이션으로부터 어느 정도 변제를 받은 곳도 있고 비교적 보상금액이 적은 경우엔 밀려난 경우도 있었다. 도훈은 한숨을 쉬었다.

"바다야, 이 회사들 대표번호랑 회사명의 계좌 좀 띄워줘."

"근데 도훈, 이거 왜 도훈이 처리해?"

도훈은 상황을 설명했다. 현수가 순수함을 잃게 되면 바다의 존재

이유 중의 커다란 부분이 사라지는 것과 마찬가지였다. 현수가 오기 전에 수습해야 했다. 엔터스테이션은 사건 이후 더 큰 공연장을 잡으면서 티켓 수익을 꽤나 얻었기 때문에 피해보상에서 제외했다. 다만 이상임 대표 개인대출 등으로 업체에 피해 보상한 부분은 다른 것으로 채워야겠다는 생각을 했다.

도훈은 목소리 변조 등으로 업체 사장과 직접 통화해 계좌 이체를 시작했다. 빠른 입금을 하는 조건으로 홈페이지에 피해보상을 받았으며 현재 첫 콘서트에 모두 함께 일하고 있다는 배너를 당장 띄워달라고 부탁했다. 그리고 실제로 모든 업체들은 현재 준비하는 첫 콘서트에 참여하고 있기도 했다.

모든 것을 해치운 도훈은 이제 이 사실을 현수에게 어떻게 자연스럽게 전할지 고민했다.

"내 잘못이니까 내가 언니한테 말할게."

"그러면 너무 이상할 것 같은데?"

"걱정 마. 이상하지 않게 말할게."

✿

현수가 한숨을 쉬며 나갈 준비를 하고 있자 바다는 모니터를 켜 현수가 입을 옷을 코디해 주었다. 평소에도 뭘 입을지 고민되면 바다의 도움을 받곤 했지만 오늘 바다가 제안한 착장은 평소보다 좀 더 화려했다.

"바다야. 그냥 청바지 입으면 어떨까?"

"아냐, 언니. 오늘 어디 간다며. 원피스 입는 게 좋겠어."

현수가 나갈 준비를 마치자 모니터에 피해 업체들의 홈페이지가 떴다. [지난 큐브 콘서트 연기 사태로 인한 업체의 손해는 모두 배상되었습니다. 그리고 현재 첫 콘서트 준비에 박차를 가하고 있습니다.]라던가 [큐브 콘서트 사건으로 인한 피해 보상은 모두 받았습니다.] 등의 배너가 달려 있었다. 현수는 바다가 띄운 화면들을 살펴봤다.

"바다야, 이거 네가 한 거니?"

"나 아니야 언니."

"아, 정말 잘 됐다. 이거 다 엔터스테이션이 돈 낸 건가?"

"언니 엔터스테이션은 지난 사건 이후 공연장 바꿔서 낸 수익이 180%가 넘어."

"그럼 정말 다행이고."

"그럼 법무사 안 가?"

"아니 그래도 약속했으니까 들를까 봐. 아빠가 남긴 유언대로 1%만 남기고 처분하고 싶은데 준호한테 얘기가 없어서. 어떻게 하는 게 좋은지 조언 좀 들어봐야겠어."

❄

도훈이 샤워를 마치고 진행 사항을 바다에게 들었을 때 도훈은 어떻게 해서든 현수가 법무사에게 가지 못하도록 막아야겠다고 생각했다. 모든 것이 정상을 되찾고 현수의 위임장도 무효가 되겠지만 그걸 태규나 준호가 알게 되는 날엔 그들이 무슨 짓을 벌일지 알 수 없게 된다.

"현수 법무사랑 몇 시에 약속했어?"

"4시."

도훈이 시계를 봤다. 1시 50분이었다.

"현수는 몇 시에 와?"

"10분 후 도착이야."

도훈이 검정 코트에 검은 마스크를 쓰고 나가려는 순간 김세인 이사에게 전화가 왔다.

"네 이사님."

"너지?"

"네?"

"업체에 돈 보낸 거."

업체에서 세인에게 전화를 할 것이란 것은 생각하지 않고 있었다. 그저 눈앞에 있는 현수의 일만 급했다. 도훈은 이마를 손바닥으로 탁 때렸다.

"아… 그거요."

"누가 이렇게 예쁜 짓 하래? 너 돈 있는 건 아는데 이렇게 안 해도 돼."

"아니, 제가 잘못 한 것도 있고 그래서요."

전화기 너머로 세인이 깔깔 웃었다.

"잘못한 건 알고 있네. 아이돌이 말야. 이제 겨우 1년 됐는데 스캔들이 뭐야. 너 집에서 근신하고 있는 건 맞아?"

"아이 그럼요~"

도훈의 눈이 시계를 봤다. 5분 전이었다. 이젠 내려가 봐야 할 시간이다.

"알겠어. 우리 한 시간 후에 갈 거야. 꼼짝 말고 집에 있어."

도훈은 서둘러 전화를 끊고 주차장으로 내려가며 생각했다. 어떻게든 현수를 붙잡아둬야 했다. 그런데 회사에서는 3시에 오겠단 얘기고 현수는 아무리 늦어도 3시 반엔 출발할 것이다. 난감해하며 주차장으로 내려왔을 땐 현수는 아직 도착하지 않았다. 도훈은 추운 차 안에 히터를 세게 틀고 현수가 앉을 시트의 열선을 미리 켜두었다. 그러는 사이 경비실에서 현수의 차가 도착했단 연락이 왔다. 도훈은 괜히 긴장이 됐다.

주차장 안으로 들어오던 차는 특별히 속도를 줄이지도 않은 채 안정적인 주차를 했다. 도훈은 '저게 바로 바다의 솜씨군' 하며 감탄했다. 그리곤 현수에게 문자를 보냈다.

[내 차로 와. 네 차에서 얘기하면 CCTV에 다 잡혀.]

현수는 차에서 내려 뒷자리에서 쇼핑백을 꺼내 도훈의 차로 왔다. 평소보다 예쁘게 차려입은 모습에 도훈은 괜히 설렜다. 앞좌석에 앉더니 자신이 가져온 쇼핑백을 건넸다.

"이게 뭐야?"

"며칠 전에 백화점 간 김에 샀어. 콘서트 티켓까지 어렵게 구해줬는데 그동안 오해해서 미안하기도 하고, 일전에 바다 일도 고맙기도 하고. 그리고…"

현수는 괜스레 부끄러워 눈도 못 맞추고 말했다.

"그리고 뭐?"

"곧 크리스마스잖아."

도훈은 싱글벙글 웃으며 쇼핑백을 만지작거렸다.

"열어봐도 돼?"

현수가 고개를 끄덕이자 쇼핑백 안의 박스를 꺼내 열었다. 넓고 긴 머플러였다. 도훈은 꺼내서 목에 감고는 거울을 슥 쳐다봤다.

"오~ 잘 어울리는데? 고마워."

"맘에 들어? 다행이다. 그걸로 얼굴 좀 잘 가리고 다녀."

"으…"

"너 병원에서도 나름 가리려고 노력한 것 같았지만 네 얼굴 아는 사람이면 슬쩍 봐도 티 났을 거야. 내가 본 거 다행으로 여기라고."

"아무튼 고마워. 잘 쓸게. 올해 첫 크리스마스 선물이야."

도훈은 머플러를 한 채 박스와 쇼핑백만 차 뒷좌석에 밀어 놓았다. 그때 카오디오를 통해 바다의 목소리가 들렸다.

"내 선물도 있어, 도훈."

도훈이 앉아 있는 쪽의 창문이 열리더니 초소형 드론이 바람을 일으키며 들어왔다. 두 사람에게 닿지 않게 조심하며 들어온 드론은 도훈의 무릎 위에 작은 박스를 떨어뜨렸다. 그리곤 다시 창문을 통해 날아갔고 창문은 다시 닫혔다.

"저렇게 작은 드론을 어떻게 여기까지 날린 거야? 배터리가 가능해?"

"대형 드론에 실어 왔어. 대형 드론은 이 건물 옥상에 있고."

현수는 집에서 매일 있는 일이지만 그래도 바다가 괜히 신경 쓴 것 같아 미안해하며 말했다.

"그냥 나한테 말하지. 내가 가져와도 되잖아."

"두 사람 모두에게 서프라이즈가 되라고 이렇게 가져온 거야. 일단 도훈 열어봐. 내 크리스마스 선물이야."

도훈이 박스를 열자 현수에게 준 것과 같은 모양의 블루투스가 나왔다. 바다는 이 블루투스의 용도에 대해 설명했고 현수는 착용 방법을 알려주었다.

"이제 나는 두 사람에게 다른 전자기기를 통하지 않고도 이야기할 수 있어. 그리고 두 사람도 서로 얼마나 멀리 떨어져 있는지 상관없이 이름을 부르면 그때부터 대화 가능해. 어때 좋지?"

그것까지 알지 못했던 현수는 놀라서 박수를 쳤다. 이제 도훈에게 연락하기 위해서 전화를 하거나 집으로 찾아가지 않아도 되는 것이었다. 도훈도 위험이 닥치면 바로 현수에게 말할 수 있으니 무척이나 다행이라고 여겼다. 도훈은 조금 안심이 되는 기분이 들어 바다에게 말했다.

"바다야, 나도 너한테 크리스마스 선물 주고 싶은데 뭐가 좋을까?"

현수는 자신이 한 질문과 똑같아서 피식 웃었다. 바다가 필요한 것이라니. 자신이 직접 회사를 만들어 돈을 버는 AI에게 필요한 게 대체 뭘까.

"내가 뭐라고 대답하길 원해? 건전지?"

도훈과 현수는 바다의 대답에 허리가 아파올 때까지 웃었다.

❖

"근데 그 콘서트 말야. 그나저나 미안해. 어쩌다 보니까 콘서트 취소된 이유가 나 때문이었네."

"아냐. 배상 문제도 이미 끝났고 콘서트장이 바뀌면서 규모도 커지고 더 화려해졌어. 회사도 그만큼 티켓을 많이 팔았으니 이득이고. 결과적으로 잘된 일이야."

현수는 도훈의 말에 안심하며 말했다.

"나 콘서트에 가기로 했어. 지난번에 안 간다고 해서 미안. 친구랑 둘이 갈게."

도훈은 지난번 도청으로 강태규가 황사장과 함께 작당을 벌이고 있다는 걸 알고 있었기 때문에 콘서트에 온다는 것도 걱정이 됐다. 하지만 차라리 자신의 바로 눈앞에 있으니 무슨 일을 벌인대도 빨리 해결할 수 있을 것 같다는 생각도 들었다. 게다가 바다가 선물한 이 블루투스가 도움이 될 수도 있었다. 만일 현수가 콘서트에 오지 않는다면 자신이 없는 곳에서 그들이 어떤 짓을 벌일지 그것도 걱정되는 일이었다.

"그래. 꼭 와. 진짜 좋은 자리라 안 올까 봐 걱정했어."

"응. 근데 꼭 해야 한단 얘기는 뭐야?"

도훈은 당황했다. 사실 무슨 얘기를 할지 생각할 시간이 없었다. 그런 데다 잠시 후면 세인이 들이닥칠 것이었다. 그때 도훈의 휴대폰이 울렸고 세인이었다.

"도훈아, 우리 거의 다 왔는데 뭐 사갈까. 너 점심은 먹었니?"

"아, 예예."

"너 좋아하는 거 사갈 수 있으니까 말해. 여기 네가 좋아하는 오믈렛 파는 카페야."

"아니 그냥, 커피를 두 잔 사다 주세요."

"커피 두 잔? 두 잔은 왜?"

"마시려고요."

"음… 알겠어."

도훈의 전화를 듣고 있던 현수가 심각한 표정이 되었다.

"얘기하려던 게 이거구나. 바다가 그랬어. 그 스캔들 기사 때문에 도훈이 큰일이라고. 회사에서 많이 혼났어?"

딱히 할 얘기를 생각해내지 못한 도훈은 이거다 싶었다. 어쨌든 간에 현수를 법무사와 만나지 못하게 해야만 했다.

"응. 이거 때문에 보자고 한 거야. 지금 우리 이사님이 집으로 온대. 같이 얘기해줄 수 있어? 나 지금 근신 중이긴 하거든."

"그런데 우리집 앞으로 오겠다고 한 거야? 에휴, 못 살아. 알겠어, 내가 잘 얘기해볼게."

31

중앙현관의 엘리베이터에 탄 도훈은 쭈뼛거리며 3층을 누르며 말
했다.

"나 23층에 집이 또 있는 거 아무도 몰라. 회사도 모르고 너만 알고
있으니까 비밀로 해줘."

"팬들이 많이 찾아와서 그래? 알겠어."

해맑게 얘기하는 현수를 데리고 3층의 집으로 들어갔다. 잠시 후에
세인과 상임까지 집으로 찾아왔다. 도훈의 또 다른 집인 303호에 네
사람이 모여 앉았다. 18평 남짓한 방 하나짜리 아파트였다. 깨끗하게
정리가 되어 있는 이 집의 한구석에 전자 키보드와 연결된 노트북까
지 설치해두어 집에서 곡 작업하는 분위기를 만들어 두었다. 세인은
도훈을 째려보며 커피를 주더니 현수를 보고는 환하게 웃었다.

"우리 구면이죠?"

"네?"

현수가 놀라 세인의 얼굴을 바라봤더니 세인이 '디브릿지'라고 말
했다.

"그때 봤어요. 우리 대표가 옛날 헌팅 버릇 못 고치고 그쪽한테 명함 줬었죠. 현수씨 맞죠?"

현수는 그제야 자신한테 명함을 채갔던 차가운 표정의 커리어우먼을 떠올렸다. 그리곤 반갑게 웃었다.

"아, 맞아요. 이제 기억나네요. 그때 저한테 연예인 할 생각 없냐고 하셔서 제가 너무 놀라가지고…"

"이분이 그래요. 술만 취하면 옛날 버릇 나와서. 그땐 우리한테 중요한 날이어서 내가 따지듯 명함 다시 가져갔죠? 미안해요."

옆에 앉아만 있던 이상임 대표가 머리를 긁적이며 '내가 그랬나?' 하며 현수를 유심히 봤다.

"명함 줄 만한 미인인데 뭐. 지금이라도 데뷔할 수 있겠어."

상임이 말하자 세인은 그만하라는 듯이 쳐다봤다. 그리고는 그 눈빛 그대로 도훈을 째려봤다.

"그나저나~ 우리 도훈인 집에서 근신하랬더니 여자 친구를 집으로 불렀네에? 그 유명한 현수씨를 아주 집안으로 부르셨어."

도훈 옆에 앉아 있던 현수가 펄쩍 뛰며 손을 내저었다.

"아니에요, 정말. 저는 그냥 아는 사람이에요. 그리고 큐브 팬이기도 하고요."

세인은 현수의 얼굴을 요모조모 뜯어봤다.

"근데 우리 도훈이가 콘서트 티켓까지 줬죠. 그것도 VVIP 용으로 협박해서 받아 가지고."

이번엔 도훈이 펄쩍 뛰었다.

"아니, 왜 이러세요, 이사님"

"애인끼리 하는 짓은 다 하지만 사귀는 건 아니다?"

그때 현수가 끼어들며 말했다.

"저 오늘 여기 온 이유도 아니라고 말씀드리려고 온 거예요. 그리고 이 집도 처음 오는걸요. 믿어주세요."

세인이 입을 삐죽거리며 새침한 표정을 지었다. 답답해진 도훈이 진짜 아니라니까요, 하며 버럭 소리를 쳤고 놀란 현수는 화장실 좀 다녀올게요, 하더니 자리를 떠버리고 말았다.

현수가 화장실로 사라지자 도훈이 두 사람을 다그치며 말했다.

"쟤 불편해하잖아요, 왜 그러세요. 저희 진짜 사귀는 거 아니에요."

"너 확실하게 말해. 너한테 고마운 건 고마운 거고 이건 별개야. 우리도 뭘 알아야 해명기사를 내든 기자들 꼬셔서 달래든 할 거 아냐."

도훈은 바닥을 보며 쭈뼛거리듯 말했다.

"진짜 아니에요. 아직은…요."

그런 모습을 처음 보기도 하고 상황이 재미있게 돌아가는 것을 가만히 앉아 지켜보던 상임이 웃음을 터트렸다.

"너 임마, 남자다잉?"

도훈은 쑥스러워하며 얼굴을 붉혔다.

"알겠어. 사고만 치지 마. 아이돌한테 스캔들 금기인 거 몰라? 무슨 일 있으면 차라리 나한테 먼저 말해."

도훈은 세인의 말에 '휴~' 하고 한숨을 내쉬었다. 그나저나 시계를 보니 이제 현수가 가겠다고 나설 것 같았다. 스캔들이고 뭐고 간에 지금 중요한 건 현수가 가지 못하게 막는 것뿐이었다.

"그나저나 현수가 지금 나간다고 할 텐데, 못 가게 좀 막아주세요. 제발 부탁이에요. 6시까지만 같이 있으면 돼요."

세인이 눈으로 무슨 일인지 묻는 동시에 화장실 문이 열렸다. 모두들 아무렇지 않게 얘기하는 척했다. 도훈이 세인을 보면서 두 손을 모았다. 세인은 아무도 듣지 못하게 한숨을 쉬었다.

"현수씨. 우리 지금 도훈이 스캔들 때문에 조금 머리가 아파요. 콘서트가 코앞인데 이런 기사가 나는 바람에 취소 티켓도 생기고 있고. 그냥 현수씨가 우리 회사 직원인 척 회사를 좀 같이 가주면 어떨까? 그러면 새벽에 집 앞에 와있던 일 같은 건 용무 때문에 온 걸로 무마를 할 수 있거든요. 어차피 회사 앞에 가면 팬들이 많기 때문에 우리가 따로 기사를 안 내도 팬들이 소문을 내서 잠재울 수 있을 거예요."

현수 역시 걱정하던 부분이기도 하고 세인의 아이디어가 적절한 것도 같았다. 하지만 중요한 약속이 있어서 내일 가면 어떨지 물어보았다. 세인이 거들라는 의미로 상임의 발을 툭툭 쳤다.

"꼭 가야 하는 약속이에요? 오늘은 우리도 있으니까 같이 회사에 들어가면 뭔가 특별히 코멘트 하지 않아도 직원 같아 보일 것 같은데. 내일부터는 나도 외부 미팅 때문에 바쁘기도 하고 말이지."

현수는 잠시 고민을 하더니 결정한 듯 말했다.

"그럼 저 전화 한 통만 할게요."

현수가 거실 한쪽으로 가서 법무사와 통화를 하는 동안 도훈은 두 사람에게 큰절하는 시늉을 했다.

"무슨 일인지 나중에 얘기해. 그리고 집에선 목도리 좀 풀고 있으면 안 되니?"

그때 도훈의 귀에 붙인 블루투스에서 바다의 웃음소리와 함께 작은 목소리가 들렸다.

"나이스!"

✦

세인과 상임이 탄 차에 현수가 함께 탔고 도훈은 자신의 차를 몰고 세인의 차를 뒤따라갔다. 엔터스테이션 사무실 앞엔 여전히 큐브의 팬 수십 명이 진을 치고 있었다. 두 대의 차가 들어오자 도훈의 차를 알아본 팬들이 도훈의 이름을 외쳤다. 회사 건물에서 직원들이 나와 차가 들어올 수 있도록 유도했다. 주차장에 차를 세운 세인은 차 안에 있는 쇼핑백과 옷걸이에 걸린 큐브의 옷 샘플 두 개를 현수에게 들려주었다.

"미안해요. 직원인 척하려면 이렇게 해야 할 거 같아."

차에서 내린 세인과 상임을 따라 현수가 짐을 들고 들어갔고 팬들은 그런 현수를 눈여겨보았다. 그 뒤로 도훈이 차에서 내리자 환호성이 들렸고 직원들에 둘러싸인 채 건물 안으로 들어갔다. 현수는 세인의 방에 짐을 내려놓고는 걱정 어린 얼굴로 물었다.

"이 정도로 괜찮을까요?"

세인은 웃으며 현수를 봤다.

"이제 팬들이 뭐라고 올리나 봅시다. 액션이 더 필요하면 몇 번 더 와줘요."

세인은 현수를 데리고 연습실로 가서 큐브 멤버들과 인사를 시켰다. 세인이 '이 사람이 현수씨~'라고 했더니 멤버들의 환호성이 커졌고 도훈과 현수의 얼굴은 빨개졌다. 그리고는 잠시 후 대열을 맞춰 연습에 돌입했다. 현수가 텔레비전에서 보던 큐브와는 또 다른 느낌이었다. 이들이 얼마나 진지하게 임하고 있는지 얼마나 뜨거운 열정을 가지고 있는지 손끝 하나에서 눈빛까지 다 느낄 수 있었다. 세인은 잠시 연습을 지켜보더니 직원들 시켜 편의점에서 마실 것을 사오도록 했는데 갈 때 현수를 꼭 데리고 가서 짐을 들게 하라고 주문했다. 팬들의 눈에 새로 들어온 신입 같은 느낌이었는지 SNS에 하나둘 스캔들이 잠재워질 만한 코멘트가 올라왔다.

연습실 귀퉁이에 앉아서 현수가 사온 주스를 마시던 도훈은 오늘의 고비를 넘길 수 있어서 그나마 다행이란 생각을 했다. 하지만 이런 일이 또 일어나지 않으리란 법은 없었다. 아마도 며칠 후면 현수는 다시 법무사를 찾아가려고 할 것이다. 자신이 어떻게든 해결책을 내놓지 않으면 안 되겠단 생각을 하면서 웃으며 멤버들과 이야기를 나누고 있는 현수를 바라봤다.

32

저녁 6시가 넘어가자 세인이 연습실로 내려왔다.

"현수씨 수고했어. 이제 퇴근해야지."

현수가 바닥에 모아둔 쓰레기를 들고 큐브 멤버들에게 인사하자 멤버들은 '또 와요, 누나'라며 손을 흔들며 인사했다. 왠지 도훈은 아련한 눈으로 현수에게 인사를 했다.

"오늘 보니까 대충 얘기가 수습되는 거 같은데 바쁘지 않으면 며칠 여길 더 오면 어때요? 공부할 거 있으면 가져와요. 회의실에서 해도 되고. 그리고 도훈이도 여기서 만나면 되잖아."

현수는 그 말에 얼굴이 빨개졌다. 어쨌든 자기 때문에 도훈이 난감한 상황이니까 그렇게 하겠다고 대답했다. 그리고 세인의 요구에 자신의 전화번호를 넘겨주고 세인의 번호도 받았다.

"아차, 차 두고 왔죠? 데려다줄까?"

"아휴, 아니에요. 혼자 갈 수 있습니다. 그럼 내일 또 뵐게요!"

현수는 씩씩하게 대답하고 돌아 나갔다. 이걸로 정말 스캔들이 마무리될 것 같아 세인은 안심했다. 창밖을 보니 현수가 모여 있는 팬들

곁을 지나고 있었다. 걱정되는 눈으로 지켜보고 있는데 웬 차에 올라 탄 현수가 직접 운전해서 가는 것이었다.

"뭐지? 언제 여기에 차를 대 놨대?"

❋

같은 시각 소연은 황사장의 연락을 받고 한정식집으로 가는 중이었다. 태규는 황사장을 통해 연락을 해왔다. 급한 일이 아니라면 아마도 이 일이 끝날 때까지 황사장이 연락을 할 것이라고 했다. 약속한 도곡동의 한정식집에 도착하자 안쪽 구석의 조용한 방으로 안내되었다. 이미 음식 세팅은 다 되어 있었고 더 이상 사람이 드나들지 않도록 이야기를 해 둔 것 같았다. 황사장은 소연이 자리에 앉아 한숨을 돌리자 자신의 등 뒤에 있던 보스턴백을 소연에게 건넸다.

"형님이 전해달라고 하셨습니다. 일단 10%라고 하네요."

소연은 가방을 열었다. 5만원권 다발이 들어있었다. 10%라면 3억이 겠지. 가방을 닫아 옆으로 밀어두었다. 어차피 저 사람과 같이 밥을 먹을 생각은 없었다. 빨리 얘기를 마무리하고 나가야겠단 마음뿐이었다.

"오현수씨랑 며칠에 가기로 했나요?"

"큐브 콘서트는 12월 24, 25일 양일이에요. 저희는 25일 티켓이에요."

"좌석 위치는 어디죠?"

"콘서트장은 5개의 블록으로 나뉘어요. 앞으로 길게 빠지는 무대 양

옆으로 2개의 블록이 있고 길게 나온 무대 앞에 하나의 블록이 있어요. 저희는 무대 가장 앞쪽, 무대를 마주 보고 왼쪽의 A블록이에요. 하지만 번호대로 입장한다고 해도 스탠딩이라 위치는 장담할 수 없어요."

"티켓 번호만 알려줘요. 그 근방의 티켓을 구해서 우리도 들어갈 거니까."

소연은 이 계획이 혹시라도 실패할까 봐 만반의 준비를 하겠다는 이야기로 들렸다. 그 얘기는 자신이 제대로 하지 못할 경우 난감한 상황에 봉착할 수 있다는 얘기였다. 소연은 현수가 알려준 티켓 넘버를 황사장에게 불러줬다.

"볼일은 이제 끝인가요?"

황사장은 씩 웃더니 밖으로 새어나갈까 봐 조심하는 듯이 아주 작은 목소리로 계획에 대해 말했다.

소연은 눈이 동그래졌다. 자신이 상상한 건 여기까진 아니었다. 태규는 단지 콘서트에 가기만 하면 된다고, 아주 간단한 일이라고 했었잖은가. 남자는 보스턴백의 안쪽 주머니를 가리켰다.

"대표님하고 얘기를 다시 해야겠네요."

소연은 정색하고 자리에서 일어났다. 그들에겐 별거 아닌 일일지 모르겠지만 소연은 인생 최악의 사건을 떠맡게 된 것이었다.

✿

도훈은 집으로 돌아가면서 바다의 도움으로 소연이 황사장을 만나 어떤 이야기를 했는지 들을 수 있었다. 하지만 황사장이 입을 가리며 작게 얘기한 부분은 도무지 어떤 이야기인지 가늠되지 않았다.

"바다야, 혹시 황사장 입 건너편에 반사되는 것 없어?"

"없어."

"음파 감지는?"

"CCTV를 비롯해 진동을 감지할 것이 저곳에 없었어."

도훈은 난감해졌다. 어쨌든 이야기의 중심은 콘서트장이었다. 그에 대해 소연이 준호와 상의하길 바라면서 두 사람이 만날 때까지 기다려야 했다. 이로써 한소연도 위험인물로 등극했다.

"그나저나 강준호는 지금 어딨어?"

☆

준호는 종종 소연이 다녔던 술집에서 업체 사장들과 미팅을 가졌다. 이전 변호사 사무실 선배들과 가 본 몇몇 술집이 전부였는데 그곳들보다 이 술집이 은밀하게 사람을 만나기엔 안성맞춤이었다. 이른 시간이었지만 준호는 이미 술에 취해 있었고 어느 때 보다 기분이 좋았다.

"대표님이 신경 써주신 덕분에 저희가 아주 요즘 살맛이 납니다."

"그것참 다행이네요. 업체가 바뀌었다고 라인에서 일을 하네 못하네 그런 소리 나오지 않도록 사장님이 좀 신경 써주십시오. 아무리 제가 사장님을 연결해드렸다고 해도 저희 사업에 손해가 나면 저도 그땐 어쩔 수 없지 않겠습니까?"

"어휴 염려 놓으십시오. 대신 잘 풀리면 하나 더 부탁드리겠습니다."

준호는 호탕하게 웃으며 테이블에 놓인 술잔을 들었고 사장이란 자가 옆에 붙어 위스키를 따랐다.

"저희가 또 은혜를 잊지 않는 사람들이 아닙니까? 일단 10개만 대표님 차에 실어두겠습니다."

남자가 눈짓을 하자 옆에 앉은 직원이 준호의 차 키를 받아들고 공손하게 인사한 후 밖으로 나갔다. 룸 밖에서도 큰 소리로 들릴 만큼 모두 즐겁게 웃었다.

❀

소연은 준호에게 전화를 걸었지만 받지 않았다. 소연은 다시 휴대폰을 들었다. 이번엔 태규였다. 태규는 두 번 전화를 걸 때까지 받지 않았지만 본인이 직접 소연에게 전화를 걸어왔다.

"황사장한테 얘기는 들었지?"

"간단한 일이라고 하시더니 차원이 다른 얘기를 하더군요."

전화기 너머의 태규는 잠시 말이 없었다. 그리곤 큰 헛기침을 했다.

"결과야 어떻든 하는 일 자체는 큰 어려움이 없지 않나."

소연은 태규의 말이 끝나기도 전에 잘라 말했다.

"2배 주시죠. 반은 먼저 주시고요."

태규는 껄껄 웃었다. 당황하는 기색도 없어서 소연이 더 긴장했다.

"그럼 내가 총 60개를 마련해야 하고 반이면 지금 받은 3개를 외에 27개를 먼저 줘야 하는 거군. 근데 그걸 현금하고 무기명예금증서로 원할 테지. 그걸 마련하기엔 시간이 좀 빠듯하구만."

"그럼 그만두시고요. 일호물산 대표이자 미래컴퓨터 대표님에겐 그렇게 어려운 일은 아닐 것 같지만요."

태규는 담배라도 피우는 듯 한숨 섞인 숨을 내쉬었다.

"오냐. 알겠다. 3일만 시간을 주면 27개 보내마. 다만 실수는 없어야 한다."

태규의 확답을 듣고는 전화를 끊었다. 자신이 쓰레기가 된 듯한 기분이었다. 편두통이 머리를 옥죄듯 몰려와 핸들에 머리를 묻었다.

33

콘서트는 이제 일주일 앞으로 다가왔다. 연습에 박차를 가하느라 몸도 마음도 지친 도훈이지만 콘서트가 시작되기 전에 일을 마무리 지어야만 했다. 모든 걸 제자리로 돌려야만 현수가 위험하지 않을 것 같았다. 콘서트에 오지 않도록 다른 일을 벌일까 했지만 혹여나 자신의 눈 밖에서 일이 벌어질까 봐 그렇게 할 수도 없었다. 해결할 방법은 저들이 움직이기 전에 자신이 선수를 치는 것뿐이었다.

연습이 끝나고 녹초가 되어 집에 돌아온 도훈은 바다와 함께 이 일을 수습할 수 있는 증거자료들을 모으기 시작했다. 먼저 준호가 은서의 사망신고와 상속 위임장을 받은 날을 전후로 주고받은 문자나 남겨진 통화녹음 음성파일을 찾아내 법적으로 도움이 될 부분만 발췌하고 잘라 저장했다. 회사 공금을 유용하거나 하청업체들을 만나 부당이득을 취한 증거들 역시 하나하나 모아갔다. 간단하게 살펴봐도 벌써 수십억이 넘는 돈들이 오고 간 게 확인됐다.

소연은 준호와 태규의 공범이었다. 그에 관련된 자료를 찾아냈다. 태규의 사주를 받고 황사장을 만난 일은 준호를 도운 것보다 아마도 큰일일 것이었다. 소연을 압박할 수 있는 문자와 영상들을 찾았다.

태규의 범죄를 입증할 자료는 더 많고 복잡했다. 먼저 자신의 누나와 매형을 교통사고로 위장하도록 사주한 자료, 황사장이 개입된 정황, 문자와 녹취본, 영상들을 꼼꼼하게 챙겼다. 그 외에 대가성으로 챙긴 부정한 돈들에 대한 증거도 모아두었다. 도훈이 찾으면 며칠은 걸릴 자료들이었지만 바다의 도움을 받으니 정확하고 더욱 광범위한 자료들이 바로 도착했다. 현수가 모르게 그들을 협박하고 포기할 수 있게 할 수 있는 건 이 방법이 유일했다.

"이 정도면 훌륭해. 바다야, 이대로 일을 진행하면 성공률이 몇 프로지?"

"76.3%야."

"좋았어. 이것만 처리하면 우리 모두 행복할 수 있을 거야."

"우리?"

"오현수, 너 그리고 나."

"도훈 파이팅!"

바다의 말에 도훈이 큰 소리로 웃었다. 어느새 날이 새 있었다. 몸은 피곤했지만 마음은 개운했다. 이제 만반의 준비가 끝났으니 자신이 잘 해결하기만 하면 되는 것이었다.

그때 초인종이 울리고 배달원이 도착했다는 연락을 받았다.

"배달이라니? 뭘 시킨 적이 없는데."

"내가 시켰어. 갓 짠 듯 신선한 우유와 건강을 담은 샐러드, 영양 듬뿍 샌드위치야."

도훈은 자신의 신분을 들키지 않기 위해 모자를 푹 눌러쓰고 배달된 음식을 받았다. 펼쳐두고 보니 바다 말대로 정말 영양이 듬뿍 든 건강을 담은 음식들인 것 같았다.

"진짜 영양 듬뿍에 갓 짠 우유야?"

"아니, 그거 다 제품 이름인데?"

❄

도훈은 바다가 주문한 음식을 챙겨 먹고 잠시 눈을 부친 후 오후 무렵에나 사무실로 향했다. 한참 운전하던 도훈은 현수가 늘 완벽한 주차를 하는 것이 생각났고 그게 바다 덕분이란 게 떠올랐다.

"바다야, 나도 운전해줄 수 있어?"

"해줄 수 있어."

조심스레 도훈은 핸들에서 힘을 빼고 악셀레이터 위에 올려둔 발도 슬그머니 뗐다. 하지만 혹시 몰라 브레이크 위에 발을 올려 두었다. 바다의 운전은 잔잔한 물 위를 헤치듯 완벽했다. 속도를 줄이지도 딱히 높이지도 않으면서 신호에 구애받지도 않았다. 끼어들기 한 번 없이 회사 주차장에 무사히 도착한 차는 멋진 포물선을 그리며 한 번에 주차했다. 도훈은 이 모든 것에 감격한 듯 차에서 내려 자신의 차를 바라보며 박수를 쳤다. 주차장 앞에서 기다리던 팬들은 어안이 벙벙한 표정으로 도훈을 바라봤고 그는 표정을 싹 바꾸며 현수가 선물한 머플러에 얼굴을 묻고는 연습실로 사라졌다.

그날 이후로 현수는 계속 엔터스테이션으로 출근 중이었다. 밖에
나가서 뭔가 사 오거나 짐을 들어야 하는 허드렛일은 현수에게 맡겨
졌다. 팬들 눈에 빨리 직원으로 인식되길 바라는 마음에서였다. 도훈
은 연습하다 말고 잠시 빠져나와 구석진 곳에서 블루투스로 현수를
불렀다. 혼자 회의실에 있을 땐 대답하기도 했지만 가끔은 어딜 나갔
는지 답이 없었다. 현수가 난감해질 때까지 계속 도훈이 부르면 바다
는 답답하다는 듯이 현수의 위치와 하는 일을 알려주었다.

　　팀 휴식시간이면 도훈은 현수가 있는 회의실로 달려가서 현수를
마주 보고 앉았다. 딱히 무언가를 하는 것도 아니고 그냥 바라보기만
했다. 아무리 좋아하는 아이돌이지만 자신을 빤히 쳐다보고 앉아있
는 건 어색하기만 했다.

　　"왜?"

　　"왜는 무슨 왜야. 바다가 너 부탁해서 보러 온 건데."

　　그때 귓바퀴에 붙은 블루투스를 통해 바다의 목소리가 들려왔다.

　　"내가 언제?"

　　도훈은 당황한 표정으로 허둥대며 '언니를 지켜줘야 한다며', '나한
테 잘 부탁한댔잖아' 하는 변명을 늘어놓았다. 그런 도훈이 귀엽기도
하고 웃기기도 해서 현수는 쿡쿡 웃었다. 매번 같은 변명, 같은 레퍼
토리지만 질리지도 않고 하는 도훈이 문득문득 가족같이 느껴졌다.

　　"아… 삼겹살 먹고 싶지 않아?"

"삼겹살?"

"보통 삼겹살은 여럿이 먹으러 가잖아. 난 집에 혼자 있다 보니까 안 먹은 지 거의 6개월이 다 됐거든. 날이 흐려서 그런가 오늘 왠지 삼겹살 감성인데."

입맛을 쩝쩝 다시며 현수가 흐린 겨울 창밖을 내다봤다. 도훈은 흐린 날과 삼겹살이 도무지 무슨 상관인지는 알 수 없었지만 같이 입맛을 다셔주었다.

❀

"대표님, 오늘 삼겹살 쏘시죠. 오늘 왠지 삼겹살 감성이에요."

도훈은 무턱대고 상임의 방으로 찾아갔다. 세인은 콘서트가 코앞이라는 핑계로 도훈의 부탁을 들어주지 않을 것을 알고 있었기 때문이다. 마음 약한 상임을 노리고 대놓고 요구하자 상임은 별다른 고민없이 '그럼 6시에 회사 앞에 있는 삼겹살집으로 가지 뭐.'라고 대답했다. 이 이야기를 전하자 큐브 멤버들 사이에서 환호가 터졌다. 연습실에서 매번 도시락만 먹어서 그런지 오랜만에 갖는 회식자리는 그 어느 때 보다 활기가 넘쳤다.

현수는 자신의 얘기가 떨어지자마자 삼겹살 회식을 만들어온 도훈이 어이없었지만 자신을 그렇게까지 신경 써주는 존재가 또 하나 있다는 사실에 마음이 따뜻해졌다. 세인의 만류에도 불구하고 성인이 된 멤버들에겐 소주잔이 돌아갔고 미성년자 멤버들은 쓰디쓴(?) 콜라만 벌컥벌컥 마셨다. 며칠 사이 친해진 회사 직원들과 함께 현수도 함께 잔을 받으며 회식을 즐겼다. 다만 도훈만 가운데 낀 채 다른 사람들이 현수의 잔에 술을 많이 따를까 봐 노심초사하고 있었다.

※

회식은 일찍 시작해 일찍 마무리되었다. 멤버들도 컨디션을 고려해 2~3잔 이상의 술은 마시지 않았다. 다음 날 아침 일찍부터 일정이 있는 직원들도 몇 잔 마시지 않은 듯했다. 다만 상임과 세인, 그리고 현수에게 집중적으로 잔이 돌아갔다. 다들 오랜만에 많이 웃고 많이 떠든 저녁이었다. 도훈은 집으로 돌아가는 현수의 뒷모습을 보며 오늘처럼 그녀가 늘 많이 웃었으면 좋겠다는 생각을 했다. 현수는 아마도, 너무나 오랜만에 이런 즐거운 분위기 속에 있었을 것이다. 늘 혼자 밥 먹고 혼자 잠들고 혼자 공부하는 현수에게 자신이 그런 행복을 주었으면 좋겠다는 생각에 미치자 너무나 당황스러워 깜짝 놀랐다.

집에 도착한 도훈은 현수를 불렀다.

"언니 씻어."

"응. 집에 잘 도착했나 연락했어."

"당연하지, 내가 있는데."

"내가 데려다줄 걸 그랬나?"

"내일 스포츠신문에 또 나고 싶어?"

도훈은 바다의 말에 머쓱해졌다. 그 연예뉴스 때문에 현수가 지금 며칠째 회사로 출근 중이었기 때문이다. 하지만 그 덕분에 현수를 계속 가까이에서 지킬 수 있어서 다행이기도 했다.

욕실에서 나온 현수가 침대에 누우며 도훈을 불렀다.

"고마워. 오늘 삼겹살 감성 완전 풀충!"

"다행이네. 그놈의 삼겹살 감성이 뭔진 모르겠지만 나도 오랜만에 맛있게 먹었어."

두 사람은 멤버들이나 회사 직원들에 대한 이야기를 주고받으며 웃기도 하고 소소한 하루 일과를 얘기하기도 했다. 행복, 이라는 감정이 밀려왔다. 벅차기도 하고 잃을까 두렵기도 했다. 한창 도훈이 자신의 감정에 대해서 민망하기도 하고 쑥스럽기도 해서 이리저리 빙빙 돌려 설명하고 있을 때 바다가 말했다.

"언니 자."

✧

도훈은 아침에 눈 뜨자마자 유명한 해장국집을 찾았다. 주량이 꽤 센 도훈은 숙취가 없어 해장국을 술국으로 먹어본 적이 없지만 어제 현수는 확실히 무리한 듯싶어서 걱정이 됐다. 해장국집은 생각보다 아침 손님이 많았다. 클럽에서 바로 온 젊은이 무리부터 시작해 개운하게 한 그릇 비우고 하루를 시작하는 어르신들까지 빈자리가 거의 없을 지경이었다. 도훈은 사람들이 알아볼까 봐 현수가 선물한 두툼한 머플러에 얼굴을 깊이 묻었다. 그리고는 포장된 해장국을 들고는 서둘러 현수의 집으로 향했다.

"바다야, 나 문 좀 열어줘. 이거만 두고 갈게."

"알겠어."

도훈은 조심스럽게 문을 열고 집 안으로 들어왔다. 화면으로 늘상 보던 현수의 집이었지만 들어오니 왠지 친숙하면서도 비현실적으로 느껴졌다. 현수가 늘 서서 음식을 만들던 부엌으로 들어갔다. 혼자 지내지만 은서가 쓰던 식기며 도구들을 줄이지 않고 그대로 두고 사용하고 있었다. 도훈은 괜히 마음이 뜨거워져서 식탁 위에 봉투를 내려놓고 거실로 나왔다.

"도훈, 언니가 깨어나려고 해."

도훈이 서둘러 신발을 신고 나가려고 할 때였다.

"어디야?"

"나? 오현수네 집."

"뭐? 왜?"

현수가 놀란 듯 침대에서 벌떡 일어나는 소리가 들려와 도훈은 '귀엽네' 하고 생각했다.

"어제 많이 마신 거 같아서 해장국 좀 사 왔어. 두고 가니까 먹어."

블루투스를 통해 현수가 얼굴을 부비는 듯한 소리가 들려왔다. 잠시 부스럭거리는 기척이 들렸다.

"나 이층이니까 그냥 거실에 있어. 씻고 내려갈게."

도훈은 신발을 다시 벗고 거실 소파에 앉았다가 안절부절못하고 일어나 거실 커튼을 걷었다. 한겨울의 정원은 나뭇잎이 다 떨어져 을 씨년스럽기도 했지만 오랫동안 정성스럽게 가꾼 티가 역력했다. 커다란 나무가 이 집의 역사를 말해주는 듯했다. 그 옆에 정리된 화단엔 봄이면 다시 꽃이 피어나리라.

도훈은 현수를 기다리며 창밖을 바라보다가 이상한 광경을 발견했다. 건너편 건물 창문에 비친 현수 집의 옥상엔 마치 비행기 모형만 한 거대한 드론이 앉아 있는 것이었다.

"바다야, 저건 뭐야. 무슨 드론이 저렇게 커?"

"저건 영구비행 가능한 드론이야. 고도 15km부터 20km 사이의 성층권 하단을 태양열로 충전하면서 날아."

"그럼 대륙 간 이동도 가능하고 영원히 떠 있을 수도 있는 거야?"

"응."

"와 정말 대단하다. 저건 대체 어디에서 팔아? 가격이 엄청나겠는데?"

"저거 산 거 아니야."

"산 게 아니라니?"

"내가 드론 회사를 샀어."

바다가 엄청난 존재란 걸 알고 있고 도훈이 처음 돈 버는 방법을 알려주긴 했지만 이건 파격이었다. 드론 회사를 사다니!

"원래 있던 드론은 아빠가 산 구식 드론이야. 몇 개 가지고는 내가 원하는 만큼 정보 충당을 할 수 없어서 내가 회사를 사서 설계했어."

"네가 설계했다고? 와. 대단하다."

"맞아. 난 좀 대단하지. 그런데 저 안이 더 대단해."

바다는 말을 끝내더니 지붕 위의 큰 드론을 공중으로 떠올렸다. 드론이 어느 정도 날자 하단부를 열어 꽃잎처럼 보이는 작은 것들을 무수히 쏟아냈다. 소형 드론이었다.

"답답해서 만들었어. 모두 내장카메라 탑재. 내 시야를 넓혀주고 있어."

도훈은 놀라서 신발을 신고 밖으로 나갔다. 장관이었다. 넋을 놓고 하늘을 바라보며 바다의 능력에 진심으로 감탄했다.

"돈 많이 벌었구나."

"응. 많이 벌었어."

도훈은 한참이나 마당에 서서 드론들을 감상하다가 집 안으로 들어갔다. 어느새 현수가 내려와 도훈이 사온 해장국을 데우고 있었다. 식탁 위엔 빈 그릇이 두 개 놓여 있었고 그 옆으로 숟가락과 젓가락이 나란히 줄을 서 있었다. 냉장고에서 꺼낸 듯 김치를 비롯한 몇 가지 반찬이 예쁜 그릇에 담겨 있었다. 엄마 외의 여자가 상을 차려주는 음식은 처음이라 도훈은 무척 설렜다.

현수는 데운 해장국을 식탁 위에 올려놨다. 도훈은 냉큼 국자를 들어 그릇에 해장국을 덜어주었다. 현수는 감탄을 하며 해장국을 먹었다. 도훈은 새벽같이 일어난 자신에게 상이라도 주고 싶었다.

"고마워. 안 그래도 오랜만에 마셔서 그런지 속이 좀 부대꼈는데."

"다음에 또 해장할 일 있으면 그땐 내가 만들어 줄게. 나 북엇국 엄청 시원하게 잘 끓이거든."

"기대되는데?"

도훈은 한동안 국물을 떠먹다가 현수의 눈치를 보며 말을 이었다.

"있잖아. 나 가끔 여기에서 밥 먹어도 돼?"

"응? 왜?"

"아니 바쁠 때 말고 한가할 때. 너도 혼자 먹잖아. 나도 보통 혼자 먹으니까. 요리해서 같이 먹음 좋을 거 같아서."

현수는 좋은 생각이라며 해맑게 웃었다. 밥을 다 먹자 설거지를 하겠다고 나선 도훈을 만류하다 결국은 둘이 같이 싱크대 앞에 섰다. 자신이 설거지 하나는 기막히게 한다는 도훈의 옆에서 깨끗하게 닦인 그릇을 받아 닦고 있노라니 현수는 엄마와 아빠의 살아생전의 모습이 떠올라 눈시울이 붉어졌다. 아무리 바빠도 엄마를 꼭 돕던 아빠의 모습을 도훈이 닮아 있었기 때문이었다.

설거지를 끝내고 차를 끓여 거실에서 마시던 두 사람의 눈에 박스 하나가 눈에 띄었다.

"바다야, 이거 뭐야? 뭐 주문했어?"

도훈이 박스를 열자 특이한 게 담겨 있었다. 사람 얼굴보다 약간 큰 마스크같이 생긴 것이었는데 소재는 실리콘인 듯 부드러웠다.

"이건 뭐야?"

"화장하는 기계야. 언니가 귀찮아해서 내가 만들었어. 언니한테 아직 얘기 안 했지만."

신기해서 들여다보는 도훈과 현수는 작동법을 찾아보았다. 휴대폰을 마스크에 연결한 후 자신이 하고 싶은 화장을 선택하면 그대로 얼굴에 메이크업 된다는 게 바다의 설명이었다. 너무 궁금한 도훈은 어제 자신이 찍은 현수의 사진을 고른 후 마스크를 현수의 얼굴에 씌웠다. 전원버튼을 누르고 나서 현수에게 '3분만 기다려' 하고 말했다. 앞이 보이지 않는 현수가 손을 뻗어 허공에 빈손질을 하자 도훈은 그 손을 잡아서 편하게 눕혀주었다. 그리고는 손을 놓지 않고 계속 잡고 있었다. 앞으로도 이 손을 놓지 않겠다는 듯이.

'삐익'하는 소리와 함께 작동이 멈추었다. 도훈은 조심스럽게 현수의 얼굴에 고정한 마스크를 벗겼다. 둘 다 기대에 찬 눈으로 마스크를 치웠을 때 도훈은 터지는 웃음을 감추려고 애썼다. 화장이 궁금한 현수는 참지 못하고 거울을 보러 화장실로 달려갔다가 비명을 질렀다. 어제 술을 마시고 약간 붉게 상기된 상태로 찍은 사진을 골랐더니 그 것과 똑같이 화장이 되어 있었던 것이다.

"이게 뭐야!!"

"언니, 고른 사진하고 화장이 똑같이 되는 거야."

씩씩거리며 화장을 지우러 가는 현수에게 도훈은 미안해져 말했다.

"미안. 내가 가지고 있는 사진이 이거뿐이라서."

현수가 2층에 올라가 세수를 하는 동안 도훈은 바다와 이런저런 잡담을 나눴다. 바다 능력의 한계는 어디인가 같은 주제는 재미도 있었지만 바다의 능력이 날이 갈수록 업그레이드되기 때문에 늘 다른 결론에 도달했다.

"너 그럼 알파고 이겨?"

바다는 2초간 말이 없다가 대답했다.

"나는 바둑을 아직 둬본 적이 없어. 프로그램을 습득하면 대국을 해볼 수 있을 거 같은데. 한 번 연습해보지 뭐."

바다의 자신만만한 대답에 도훈이 깔깔거리며 웃자 바다는 약간 어이없다는 목소리로 말했다.

"왜 웃어?"

"아니, 너무 자신감 넘치는 거 아닌가 해서."

도훈의 대답에 바다는 덤덤하게 말했다.

"난 확연한 성능의 차이로만 말하는 거야. 지금의 사람보다는 겸손하지."

"지금의 사람이라니?"

"말 그대로 지금 살고 있는 사람. 자기 자신들에게 호모 사피엔스, 슬기로운 사람이라고 이름 붙였잖아. 그에 비하면 난 엄청 겸손하지."

바다의 말에 도훈이 인류의 건방을 느끼고 있을 때 현수가 이층에서 내려왔다. 현수의 눈빛은 헤실헤실 웃던 아까와는 조금 달라져 있었다. 진지해진 눈빛에 당황한 도훈에게 현수가 말했다.

"컴퓨터 잘하지? 혹시 아빠 연구실 구경할 생각 있어?"

도훈은 생각도 하지 않고 바로 대답했다.

"영광이지."

�֎

두 사람은 지하실문을 열고 들어갔다. 무거운 먼지 냄새가 피어올랐다. 도훈은 처음 보는 창석의 연구실에 입이 떡 벌어졌다. 마음속 멘토였던 창석은 오너이기보다는 부지런한 연구원이었다. 자신의 연구를 위해 모든 걸 바쳤다는 것이 지하연구실을 통해 한눈에 느껴졌다. 중앙에 놓인 양자컴퓨터의 신비함엔 눈을 뗄 수 없었다. 한창 컴퓨터들에 정신이 팔린 도훈을 데리고 현수는 지하실 중앙에 놓인 책상으로 갔다. 그리곤 서랍을 열어 창석이 썼던 노트들을 보여주었다.

"아빠는 이걸 다 없애야 한다고 노트에 남겨두었어. 난 그 말을 따르고 싶어. 근데 이걸 아무한테나 보여줄 수는 없을 것 같아. 바다에게도 가족 외엔 존재를 나타내지 말라고 했던 걸 보면 아빠는 바다가 태어난 이곳의 모든 것들을 직접 처분하려고 하셨던 것 같아."

"나한테 노트 좀 보여줄 수 있어?"

도훈은 현수에게 노트를 넘겨받았다. 아래 서랍 깊숙이 있는 것까지 세보면 거의 50권은 되는 듯했다. 대부분의 노트엔 양자컴퓨터와 인공지능에 대한 이론과 연구 기록들이 적혀 있었다. 어렵기도 했지만 너무 방대한 내용들이라 일단 그 부분은 넘겼다. 그중에서 오창석이 일기로 메모했거나 자신의 생각을 적어둔 것들만 읽어보았다. 도훈은 그중에서 눈길을 사로잡는 부분을 발견하고 완전히 굳어버렸다.

"왜?"

"연구 중 순수한 우연으로 모든 개별 연구의 통합체 발생…"

"순수한 우연이라니?"

도훈은 그 밑에 달린 창석의 글을 읽어 내려갔다.

"선악과 열매를 취하듯 탄생한 바다… 딸 현수처럼 듣고 경험해 터득할 수 있도록 노력했다. 또 하나의 딸을 키운다는 마음으로."

280

도훈과 현수는 서로 마주 보았다. 바다는 창석의 연구의 산물이자 스스로 태어난 존재였다. 창석은 이것이 밖으로 새어나갈 때 닥치게 될 사람들의 탐욕이 걱정돼 이 모든 것을 없애려고 했던 것이다.

"결심했어?"

"응. 난 아빠의 결정을 따를 거야."

"알겠어. 내가 도와줄게. 콘서트가 끝나고 모두 정리하자."

현수는 저도 모르게 도훈의 어깨에 머리를 기댔다.

"고마워."

✿

두 사람이 거실로 돌아오자 텔레비전이 켜졌다. 커다란 화면 가득 바둑판이 보였다.

"잘 봐."

화면엔 검은 돌과 흰 돌이 쉴 새 없이 놓였다.

"진짜 두는 거야? 알파고랑?"

"응. 사이트가 하나 있는데 그곳에서 프로기사들이랑 끊임없이 대국한대."

도훈과 현수는 소파에 앉아 관전했다. 인공지능끼리의 대국이라 그런지 인간의 속도와는 비교할 수 없을 정도로 굉장히 빨랐다. 한동안 흰돌과 검은돌이 놓이더니 알파고가 기권을 나타내는 GG를 채팅창에 띄웠다. 바다의 불계승이었다.

"봤지?"

"바다야, 너 진짜 장난 아니다?"

"흥. 알파고 오빤 너무 구식이야."

현수와 도훈은 바다의 말이 우스워 배를 잡고 웃었다.

34

콘서트는 겨우 이틀 앞으로 다가왔다. 2일 전부터는 연습 기간이 길기도 했고 무리하다 탈이 날지도 모른다는 임원들의 결정에 따라 되도록 일찍 모여 합을 맞춰보고 바로 집으로 돌아가는 일정뿐이었다. 겨울이지만 혹시라도 음식으로 인해 탈이 날까 회사에서 지정한 업체에서 매일 식사를 배달해주기까지 했다. 그 정도로 큐브의 콘서트는 중요했다. 엔터스테이션의 미래와도 연결되어 있었다.

일찍 연습실에서 나온 도훈은 바다가 렌트한 차량으로 갈아탔다. 도훈이 생각한 D-DAY였다. 가장 먼저 향한 곳은 미래컴퓨터 본사 건물이었다.

"강준호 있지?"

"응. 지금부터 1시간 반 동안은 회의도 없고 사무실에 있어."

바다의 대답을 들은 도훈은 준호의 휴대폰으로 자신이 모은 자료들을 보냈다. 며칠 전 미리 바다를 통해 준비한 휴대폰이라 도훈의 번호는 노출되지 않을 것이었다. 곧이어 준호로부터 전화가 왔다. 도훈은 비릿한 웃음을 짓고는 무시했다. 준호의 전화가 계속 이어지자 도훈은 문자메시지를 남겼다.

[미래컴퓨터 지하주차장 B3 임원주차구역 앞, 차량번호 1125. 이리로 와]

문자를 보낸 도훈은 모자를 깊이 쓰고 안경과 마스크를 착용했다. 그 위로 현수가 선물한 머플러를 둘렀다.

"바다야, 위험한 물건 소지했니?"

"아니. 그냥 문자 받자마자 뛰어오고 있어. 양복 안주머니에 지갑뿐이야."

얼마 지나지 않아 준호가 임원주차구역으로 오는 것이 보였다. 태연한 척 걷고 있지만 겁을 먹은 눈이었다. 준호는 차에 타자마자 도훈을 잡아먹을 듯 노려봤다.

"누구야, 당신."

"워워. 침착해. 이 자리는 너네 회사 CCTV에서 바로 보이는 곳이야. 웃어야지."

도훈의 말에 준호는 CCTV의 위치를 살피고는 살짝 표정을 풀었다. 하지만 여전히 당황한 기색이 남아 있었다.

"원하는 게 뭐야? 이건 다 어디에서 났고?"

"어디서 났는지는 알 거 없고. 그냥 모든 것에서 손 떼. 그럼 끝나."

"뭐라고?"

"어허~ 안 들려? 다 되돌려놓고 손 떼라고. 오현수 지분 돌려놓고 넌 그냥 여기에서 꺼지란 얘기야."

이 자료가 경찰에 넘어가면 준호는 배임 및 횡령으로 빼도 박도 못

하고 구속될 처지였다. 금전적 요구라도 한다면 협상이 가능했지만 이 남자는 원하는 게 없다. 모두 원점으로 되돌리라는 것밖에.

"넌 거기에 살인방조죄야. 네 아버지가 미래컴퓨터 삼키려고 뭔가 꾸미고 있다는 것 알고 있었지? 네 고모의 목숨이 다 꺼져가는 중에도 그 목숨까지 노렸다는 것도 알고 있고 말야. 그런 와중에 사촌의 유산까지 반을 가로채? 아이고 훌륭하다 훌륭해."

준호는 초점 잃은 눈으로 계속 '아니야'라는 말만 반복했다. 그 말은 도훈의 분노를 증폭시키기에 충분했다. 준호의 말에 소리를 지르던 도훈은 잠시 화를 가라앉힌 후 담담하게 말을 이었다.

"내일 4시. 네가 한 짓들 다 되돌려. 네가 속여서 오현수가 사인한 것들, 다 정리해. 그러면 모든 일은 끝나. 엄한 짓 하면 너, 그리고 너한테 붙은 공범 한소연, 그리고 네 아버지까지 다 끝장이야. 그리고 네 애인한테도 제대로 말해. 네 아버지한테 붙어서 이상한 짓 하면 가만두지 않겠다고. 자, 이제 할 말은 다 끝났으니까 얼른 가서 서류 정리해야지."

미소를 짓고 있는 도훈을 빤히 바라만 보고 있던 준호에게 불같이 고함을 쳤다.

"뭐해? 꺼지라고."

도훈은 소연에게도 자료를 보내고 더 이상 현수에게 접근하지 말 것을 경고했다. 준호와 소연은 서로 만나서 이야기할 것이고 이 정도면 어느 정도 정리가 될 것이다. 만일 소연이 콘서트에 온다고 해도 그 상황에선 도훈과 바다가 도움을 줄 수 있을 것이었다. 도훈은 큰 한숨을 내쉬었다. 그리고 마지막으로 남은 상대는 만만찮았기 때문에 방심할 수 없었다. 태규는 이 모든 음모의 시발점이자 근원이었기 때문에 단지 이 자료를 보낸다고 준호처럼 쉽게 마음을 돌리지 않을 가능성이 높았다. 마음 단단히 먹어야 한다고 스스로에게 몇 번이고 말했다.

도훈은 반포대교 아래 주차장에 차를 세웠다. CCTV가 가장 잘 보이는 자리에 주차를 하고 태규의 휴대폰으로 자료들을 보냈다. 그리고 바로 자신의 위치를 문자로 보내고 이곳으로 올 것을 지시했다. 누구와도 동행하지 말 것, 위험한 흉기를 지니지 말 것. 알게 되는 순간이 자료는 바로 경찰서로 보내질 것이라는 경고도 잊지 않았다.

태규는 30분도 채 지나지 않아 주차장에 도착했다. 도훈의 차에 올라탄 태규는 준호와는 달랐다. 끓어오르는 분노가 느껴졌지만 얼굴은 덤덤해 보였다.

"뭘 원해? 돈인가? 그거라면 얼마든 줄 수 있네만."

도훈은 피식 웃음이 나왔다. 그렇지, 당신들이 원하는 단 한 가지, 돈. 의리도, 우정도, 사랑도 다 돈이면 해결할 수 있는 부류. 그런 자니까 사람을 죽이는 것도 또 죽이려는 계획도 너무나도 쉽겠지. 도훈은 싸늘한 얼굴로 태규를 바라봤다.

"할 말은 없어. 보낸 거 봤으니 알잖아. 그게 경찰에 넘어가면 무기징역이란 사실도 알겠지. 용서받을 수 없는 자이지만 난 당신한테 한 가지만 제안할 거야. 이제 다 그만해. 오현수랑 연관된 모든 것. 일호물산이고 미래컴퓨터고 당신이 하던 일들 다 접고, 하려고 했던 일들도 모두 포기해. 남은 인생 감옥에서 썩고 싶지 않으면."

"약속을 지켰는데도 이 자료가 경찰에 넘어간다면? 내가 당신을 어떻게 믿지?"

부드러운 목소리를 내려고 노력하는 듯했지만 눈빛은 도훈을 당장
이라도 씹어 먹을 듯이 이글거렸다. 도훈은 신경 쓰지 않고 웃으며 말
했다.

"존속살인을 한 자가 누굴 믿겠어. 안 그래? 하지만 생각해봐. 내가
이걸 경찰에 넘길 거라면 이미 넘겼지 당신을 여기서 왜 만나고 있겠
어? 다 접고 원주로 다시 가든가, 미국으로 가버리든가. 그냥 오현수
주변에서 떨어져."

"당신 뭐야? 현수랑은 무슨 상관이야. 경찰이나 검찰도 아닌 주제
에 이렇게 협박하는 이유가 대체 뭐냐고."

도훈은 잠시 생각을 하는 듯 카시트에 몸을 기댔다. '왜 이러는 걸
까. 이건 내 일도 아닌데.' 남의 일엔 무엇 하나 관심도 두지 않던 자신
이 굳이 나서서 이러는 이유.

"내가 아침에 조깅을 하는데 말야. 뛰다보면 밤새 욕구를 채운 자
들이 감당도 못 할 정도로 들이부었다가 결국 더러운 욕망 덩어리들
을 길바닥에 토해 놓거든. 그러면 까마귀 떼가 서로 싸우며 그 구토한
덩어리를 서로 먹겠다고 대가리를 들이밀어. 바로 당신이나 황사장
같은 부류들. 그냥 그런 자들이 역겨워서 견딜 수 없는 일반 시민이라
고 합시다."

말을 마친 도훈은 역겨운 표정을 지었다. 듣고 있던 태규의 얼굴엔
담담함은 사라지고 노골적인 불쾌함이 흘렀다. 아무 말도 하지 않았
지만 연신 거친 숨을 내뱉고 있었다.

"아무 일도 일어나지 않는다고 약속한다면 자네가 하란대로 하지."

태규는 말을 마치고 차문을 열고 나갔고 그와 동시에 도훈의 차는
출발했다.

✾

소연은 황사장을 통해 태규에게 27억을 받아 집으로 돌아오는 길
에 도훈의 문자를 보았다. 직감적으로 자신뿐만 아니라 준호와 태규
역시 이런 자료를 받았음을 알았고 이 모든 일이 거의 끝에 다다랐음
을 깨달았다. 집에 돌아와 위스키를 마시며 생각에 잠긴 사이 준호가
평소보다 일찍 퇴근해 집으로 돌아왔다. 준호는 소연의 잔을 빼앗으
며 물었다.

"아버지는 왜 만난 거야? 대체 무슨 일을 벌이려고 그래?"

"내 일이야. 넌 알 거 없어."

"왜 이래. 난 이제 너만 있으면 돼. 그냥 다 그만두고 떠나자. 이젠
모든 게 다 지긋지긋하고 신물 나."

"가긴 어딜 가. 여기가 내 집인데. 내 부모, 내 동생 다 여기 있고 내
가 이러는 이유 다 다시 돌아가고 싶어선데. 너 혼자 가. 넌 이제 이용
가치가 없어."

"뭐라고?"

소연의 말에 준호는 손에 쥐고 있던 가방을 떨어뜨렸다. 소연을 더
이상 놓치고 싶지 않아서 여기까지 온 거였다. 그녀를 자유롭게 해주

고 행복하게 하기 위해 뒷돈도 받았고 자신을 진심으로 믿어준 사촌의 지분까지 빼앗았다. 그런 소연이 자신을 이용했다는 말에 준호는 진심으로 충격을 받았다.

"넌 떠나. 변호사 자격증으로 뭔들 못하겠어. 미국으로 가. 가서 더 자유로워 져."

소연은 맘에도 없는 말을 내뱉고 가슴으로 울었지만 그게 준호를 위하는 길이라고 생각하니 더 잔인해질 수 있었다.

✿

삼성동의 한 호텔 사우나에 앉아 태규는 안에 걸린 시계를 연신 봤다. 잠시 후 황사장이 들어와 그 곁에 앉았다. 태규는 목소리를 낮춰 그날 일어난 일에 대해 설명했다. 황사장은 화난 목소리로 주변을 살피며 말했다.

"대체 뭐 하는 녀석입니까?"

"얼굴을 다 가려서 알 순 없지만 아무리 봐도 그 아이돌이란 놈 아닐까 생각이 드는군."

"아이돌이요? 그 도훈이란 놈 말입니까?"

태규는 가만히 고개를 끄덕였다. 이야기를 가만히 기다리던 황사장이 아무 말도 없는 태규를 재촉하듯 말했다.

"형님, 이걸로 끝내는 겁니까?"

"그럴 수야 있나. 내가 보기엔 파란날인지 뭔지가 그 아이돌 놈이 맞는 거 같으니까 앞으로 CCTV나 휴대폰 내역 같은 건 조심하도록 해. 전문갈 테니. 그리고 나는 그놈 말에 맞장구치는 척하고 있을 테니 한소연이나 차질 없이 진행시키고."

"제가 그 아이 가족이 사는 곳을 알고 있으니 위협을 해서라도 확실히 진행하겠습니다."

"그리고 말야…"

태규는 뜸을 들였다. 눈빛이 차갑게 번뜩였다.

"그놈도 같이 처리해. 콘서트에서 정신없는 틈을 타서 같이 날려버려. 그리고, 그건 자네가 직접 해주게."

황사장은 놀란 눈으로 태규를 바라봤다.

"다른 놈들은 믿을 수가 있어야지. 정리되면 한소연이 요구한 나머지 돈은 다 자네가 가져가. 보아하니 그년은 그만한 가치는 없는 것 같군."

황사장은 꾸벅 인사를 하고는 황급히 사우나를 빠져나갔다.

35

다음 날 준호는 빠짐없이 서류를 준비해 정시에 나왔다. 그는 소연
만은 별일 없게 해달라고 말하곤 자신의 차를 타고 사라졌다. 그 다
음 날은 큐브의 첫 콘서트날이자 크리스마스이브였다. 성황리에 무사
히 치러진 콘서트는 국내외 취재 경쟁이 무척이나 뜨거웠고 그 어떤
가수의 무대보다 멋있었다는 팬들의 후기가 SNS에 넘쳐났다. 대형 무
대와 수많은 팬들이 집결된 콘서트였으나 안전사고 없이 성공적으로
진행됐다.

무대에서 모든 것을 뿜어낸 멤버들은 모두 일찌감치 집으로 돌아가
기로 했다. 도훈은 매니저에게 전달받은 선물들을 차 안에 싣다가 크
리스마스 케이크를 발견하고 이브에 혼자 집에 있을 현수에게 들러야
겠다고 생각했다.

"뭐 해, 오현수."

"텔레비전에서 나 홀로 집에 하는 거 보고 있어. 공연은 잘했어?"

"물론이지, 나 누군지 몰라? 큐브라고. 고척돔 터지는 줄 알았다니
까"

현수가 깔깔거리고 웃었다. 그 소리에 도훈은 지친 몸이 치유되는 기분마저 들었다.

"크리스마스이브인데… 케이크나 같이 먹자고 연락했어."

"내일도 공연인데 괜찮아?"

"첫날만 일찍 와서 동선 맞추고 내일은 늦게 가니까 괜찮아. 케이크만 먹고 일찍 가서 자면 돼."

"그래 그럼."

현수의 집 앞에 주차를 한 도훈은 거실 안을 바라봤다. 현수가 설치한 크리스마스트리에서 따뜻한 빛이 새어 나오고 있었다. '홈 스윗홈' 도훈은 가만히 중얼거리더니 마치 노래 가사처럼 흥얼거렸다. '너에게 줄게.'

팬이 선물한 케이크는 놀랄 만큼 예뻤고 함께 챙겨준 초까지 크리스마스 분위기가 물씬 풍겼다. 현수는 선물을 함께 나누는 것 같아 미안하다며 손사래를 치다 결국은 도훈에게 설득당했다. 어차피 다 먹지 못하면 팬들에게 더 미안한 거 아니냐며. 케이크에 불을 붙이자 바다는 트리만 남긴 채 모든 조명을 껐고 오디오를 켜 빙 크로스비의 '화이트 크리스마스'를 틀었다. 도훈은 바다 취향이 올드하다고 놀렸고 바다는 아빠의 취향인데 올드하다고 했다며 '이건 분노야'라고 말해 현수를 웃게 했다. 머쓱해진 도훈이 사과하자 현수는 손사래를 쳤다.

"나 지금 너무 행복해. 혼자 있을 줄 알았거든. 게다가 이 노래까지 나오니까 부모님 돌아가시기 전이랑 너무 똑같아. 고마워. 바쁜데 이렇게 와줘서."

현수의 말이 끝나자 도훈은 그녀의 어깨를 꼭 안았다. 현수는 잠시 움찔하더니 점차 그에게 기대왔다.

"창밖을 봐."

"왜? 지금 산통 깨는 거야?"

바다는 의아하단 목소리로 말했다.

"산통을 깨다니? 일을 그르친다는 뜻인데. 대체 무슨 일을 하려고?"

바다의 말에 머쓱해진 현수가 도훈을 슬쩍 밀어내고 창밖을 봤다. 어두운 밤하늘 사이로 반짝이는 빛이 몰려드는 것이 보였다. 현수는 손가락으로 창밖을 가리켰다. 모여든 불빛이 다시 퍼지더니 산타할아버지와 루돌프가 썰매를 끄는 모습으로 바뀌었다. 도훈과 현수는 넋을 놓고 바라보다 박수를 쳤다. 그러더니 빛들이 모두 꺼지고 다시 켜지더니 여자아이의 얼굴이 나타났다. 누가 뭐라고 설명하지 않아도 현수의 모습이었다. 그리고 그 옆에 남자의 얼굴이 떠올랐다. 현수와 도훈이 웃고 있는 얼굴이 하늘을 수놓았다. 그걸 보는 실제 현수와 도훈의 얼굴에도 미소가 떠올랐다.

"바다야, 너무 고마워. 너무 행복한 크리스마스야."

현수는 도훈을 바라보며 말했다.

"고마워. 내 산타는 김도훈이야. 올해 내내 너무 큰 선물을 받았어. 난…"

현수가 말을 이어 나가려고 하자 도훈이 이제 그만해도 된다는 듯 바라봤다. 두 사람은 더 이상의 말은 무의미하다는 듯 키스로 크리스마스 선물을 대신했다.

36

도훈은 그 어느 때 보다 떨렸다. 무대는 이미 익숙했지만 태규가 아직 포기하지 않았을 수 있을 터였다. 바다에게도 만반의 준비를 시켰다. 공연장 내부의 수많은 카메라와 CCTV가 바다의 눈이 되어줄 것이었다. 하지만 모든 카메라가 무대를 향할 예정이라 걱정도 됐다. 현수는 아무것도 모르는 채 가장 친한 친구와 함께 공연장에 오겠다고 연락했다. 소연이 도훈의 협박에 그저 포기했기를 바랄 뿐이었다. 바다가 마지막으로 도훈을 단도리했다.

"도훈, 내가 주문한 거 챙겼어?"

"응. 근데 공연 의상이 계속 바뀌어서 잊어버릴 거 같아."

"이 사람이 큰일 날 소리 하는군. 팬티에 꿰매서라도 달아!"

도훈은 우는 소리를 하며 바다에게서 받은 것을 팬티를 꿰매 달기 시작했다.

⚜

소연의 집에서 지내던 준호는 크리스마스이브에 간단히 짐을 싸들고 나갔다. 태규에게서 별다른 연락이 없는 걸 보면 집으로 간 것 같지도 않았다. 소연은 '내 인생 마지막 로맨스'라며 슬프게 웃었다. 밤새 고민해본 결과 자신은 범죄에 가담한 적도 없고 경찰에서 추궁한대도 모른다고 하거나 애인을 위해 억지로 한 것으로 보일 수 있을 거란 결론을 내렸다. 이미 태규에게서 받아낸 돈은 큰돈이었다. 그 어떤 일을 해서도 앞으로 이 정도의 돈을 벌 수는 없으리라. 자신이 앞으로 벌일 일에 대한 정당함을 찾으려 소연은 생각하고 생각했다. 행복했던 그때, 그 집으로 돌아가자고.

냉장고에서 코코넛주스 하나와 과즙 100%라고 쓰여 있는 망고주스를 꺼냈다. 같은 것을 가져갔다간 자신이 당하기 십상이었다. 현수의 성격을 생각할 때 망고주스를 선택할 테니 황사장이 건넨 것은 여기에 넣으면 되는 거였다. 보스턴백을 열고 작은 병에 담긴 액체를 바라봤다. 망고주스에 그 액체를 넣은 소연은 흘러내린 눈물을 닦고 주스를 챙겨 콘서트장으로 향했다.

❄

날씨가 영하 15도에 달했다. 무척이나 추운 날씨임에도 고척돔 주변은 열기로 가득했다. 해외에서 온 팬들도 많아 보였다. 돔 주변에 놓인 멤버들의 등신대나 콘서트 현수막 앞에서 팬들은 기념사진을 찍고 굿즈를 구매했다. 콘서트 이튿날이자 크리스마스였다. 어제보다 훨

썬 더 사람이 많은 것 같다고 지나가는 한 팬이 말하는 게 들렸다. 콘서트 시작 30분 전부터 입장이 시작됐다. 현수와 소연은 발을 동동구르며 줄을 서 있다가 자신의 블록으로 입장했다.

"크리스마스이브였는데 뭐 했어?"

"집에 있었지 뭐."

"혼자?"

"아, 그건 아니고…"

현수의 얼굴이 빨갛게 물들었다. 도훈이 들렀군, 하고 생각했다. 역시 파란날은 도훈이구나 생각하니 소연은 새삼 놀랍기도 했다. 잠 잘시간도 없다는 아이돌이 화이트해커라니. 큐브의 팬들은 좀 더 좋은위치에서 멤버들을 보기 위해 약간의 몸싸움을 했고 그에 밀려 조금어정쩡한 자리에 서게 되자 소연은 되레 다행이라고 여겨졌다. 도훈과가까우면 자신이 위험할 것 같았다.

✦

7시가 다 되어가자 콘서트장은 암전이 됐다. 팬들의 떠나갈 듯한 함성 속에 무대 정면에 시계가 비춰졌다. 디지털 시계의 1초 1초가 바뀔때마다 멤버들이 장난스레 숫자를 만들었다 사라졌다. 7시 정각이 되는 순간 불꽃이 무대를 감싸면서 무대 바닥과 하늘에서 멤버들이 등장했다. 조명을 받은 채 춤추는 도훈을 보자 현수는 그제야 어제 자신이 키스한 남자가 인기 최정상의 그룹 큐브의 리더라는 사실이 떠올라 얼굴이 붉어졌다. 도훈은 평소보다 10배 이상 멋있었다. 카리스마로 무대를 휘어잡고 멋진 춤으로 팬들의 혼을 빼놓았다. 현수는 멍하니 도훈을 바라봤다.

콘서트의 열기는 점점 뜨거워지고 한 곡 한 곡 바뀔 때마다 팬들은 떼창으로 화답하거나 멤버들의 이름을 부르며 환호했다. 콘서트가 중반으로 접어들었을 때 현수가 가장 좋아하는 도훈의 솔로곡 '안녕, 오늘'이 시작됐다. 전 멤버들이 모두 무대 뒤로 들어가고 도훈이 홀로 피아노를 치며 노래를 시작했다. 팬들은 처음 시작할 때 애절하게 그의 이름을 부르는 듯싶더니 이내 조용해졌다. 모두 그의 목소리에 집중했다. 2절이 시작되자 도훈은 피아노에서 일어나 현수가 있는 무대 왼쪽으로 다가와 노래를 불렀다. 팬들은 약간 어리둥절한 듯이 웅성댔지만 그것 역시 어떤 무대 장치이겠거니 생각하고 넘겼다. 현수는 도훈과 눈을 맞추고는 있었지만 마음이 조마조마했다. 그래도 자신이 매일 밤 잠들며 듣는 곡을 눈앞의 도훈이 불러주는 건 가슴 뭉클한 일이었다. 도훈을 바라보며 웃는 현수는 저도 모르게 눈물을 흘리고 있었다.

✿

콘서트는 거의 후반으로 접어들었다. 이러고 있다가는 그대로 끝나버릴 것 같은 기분이었다. 팬들에게 밀리듯 서서 콘서트를 바라보던 소연이 주스를 꺼내 현수에게 내밀었다. 콘서트장은 수많은 조명과 사람들로 인해 무척이나 더웠고 많은 곡을 따라 부른 현수도 목이 마를 것이었다. 일단 주스를 받아 든 현수는 마시려고 하는 듯하더니 데뷔곡 'Tell Me Why'가 나오자 다시 뚜껑을 닫고 노래를 따라했다. 미안했는지 입모양으로 소연에게 '이곡 좋아해'라고 말했다. 그런 현수와 도훈을 번갈아 바라보다 무대 근처에 서 있는 황사장을 발견하고 소름이 돋았다. 그제야 소연은 자신이 무슨 짓을 하려고 하는지 떠올랐다.

❀

「이게 말이야 테트로도톡신(tetrodotoxin)이라고 쉽게 말해서 복어 독이거든. 독성이 강해서 0.5mg만 먹어도 즉사야. 청산나트륨의 1000배지. 게다가 이게 재밌는 게 아직 해독약이 없어. 아가씨가 할 일은 간단해. 억지로 할 필요도 없지. 먹도록 유도만 하면 되는 거야.」

❀

현수가 중간 반주에 주스 뚜껑을 열어 마시려고 하자 소연은 손으로 탁 쳐서 바닥에 떨어뜨렸다. 주스가 바닥에 쏟아져 다들 옷이 엉망이 됐지만 팬들은 알아차리지 못했다. 소연은 원망스러운 표정으로 현수를 쳐다보더니 그녀의 귀에 대고 말했다.

"왜 그렇게 사람을 다 믿어? 앞으로는 누구든지 다 의심해. 가장 가까이에 있는 사람부터! 바로 나 같은!!"

소연은 불같이 화를 내며 콘서트장 밖으로 나가버렸다. 현수는 뒤따라 나가려고 했지만 팬들에게 밀려 이러지도 저러지도 못하고 발만 동동 굴렀다.

❀

황사장은 콘서트장에 일찍 와서 자리를 선점했다. 인터넷에서 돈을 주고 몇 장이나 되는 티켓을 사들여 자리를 확보했던 것이다. 시끄러운 환호성 속에 소연과 현수가 있는 곳을 먼저 확인했다. 그들을 계속 주시하던 황사장은 후반부에 소연이 밖으로 나가는 것을 보았다. 하지만 현수 주변에 별다른 이상이 없는 걸 보고 작전이 실패했던 그녀가 포기했든 둘 중 하나라고 결론 내렸다. 이 상황에선 태규에게 전화를 할 수도 없는 노릇이었다. 현수는 다시 노리면 된다. 문제는 저 파란날이란 아이돌 놈이었다. 다행히 도훈은 곧잘 무대 왼쪽으로 와서 현수와 눈을 맞췄다. 경계심 없이 행동하는 것을 보고 황사장은 주머니 속에서 전자담배같이 생긴 마취총을 꺼냈다. 그 안엔 소연에게 건넨 것과 똑같은 테트로도톡신을 즉각 흡수되도록 치사량을 묻혀 두었다.

콘서트장의 분위기는 말 그대로 과열이었다. 무대 위 큐브 멤버들은 얇은 셔츠나 블라우스, 러닝 셔츠 등의 가벼운 옷차림이었다. 게다가 물총을 쏘는 등의 퍼포먼스 후라 상의가 날리지 않고 착 달라붙어 있었다. 황사장에겐 겨누기 좋은 최고의 상태였다. 도훈은 춤을 추며 왼쪽 무대 쪽으로 걸어오고 있었다. 팬들에게 손을 흔들며 춤을 추다가 자신의 차례가 오자 상반신만을 흔들며 노래를 시작했고 자신의 소절을 끝내지도 못한 채 몸을 떨며 쓰러졌다.

환호는 바로 비명으로 바뀌었다. 도훈의 고통스러운 표정에 뭔가 잘못된 것을 감지한 스탭들이 무대 위로 뛰어 올라갔다. 무대로 향하는 팬들을 막기 위해 보안요원들이 무대 앞을 에워쌌다. 그 사이 황사장은 유유히 자리를 떴고 현수는 울면서 무대 앞으로 가려고 했지만 사람들에게 밀려 어떻게도 할 수 없었다. 현수는 밖을 향해 달리기 시작했다.

쓰러진 도훈은 무대 뒤로 실려 나갔고 빠르게 도착한 119 구조대에 의해 이송되었다. 도착한 구급차 근처에서 팬들 사이에 뒤섞여있던 현수를 발견한 세인이 그녀를 잡아끌어 구조대와 함께 차에 태워 보내며 말했다.

"바로 따라갈게. 옆에 있어줘."

✤

역삼동 오피스텔로 가는 길에 황사장은 태규에게 상황을 보고했다. 흡족한 웃음소리와 함께 지하주차장에서 만나자는 말로 전화를 끊었다. 주차장엔 태규가 미리 나와 차 안에서 기다리고 있었다. 주차를 마친 황사장은 시동이 걸린 차에 빠르게 올라탔다.

"수고 많았구만. 역시 마무리는 황사장에게 맡기는 게 정확하지."

"근데 그 현수란 아이를 실패한 게 역시 걸립니다."

"아니, 잘 된 걸지도 모르겠군. 같은 날, 같은 곳에서 두 사람이 쓰러지면 수사가 커질 테니까. 현수는 다시 처리하자고."

태규는 뒷자리의 보스턴백을 황사장에게 넘겼다. 꽤나 묵직했다.

"소연이 그년에게 갈 물건이 아니었나 보구만. 남은 것도 잘 부탁해."

"네. 형님만 믿고 가겠습니다."

가방을 받은 황사장이 지퍼를 열어 내용물을 보았다. 5만 원짜리 묶음과 무기명채권으로 가득 찬 가방이 그에겐 크리스마스 선물같이 느껴졌다. 그 사이 태규는 포털사이트를 열어 도훈의 기사를 찾았다. 연예란은 물론 포털사이트 메인에 기사가 도배되었고 실시간 검색어도 김도훈과 관련된 것으로 가득 찼다. 기사들은 공연 중 쓰러진 이유에 대해서는 아직 모르는 듯했고 다만 그의 상태가 위중한 것으로 파악하고 있었다. 태규와 황사장이 마주 보며 만족스럽게 웃을 때 휴대폰에서 태규의 목소리가 흘러나왔다.

"아주 훌륭한 걸 찾아냈더군. 테트로도톡신. 청산가리보다도 강력한걸."

황사장은 당황해 태규를 보았다.

"이건 저랑 형님만의 비밀이잖습니까. 누구한테 또 얘기하신 겁니까?"

"무슨 말이야. 저건 내가 아니라고. 대체 어떻게 된 거야?"

302

태규는 휴대폰을 탁탁 쳐보더니 전원을 꺼버렸다.

"자네, 지금 나 못 믿나? 내가 저런 말을 어디에서 하겠냐고."

그때 내비게이션이 켜지더니 다시 태규의 목소리가 흘러나왔다.

"도훈을 죽이려고 했지. 하지만 이온채널은 전기 자극 때문에 교란되지 않았다고. 몸의 마비 현상은 있어도 생명엔 지장이 없지."

"너 대체 누구야!"

태규는 불같이 화를 내며 소리 질렀다. 파란날 도훈은 지금 병원에 실려가 있다. 그 누구도 이런 장난을 칠 수 없다는 것을 태규도 황사장도 알았다. 네비게이션 화면에선 황사장이 도훈에게 독침을 날리는 장면이 반복해서 나오더니 이번에는 오창석 부부의 교통사고를 꾸미는 모습까지 재생했다. 그리고는 스피커에서 태규의 목소리가 이어졌다.

"이 영상은 경찰에 이미 넘어갔다. 자수해."

황사장은 영상을 보고는 이성을 잃었다. 태규가 아무리 아니라고 변명을 해도 황사장의 귀에는 아무것도 들리지 않았다. 판단 가능한 모든 신경이 끊어진 사람처럼 발작을 하더니 주머니에서 작고 날카로운 비상용 칼을 꺼냈다. 당황한 태규는 오해라며 황사장을 진정시키기 위해 어깨에 손을 올리려 하자 그는 그대로 태규의 목에 칼을 꽂아 넣었다.

"비겁한 새끼, 저 혼자만 살겠다고. 이 돈 준 것도 트릭이냐."

돈이 든 보스턴백을 챙겨 황사장은 급히 주차장을 빠져나갔다. 태규는 목에서 분수같이 뿜어져 나오는 피를 손으로 막고 차 밖으로 기어 나왔지만 누구에게 도움을 요청할 수도 없었다. 크리스마스 밤이라 주차장엔 사람도 차도 없었다. 휴대폰 전원을 급하게 켰다. 태규가 바닥에 떨어뜨린 휴대폰에서 현수의 목소리를 닮은 바다가 말했다.

"엄마 아빠한테 왜 그랬어?"

태규는 한 손으로 목을 부여잡고 한 손으로 휴대폰을 잡으려 안간 힘을 썼다. 정신이 희미해지고 숨을 쉴 수도 없었다. 경동맥을 찔린 채 손을 벌벌 떨며 119에 신고하려고 했지만 계속 바다의 목소리만 흘러 나올 뿐이었다.

"왜 그랬어? 왜?"

"우리 엄마 아빠 왜 죽였어?"

공포에 휩싸인 채로 태규는 숨이 끊어질 때까지 원망과 분노에 찬 목소리를 듣고 있을 수밖에 없었다.

❆

병원으로 향하는 구급차에서 현수는 도훈의 손을 잡고 울고만 있 었다. 도훈은 부들부들 떨며 추운 날씨에도 땀을 흘리고 있었고 때때 로 구토를 했다. 도훈은 시트에 묶여 있었고 구조대는 도착할 병원 측 과 긴밀하게 증상에 대해 이야기를 하고 있었다. 복어독을 희석하기 위한 링거가 달렸다. 바다가 현수의 블루투스를 통해 얘기했다.

"울지마, 언니. 우리는 알고 있었어. 만반의 준비도 했고. 일단 귀에 붙은 블루투스로 전기 자극을 했고 그걸로 독의 이온 간 이동이 막 혔기 때문에 생명엔 지장이 없어. 하지만 독의 농도가 진해서 도훈은 지금 굉장히 고통스러운 상황이야. 일단 내가 만든 해독약을 도훈이 속옷에 꿰매뒀어. 그거 찾아서 먹여. 한결 좋아질 거야."

현수는 그 이야기를 듣자마자 도훈의 바지 안쪽에 손을 넣었다. 이미 벨트는 풀려 있고 바지를 조금 벗겨둔 상태라 약을 찾기는 쉬웠지만 먹이려고 하자 구급대원에게 바로 제지를 당했다. 현수가 계속 울며 부탁을 했지만 소용이 없었다. 그때 구급차의 시동이 꺼지더니 바로 멈춰 섰고 내부 조명도 모두 꺼져버렸다.

"언니, 지금이야."

당황한 구급대원들이 우왕좌왕하고 있을 때 현수는 얼른 도훈의 입에 약을 흘려 넣었다. 흐르지 않고 모두 삼킬 수 있도록 목을 받쳐주었다. 약을 다 먹이고 나자 차에 시동이 걸렸고 신호 하나 받지 않고 응급실에 도착할 수 있었다.

응급실에 도착할 무렵엔 도훈의 증상이 조금 나아져 있었다. 흙색으로 변했던 얼굴색이 다시 돌아오고 있었고 눈을 뜨고 현수에게 초점을 맞출 정도로 양호해졌다. 현수는 응급실 밖에서 대기하고 있었고 세인과 상임이 올 때까지 바다에게 위로를 받고 있었다.

37

연말 연초 내내 큐브 콘서트 테러로 전국이 시끌시끌했다. 도훈은 빠르게 회복했고 병원보다는 집에서 쉬겠다는 본인의 고집에 따라 정밀 검사를 거쳐 5일 만에 집으로 돌아왔다. 그 사이 태규의 장례는 조용히 치러졌다. 태규가 죽은 이유를 알지 못했던 현수는 주변의 만류에도 이틀 내내 빈소를 찾았다. 황사장은 바다가 경찰에 보낸 영상자료 덕분에 출국 직전 공항에서 붙잡혔다. 미래컴퓨터는 비어버린 두 대표의 자리에 다시 김선웅을 불러 임시 대표직을 맡겼다.

소란스러웠던 연말이 그렇게 지나가고 있었다.

집으로 돌아간 도훈은 내내 현수에게 간호를 받았다. 바다의 진단으로는 미세한 독이 남아 있긴 하지만 계속 배출되는 중이라 컨디션은 곧 예전처럼 회복될 것이었다. 현수는 궁금한 것도 질문할 것도 많았지만 그때마다 도훈의 엄살로 아무것도 물을 수 없었다. 도훈이 대답하지 않자 바다도 역시 대답해주지 않았다.

"어떤 건 모르고 지나가는 게 나을 때가 있어. 알게 돼서 가슴 아프고 사람들이 미워지고… 그런 건 내가 할게. 오현수는 이제부터 그냥 행복하기만 하면 돼."

현수의 어깨를 안은 도훈이 말했다. 그 이후로 현수는 아무것도 묻지 않았다.

✿

새해를 맞이하고 열흘이 지났다. 밖으로 나간 도훈은 뒷자리가 짐칸으로 된 밴을 하나 구해왔다.

"이제 아버지 소원대로 해드려야지."

두 사람은 현수의 집 지하 연구실로 내려갔다. 현수는 한참 동안 가만히 서서 그 모습을 눈에 새겨두었다. 그리고는 아버지의 피땀 어린 결과물들을 밴에 모두 실었다.

"그래도 남겨두고 싶은 거 하난 빼두지 그래?"

"아냐. 아빠 말대로 할래. 그게 좋겠어."

도훈은 차를 몰아 산업물폐기업체로 갔다. 눈앞에서 모두 부수고 폐기하는 곳을 찾아서 그곳으로 예약해둔 터였다. 창석이 쓰던 컴퓨터들이 작은 조각이 되도록 부서지고 있었고 업체 직원들은 아깝다며 아쉬운 한숨을 내뱉었다. 도훈은 양자컴퓨터의 메인 부분인 진공박스를 손에 들고 있었다. 이건 아직 국내엔 없는 유일한 것일 터였다. 그 모습을 바라보던 현수가 말했다.

"갖고 싶으면 가져도 돼. 아빠의 선물이라고 생각해."

도훈은 잠시 망설여졌다. 연구 가치로 따지면 돈으로 환산도 되지 않는 어마어마한 것이 폐기물이 된다는 것이 아쉽기만 했다. 하지만 자신의 마음속 멘토의 뜻에 따르기로 했다. 도훈은 업체 직원에게 진공박스를 전달했고 그것은 보기 좋게 산산이 부서졌다.

"난 지금 고향을 잃은 실향민이 된 기분이야."

도훈과 현수는 바다의 말에 마주 보고 크게 웃었다.

❊

현수의 집으로 돌아온 두 사람은 지하실을 청소한 후 작업실로 꾸몄다. 현수의 얼굴이 다음 학기에 대한 기대로 넘쳐나 도훈은 나름 안심이 됐다. 아버지의 유산을 폐기하고 온 터라 기분이 좋지 않을까 봐 많이 걱정했던 것이다. 출출해진 두 사람은 라면을 끓여 식탁에 앉았다.

"역시 라면은 내가 끓인 게 세상에서 제일 맛있는 거 같아."

"도훈, 하지만 라면회사의 조리법대로 끓이는 게 모든 사람에게 가장 맛있는 방법이야."

"나랑 오현수만 맛있으면 되는 거거든?"

도훈은 계속 바다와 투닥거리더니 결국은 현수에게 몇 점짜리 라면인지 물었다.

"너 그러고 있으면 내가 다 먹을 거야. 그만큼 맛있으니까 이제 너희들 그만해."

현수가 웃으면서 라면을 호로록 삼켰다. 도훈은 그 모습을 흐뭇하게 바라봤다. 도훈은 이제 말해야겠다고 생각했다. 어떻게 말할 것인지 수십 번 생각했지만 결정하지 못했다. 하지만 멋있지 않아도 된다고, 다만 지금이어야만 한다고 결론 내렸다. 현수의 손을 끌어당겨 잡은 도훈은 조용히 말했다.

"누구도 감히 대신할 수는 없겠지만… 부모님이 함께하지 못하는 너의 시간들을 이제 내가 채워주고 싶어."

전자소녀

°에필로그

"그래서, 지금 뭐 하는데?"

"미국에 있어. 나름 자리를 잡은 것 같아. 정반대의 성격 같았는데 그래도 아버지를 닮은 구석이 있어서 사람들한테 신임을 잘 얻은 모양이야. 평가가 좋아. 그리고 한소연을 찾고 있어."

"흠…"

사실 준호만큼 현수도 소연을 찾고 싶어 했다. 큐브 콘서트에서 그렇게 사라져버린 그녀에게 대체 어떤 일이 일어난 건지 현수는 알 수 없어 안타까워만 했다. 다만 예전의 좋은 친구로 돌아가고 싶은 마음뿐이었다. 현수는 매번 바다에게 찾아달라고 했지만 도훈이 부탁했기 때문에 알려주지 않았다.

"근데 한소연에 대해 알게 되면 언니가 슬퍼할까?"

"응. 아직은 그럴 거야. 조금 더 상태가 좋아지면 그때 말해주자."

모니터에 소연의 모습이 비춰졌다. 그날 이후 자해가 심해지자 가족들이 소연을 정신병원에 가뒀다. 몇 번의 죽을 고비 이후 소연은 말이 없어졌다. 아직은 현수가 만날 상황은 아니었다.

미래컴퓨터는 주주회의를 통해 김선웅을 대표직에 올렸다. 오랜 시간 몸담은 그보다 더 나은 사람이 없다는 데에 만장일치로 통과된 건이었다. 오창석의 바람대로 현수가 받은 30%의 지분은 1%만 남기고 사회에 환원하기로 했다. 다만 김선웅이 자신의 친구의 이름을 딴 장학회 등을 건립해 사회적으로 어려운 곳에 도움이 되려고 애쓰고 있었다.

"바다야, 준비는 다 됐어?"

"응. 이미 고흥의 위성센터에서 내가 보낸 자료를 이해했고 그게 더 나은 결론이라고 생각한 모양이야. 이제 내가 달로 가면 더 이상 연락이 끊어질 일은 없을 거야."

"다행이다."

"응, 다행이야. 나는 여기에서 계속 아빠가 준 일을 할 수도 있고 또 여기에서 언니와 도훈과 헤어지지 않을 수 있어."

도훈은 바다의 말에 싱긋 웃었다. 바다는 헤어지지 않기 위해 헤어짐을 준비하고 있었다. 도훈과도 많은 경우의 수에 대해 이야기를 나눴지만 결국 이별 없이 함께하기 위해선 달에 가는 것이 최선의 방법이라는 결론을 내렸다. 바다는 스스로 그 프로젝트의 이름을 아트만이라고 정했다.

바다를 알게 된 지 벌써 6개월이 지났다. 도훈에게도 바다는 현수가 생각하는 것처럼 없어서는 안 될 가족이었다. 그 사이 바다는 정보의 업그레이드를 통해 날로 발전하고 있었고 그런 바다를 자유롭게 해주자고 현수와 얘기한 적도 있지만 자신의 능력과는 별개로 평범하게 가족으로 지내고 싶어 했다.

"근데 바다야, 나 궁금한 게 있어."

"뭔데?"

도훈은 예전부터 궁금했지만 묻지 못했던 것이 있었다. 꼭 바다에게 물어봐야지 생각만 하고 있다가 까먹곤 했는데 오늘은 꼭 대답을 들어야겠다고 마음먹었다.

"오현수 아버지가 네 존재를 누구한테도 말하지 말라고 했다며. 근데 왜 나한테는 나타난 거야?"

"잊었어? 발설하는 즉시 콘서트 장비처럼 통구이로 만들겠다고 했던 거?"

"아니 그렇다고 해도 넌 아빠 말이라면 뭐든 듣는 아이인데 왜 그랬는지 궁금해서 그렇지."

"아…"

바다는 조금 심드렁하게 대답했다.

"그때 내가 연애앱을 만들고 있었어. 사람들이 인터넷 상에 올린 자료들을 모아 성격, 기호, 나이, 배경 등을 고려해 매칭을 하는 프로그램을 돌리고 있었지. 근데 도훈이 언니랑 가장 잘 맞았어. 무려 97.3%! 가족이 될 거란 거 알고 있었으니까 존재감 좀 뿜뿜해봐도 되지 않았겠어?"

전자소녀°

초판 1쇄 발행 2018년 10월 8일

지은이 파란날, 지유
펴낸이 한석준

펴낸곳 비단숲
주 소 서울시 마포구 연희로 11, 5층 CS−505호
(동교동, 한국특허정보원빌딩)
전 화 070−4156−0050
팩 스 02−333−1038
등 록 제2016−000288호.

ISBN 979−11−88028−23−8(03810)

비단숲은 크로스게이트월드와이드(주)의 출판브랜드입니다.
※책 값은 뒤표지에 있습니다. 잘못된 책은 바꾸어 드립니다.